Sonya
ソーニャ文庫

今日も王様を殺せない

山野辺りり

イースト・プレス

contents

プロローグ

死んだ。

アリエスは瞬時に命の危機を悟《さと》り、息を呑《の》んだ。

背中に感じるのは、柔らかく身体を受けとめてくれるベッドの感触。シーツもクッションも見上げる天蓋《てんがい》も、最上級の一品だ。本当ならば、これほど高価な寝具は触れることも見ることも、アリエスの人生には起こり得なかっただろう。

貧しかったからではない。むしろアリエスの家、キャンベル伯爵家はこの国ではそれなりの貴族だった。一年前までは。

とはいえ、一貴族ごときには決して手が出ない高級品のベッドに寝そべって、アリエスが抱いたのは感激や喜びなどでは決してない。

恐怖。

それ以外の感情は、ものの見事に一つも浮かんではこなかった。

自分に覆い被さる男の眼差しに射貫かれて、眼を逸《そ》らすこともできず、ただ震える。押さえこまれた手首が痛いが、抗議する勇気など微塵《みじん》も湧いてこなかった。

いや仮に、全身の気合を掻《か》き集めても、きっと無理だ。反抗も抵抗も意味をなさない。たとえこの場を逃げのびたとしても、早晩《そうばん》捕らえられ不敬の罪で処刑されるだろう。何故なら相手はこの国の――リズベルトを統《す》べる王なのだから。

「……言いたいことがあるのなら、聞いてやる」

低く、耳に心地いい声がアリエスの耳朶《じだ》を擽《くすぐ》った。落ち着き払った物言いからは、怒りが感じられない。けれども、逆にそれが怖い。不快に思っていないはずはないのだ。自分の寝所に怪しい動きをする女が待ち構えていたら、誰だって刺客であることを疑うに決まっている。冷静でいられる方がどうかしている。だがしかし。

内心では、憤怒《ふんぬ》と疑念が渦巻《うずま》いているだろうに、眼前の男はどこまでも無表情だった。深く、濃い青の瞳がアリエスを覗きこんでくる。頭の中までも見透かすような強い眼差しで、こちらの返事を促《うなが》していた。薄闇の中でさえ眩《まぶ》しいほど煌《きら》めく黄金の髪が、彼の秀麗な美貌を彩《いろど》っている。

男性的な太い眉、聡明さを湛《たた》えた双眸《そうぼう》。高い鼻梁《びりょう》から形の良い唇へと続く造形は、一度目にすれば忘れられない美しさだ。老若男女問わず、魅了するに違いない。アリエスも、初めて間近に彼の容貌を捉え、あまりの美麗さに釘付けになっていた。

――話には聞いていたけれど、まさかこれほどとは……――だけど、この人のせいで、私は――

何故自分がここにいるのかを思い出した瞬間、黒い感情が湧きあがり、怯《おび》えだけを滲《にじ》ませていたアリエスの瞳に苛烈《かれつ》な光が宿った。それを見てとった王が、微《かす》かに眉を上げる。しかし、すっかり余裕をなくしていたアリエスはその微妙な変化には全く気がつかず、死に物狂いでこの窮地を脱する策を巡らせた。

――このまま死ぬなんて冗談ではないわ。簡単には諦めない。だから見守っていて、お父様、お母様……！

「わ、私は……」

どうにか掠《かす》れた声を絞り出したけれど、気持ちばかり空回りし、アリエスの唇は無意味に開閉するだけだった。何も、上手《うま》い言い訳が出てこない。言いたいことは山ほどある。恨み言も聞きたいことも、数え切れないほど沢山溢《あふ》れている。だが上手く回ってくれない舌は、口の中で張りついたままだった。

「どうした？　黙っていては、お前の目的が私の暗殺だと認めたことになるぞ」

認める気は一切ない。とは言え、彼の言うことが大正解であるから弁明のしようもなかった。

1. 人生最悪の、転機

人生最悪の日というのは、長い一生を振り返ったときに初めて知るのだと思っていた。

アリエスは呆然としつつ、この先どれだけ長生きできたとしても、今日この瞬間以上の絶望は訪れないだろうと確信していた。いや、正確に言うならば、もう一年近くどん底にいるのだが。

「お嬢様、お労《いたわ》しい……」

長年仕《つか》えてくれていたメイド頭が、涙を拭《ぬぐ》う。しかし彼女も、今日でこの屋敷を去るのだ。

なけなしの退職金を受け取って、他の使用人たちは逃げるように立ち去っていった。それはそうだろう。残ったところで、良いことは一つもない。破産《はさん》し給金も払えなくなったキャンベル元伯爵家に固執《こしつ》する理由はないのだ。下手に関われば、どんな厄災が降りかかるか分かったものではないし、嘆《なげ》いている暇があるのなら、次の勤め先を探す方がずっと重要に違いない。

家財道具や美術品といった金目のものはだいぶ前に全て換金され、キャンベル邸はすっかり物寂しい様相を呈《てい》していた。金で装飾されていた燭台《しょくだい》や、繊細な工芸品であるカーテンまで取り外されて、廃墟《はいきょ》にも等しい。つい昨日までは、両親が健在の頃の面影をギリギリ留《とど》めていたのに、今や完全に別物になってしまったかのようだ。

「何にも、残らないのね……」

土地すら売り払われ、今日中に屋敷を出て行かねばならないなんて信じられない。現実感のないまま、アリエスは泣くことさえできずにいた。

自分の手元に残されたのは、今着ているドレス一枚。それも、伯爵令嬢として当たり前に身に着けていた普段着より随分質素な一枚だ。それ以外は、母の宝飾品も父のステッキから羽根ペンに至るまで、全て借金の返済に充てられてしまった。

無一文、という言葉が脳裏に浮かび、面白くもないのにアリエスは笑う。

一年前まで、お金の苦労も生活の心配もしたことがなかったのに、この落差はどうだ。

以前は手入れが行き届き、艶《つや》を放っていた黄金の髪は、今やすっかりパサついている。食欲がないのと、碌《ろく》なものを食べられなかった経済状況のせいで、肌も荒れ放題。琥珀《こはく》のようだと称えられた黄色の瞳は、輝きを失ってくすんでいた。爪の手入れを怠《おこた》ったせいで、指先はひどくみすぼらしい。

一族いちの成功者として父を頼りにしていた親戚たちは、皆掌を返し、背を向けた。

キャンベル家の危機に手を差し伸べてくれる者は一人もなく、それどころか掠め取る勢いで、財産相続の権利を主張してきた。

世情に疎《うと》いアリエスに太刀打ちできるわけもない。結果、身ぐるみはがされて、放り出されたのだ。そうして今日、何もかも完全に失ってしまった。最後に残されていた爵位さえも。

何者かに殺された父が謀反《むほん》に関わっていたと告げられて約一年。心労のせいで母は持病を悪化させ儚《はかな》くなってしまった。

アリエスの父、キャンベル伯爵が現国王の弟を唆《そそのか》し、反乱の準備をしていたという噂が広がったのだ。真相は、父本人は勿論《もちろん》、王弟も亡くなってしまったので藪《やぶ》の中。実害がなく、当時周辺国との緊張が高まっていたこともあり、うやむやに処理された。だが当然、人々の厳しい眼はアリエスたちに寄せられることとなった。

アリエスはどうにか父の疑いを晴らし、家を守ろうと躍起《やっき》になったが、世間知らずの貴族令嬢にできることなどたかが知れている。右往左往し、方々に頭を下げて回ったけれど、得られたものは冷たい視線と取りつく島もない拒絶だけ。

父が多額の借金を抱えていたと知らされたのも、寝耳に水だった。アリエスの知る限り、生前の父親は堅実で誠実な人柄であったけれども、娘には見せない一面があったらしい。

詳しいことは分からないが、新しい事業に乗り出したばかりで、返済が終わっていなかったそうだ。

結婚の約束を交わしていたダドリー家にもそっぽを向かれ、婚約は白紙に戻され、いっそ滑稽《こっけい》なほどアリエスの周囲からは人が離れ、最早どこにも行き場がなかった。修道院に頼ろうにも、寄付するものを用意できなければ難しい。まして父親が大罪に関わっていたとなれば、尚更。八方塞《はっぽうふさ》がりで、アリエスは深々と溜め息を吐いた。

救いは、どうにか借金を全て清算できたことと、使用人たちにごく僅《わず》かながら退職金を用意できたことくらいか。

「……これから先、どうやって生きていったらよいのかしら……」

両親の死を悼《いた》む暇もなく人生の激流に呑みこまれ、アリエスは呟いた。悲しくないわけでは決してない。今だって、気を緩《ゆる》めれば果てしなく涙がこぼれ落ちてしまいそうになるのを我慢していた。だからこそ、敢《あ》えて考えまいと唇を噛み締める。

嘆き悲しんでいても、誰も助けてはくれない。それは、この一年弱で嫌と言うほど身に染みた。最後に頼れるのは、自分のみ。血の繋がりも積み重ねてきた関係性も、アリエスを救ってはくれないのだ。

ぐっと拳《こぶし》を握り締め、空っぽになった室内を振り返る。

眼に焼きつけるため、ゆっくり視線を巡らせた。今日で最後の住み慣れた屋敷を忘れたくない。一つでも多く記憶に留めたくてアリエスは眼に力をこめたが、無残に変わり果てた殺風景な室内に傷ついただけだった。

もうここは、自分の居場所ではないのだ。改めて突きつけられた現実に胸が軋《きし》む。しかし無情にも退去の時は告げられた。

「それでは、引き渡しはこれで完了ですね。ご苦労さまでした」

手続きを担当した管財人が事務的に頭を下げ、半ば追い出される形でアリエスは外へ誘導された。最後まで傍にいてくれたメイド頭を空元気で見送って、いよいよ独りぼっちになったことを痛感する。

こんな日に限って肌寒い天気だなんて、神様は随分アリエスに手厳しい。

薄い布では風を防ぎきれず、両腕を摩《さす》りながらアリエスは往来に取り残されていた。

自分には、法律や世の仕組みなど、難しいことは分からない。世間一般の貴族令嬢より多少は頑張って勉強をしてきたけれども、父の無実を証明することも、死の真相を解き明かすことも、母と家を守ることもできなかった。あまりにも、無力だ。申し訳なくて切なくて、いくら自身を鼓舞《こぶ》してもその場を動くことができなかった。

行き先はどこにもないし、そもそも気力が枯渇《こかつ》してしまっている。

アリエスがぼんやり道端で突っ立っている間に日は暮れかけ、気温はますます落ちてゆく。いっそこのまま、死んだ両親が迎えに来てくれるのを待とうか……と心が折れかけた時、不意に目の前に立ち止まる影があった。

「……？」

虚《うつ》ろな眼差しを向ければ、随分長身の男が立っていた。全身黒ずくめで、白い豊かな髭《ひげ》を蓄えている。身なりは良いが、鋭い目つきがアリエスを萎縮《いしゅく》させた。歳は、六十代だろうか。

「失礼。アリエス・キャンベル嬢かな？」

伯爵令嬢、と呼ばれなかったことに、男がアリエスの状況を知っているのだと悟る。警戒しつつ頷《うなず》けば、彼は帽子を取って深く腰を折った。

「初めまして。お父上には生前大変お世話になった。葬儀には駆けつけられず、申し訳ない」

「父の……お知り合いですか？」

どこか冷たい雰囲気を漂わせる男と、優しかった父親との接点が思いつかず、アリエスは戸惑いつつも問いかけた。彼は小さく顎《あご》を引き、長い両手を芝居がかった仕草で広げる。

「ええ。若い頃色々と」

「そうですか……」

父の昔の交友関係は全く分からない。釈然《しゃくぜん》としないながらも、アリエスは睫毛《まつげ》を伏せた。

「あの、わざわざ足を運んでくださり申し訳ないのですが、我が家は破産しまして……お客様をもてなすことはできません。屋敷も人手に渡りましたから……」

お茶の一杯も淹れられない恥ずかしさが、アリエスに顔をあげることを許さなかった。

居たたまれずに、拳を固く握りこむ。しかし、次にかけられた言葉により、アリエスは弾かれたように上を向いた。

「お父上が誰に殺されたか、知りたくはないかね？」

「えっ……？」

大逆の疑惑を着せられたことで、父の死についての調査は曖昧《あいまい》なまま終結してしまった。計画性のない物取りに殺《や》られたのだろうと、簡単に結論づけられてしまったのだ。アリエス自身納得はしていなかったけれども、誰も耳を貸してはくれなかった。

もとより、碌な目撃情報も証言もない事件。早々に片をつけたいという思惑が、方々から滲み出ていた。

「貴方は何か、ご存じなのですか……っ？」

だとしたら、教えてほしい。逸《はや》る気持ちでアリエスは男を見上げた。

「勿論。そのつもりで今日ここへ来た。諸々準備があって、すっかり遅くなってしまったがね……長くなるから、私の馬車に来ると良い。――人に聞かれては困る話もある」

これまでのアリエスならば、供も連れずに見知らぬ男性の誘いになど絶対にのらなかった。けれど今は、メイドに傅《かしず》かれる伯爵令嬢ではないのだ。気にする外聞も、もはや地に落ちている。どうとでもなれという捨て鉢さが背中を押して、アリエスは男の指し示した馬車へと乗りこんでいた。

今更、失うものなど何もない。だったら、父の死の真相を教えてほしかった。

「――今から話すことは、他言無用にできるかね？　誰かに話せば、私だけでなく君も無事では済まない」

「どういうことですか……？　やはり父は単純な強盗事件に巻きこまれたわけではないのでしょうか？」

話の続きをねだるアリエスに、男は言い淀む素振りを見せた。まるで焦《じ》らされている気がして、余計に身を乗り出してしまう。狭い馬車の中で向かい合い、摑みかからんばかりの勢いで先を促した。

「私、決して言い触らしたりいたしません。ですから、どうか教えてください」

何を聞いても、おそらくこれ以上の衝撃を味わうことはない。アリエスは真剣な面持ちで男の顔を凝視した。名前も、素性も名乗らない謎の男。信じていいのかどうかは甚《はなは》だ疑問だ。けれども、アリエスには他に真実に辿り着く手がかりは一つもなかった。

「……分かった。覚悟があるのなら、教えよう。――君の父親……キャンベル伯爵を殺させたのは……この国の、最高権力者だ」

「……え？」

思わず漏れた間《ま》の抜けた声は、返された答えがあまりにも想定外だったからだ。アリエスは最高権力者、という言葉の意味が咄嗟《とっさ》には理解できず、何度も頭の中で繰り返して、ようやくたった一人の存在に思い当たる。

言うまでもなく、リズベルト国の現国主、フェルゼン王だ。

「あの、まさかそんな……」

いくらなんでも一国の王が、人を使って行きずりの犯行を装い、人を殺めるとは信じがたい。しかも貴族ではあっても、キャンベル家はさほど政治の中枢にはおらず、力を持っているわけではなかった。排除したいのであれば、もっと閑職に追いやるなりなんなりすればいい。どうしてわざわざ、とアリエスの眉間に皺が寄る。

――このこの馬車に乗ってしまったけれど、まずい。この方、ひょっとして、誇大妄想に憑《と》りつかれた病人なのかもしれないわ……

現在王位に就《つ》いているフェルゼン国王は、今から十年前、僅か十五歳にして玉座に座った。身分の低い側室が産んだ、しかも第八王子であった彼に、本来であれば王位は回ってこなかったはずである。しかし、兄弟たちが相次いで死亡したり継承権を放棄したことにより、それまで影が薄かった彼に王位の座が転がりこんできたのだ。

海を挟んで大国と対峙するリズベルト国は、長年侵略の危機に晒されてきた。複雑な海流に守られていなければ、とうに滅ぼされ、どこかに併合されていた可能性が高い。だが幸運にも陸続きの隣国とは険しい山に隔たれたこともあり、どうにか数百年、国として永らえてきたのだ。歴史だけならばそこそこ長い。

しかしそんな地形こそがリズベルト国の繁栄を阻《はば》んでもいた。

人の行き来が難しいということは、物流も滞る。さほど国土が広くなく、これといった資源を持たないリズベルト国は、お世辞にも豊かだとは言えず、その上、代々の王が他国と小競《こぜ》り合いを続けたせいで、国民は疲弊《ひへい》していた。

そんな状況の真っただ中の十年前、また新たに戦争が始まると噂されていた最中、先代国王が突如死去したのだから、人々の動揺は想像に難くない。前後して次々に王子たちが命を落としたことも相まって、国内に漂う閉塞《へいそく》感は相当なものだった。

誰もが未来に絶望し、近々他国に攻め滅ぼされるのではないかと怯えていた。当時七歳だったアリエスも、父が毎日険しい顔で考えこみ、母は陰鬱《いんうつ》な表情をしていたことを鮮明に覚えている。

おそらくは誰一人、目立たない王子であったフェルゼンに、期待などしていなかっただろう。たった十五歳の子供に、何もできるわけがないと諦めていた。

けれども、侮《あなど》る周囲をよそに、彼は瞬く間に周辺国と同盟を結びだした。基幹産業である漁業と機織りを全面的に支援し、商品を輸出し、不利にはならない条約を結んでいったのだ。他国からの圧力に屈せずに済んだのは、これまで国民を苦しめる種でもあったリズベルト周辺の海域があったおかげだ。慣れた者でなければ船を操ることができない海流を、リズベルトの漁業従事者ならば熟知している。そこを、海運路として独占したのだ。

更には希少価値の高い宝石が眠る鉱山も探し当て、販路を確立した。

それらの手腕は鮮やかで、『毒にも薬にもならぬ大人しい王子』という評価を、人々は改めざるを得なかった。

年若い王を操り、旨《うま》い汁を吸おうとしていた者たちが、自分たちの担ぎ上げた少年が都合のいい人形などではなく、眠れる獅子だと知った時には後の祭り。全員過去の罪まで暴き立てられ、処刑または更迭《こうてつ》された。現在フェルゼン国王の脇を固めるのは、忠実な臣下だけだという。

そうして十年。数々の改革は、確実に国民の生活水準を上げている。リズベルトの国民であれば誰もが知っていること。故に、フェルゼン国王の人気と支持率は高い。

「国王様が、そんな馬鹿な真似をするはずが……」

アリエスはゆるゆると頭を振った。

対面する男から顔を寄せられ、反射的に仰け反った背中が馬車の内壁にぶつかる。

「十年前、君の父上は子供と言っていい王子の不支持を表明していた。当時、反対意見を述べていた貴族たちはその後、軒並み首を斬られるか僻地《へきち》に追いやられたことは知っているかね？　運よく逃れた者たちもいたが、フェルゼン国王の怒りは収まっていなかったのだろう。しかし処罰に価する罪を犯したわけでもなければ、しばらく生かしておいた方が都合がよかった。ただでさえ、かつての大粛清《だいしゅくせい》で、人手は足りていなかったからね」

くだらない妄言《もうげん》だと切り捨てるのは容易《たやす》い。だが吐き気に似たむかつきが、奥から湧きあがってくる。アリエスは眩暈《めまい》を感じ、自分が座るベンチに手をついた。

男の言う通り、かなりの数の貴族たちが処罰対象になったからだ。

「国が安定した今、過去の恨みを思い出し、もう用済みになった者を切り捨てにかかっても不思議はない」

「そ、んな……フェルゼン国王様は賢王と名高い方です。いくら何でも不敬です。冗談では済まされませんよ……っ」

「信じられないだろうが、これが真実だ。そしてキャンベル伯爵の名誉を地に落とすため、君の父上は謀反の濡れ衣を着せられたのだ」

「え……っ？　嘘です、馬鹿馬鹿しいっ……」

言い返しつつ、嫌な予感が広がってゆくことは止められなかった。一度植えつけられた疑念は、瞬く間に成長してしまう。生きる気力をなくしかけていたアリエスにとって、『誰かに両親の死の責任を押しつけて恨むこと』はひどく魅力的にも思えたのだ。

父や母を救えなかった己の無力さへの苛立ちを、別人を憎むことですり替える。この話が本当であれば、自分はまだ死ぬわけにはいかない。やるべきことがあるのではないか。父の汚名を雪《すす》ぎ、母の無念を晴らす。それまでは、簡単に諦めることなどできるはずがない。

恨んでいれば、怒っていれば、生きていられる。

アリエスは、まだ死にたくなかった。

これまでフェルゼン国王について耳にした噂は、どれも素晴らしい逸話ばかりだ。直接お会いしたことはないけれど、人格者であると称えられ、アリエスも尊敬している。だが逆に言えば、本当の人となりなど知りはしない。全ては人から聞いた情報でしかなく、どれもが絶対に真実であるとは限らなかった。つまり――アリエスが想像もしない本性を隠し持っていても、おかしくはないのだ。

少なくとも、あの清廉だった父が大逆を画策していたと言われるよりも、受け入れやすい。

いっそ楽になるために何もかも放棄してしまおうかという暗い夢想に傾きかけていた天秤が、一気に生命力溢れる方向に持ち直す。今や力を取り戻したアリエスの双眸は、ギラギラとした光を放っていた。正面に座る男を睨《にら》み据《す》え、震える唇をゆっくり開く。

「……もっと詳しく、教えていただけますか？」

「ああ。突然の話で君も戸惑っているだろうが、証拠も揃《そろ》えてある。今から、私の屋敷に来るかね？」

「はい、お願いします」

迷いなく、頷いた。

この先に踏み出せば、もう二度と戻れない。底のない沼に足を踏み入れる予感があったけれど、アリエスには逡巡《しゅんじゅん》も葛藤《かっとう》もなかった。たとえ荊《いばら》の道であったとしても、これ以上失うものがないと覚悟を決めれば、恐れは一つもない。あるのは、ふつふつとした憎悪だけ。

男の言葉が全て真実である保証はどこにもないが、それでも構わなかった。ずっと悪夢の中を泳いでいるように現実感が乏《とぼ》しかったけれど、久しぶりに活力が戻る予感に指先が熱を持つ。

アリエスは前へ進むために、一瞬抱いた疑問から無理やり目を逸らした。悲哀、不安、自己嫌悪の全てを黒々とした感情に置き換える。

「連れて行ってください。貴方の、お名前は？」

本来であれば最初に聞くべきことを思い出し、アリエスは問いかけた。男は、硝子玉《がらすだま》めいた灰色の瞳を微かに細める。

「エリオットと呼んでくれ」

偽名であろうことは察せられたが、アリエスはあえて口にはしなかった。男の本当の名前など、些末《さまつ》な問題だ。これから自分が踏みこもうとしている先は、おそらく奈落《ならく》。

すっと息を吸い、背筋を正した。

「ではエリオット様。改めて、よろしくお願いいたします」

ゆっくりと馬車が走りだす。夜に侵蝕《しんしょく》された空は暗く、星も月も隠れ、どこまでも陰鬱《いんうつ》な闇が広がっていた。夜霧に飲まれてゆくように、一台の馬車が郊外を目指してひた走ってゆく。

その日から、元キャンベル伯爵令嬢アリエスは忽然《こつぜん》と姿を消してしまった。

艶のある黒髪を纏《まと》め上げ、襟足にほつれがないことを確認した後、侍女服を纏った女は前髪で顔の半分を覆い隠した。視界は狭まるが、気にはしない。

最後にヘッドドレスの位置を直し、女は使用人部屋を後にした。

「おはよう、ローズ」

「おはようございます、ビビさん」

ローズと呼ばれた女は、振り返って同僚に挨拶をした。腰を折った拍子に、ばさりと長い前髪が落ちかかり、ますます顔を隠してしまう。

「ああ、もう。いい加減その前髪、切るなり上げるなりしたらどう？」

「前にも申し上げましたが、私、額に大きな傷があるのです。それに人と眼が合うことが苦手で……申し訳ありません」

そっとおでこを押さえて、ローズは小さな声で呟いた。まだ十代後半と思われるのに、その仕草には若者らしい快活さも覇気《はき》もない。だがいつものことなので、ビビは軽く肩を竦《すく》めただけだった。

「そうだったわね。でも、もう少し身だしなみに気をつけないと、また侍女長に怒られてしまうわよ。そろそろ貴女、眼をつけられているんじゃない？」

「できる限り、目立たないようにしているのですが……」

気配を殺し、口数を少なく。叶うならば、存在自体忘れ去られた空気になってしまいたい。

「確かにローズは地味だけれど……別の意味で悪目立ちしているわよ」

「え？　私……目立っていますか？」

想定外だ。息を潜めて過ごしているつもりだったローズは、ビックリしてビビを見た。本音では、ビビと親しくするつもりもなかった。しかし社交的な彼女は、こちらの内向的な態度に頓着することなく話しかけてくる。

「そりゃ、そうでしょ。人は見えないものの中身が気になる生き物なのよ。隠されれば、それだけ興味が湧くでしょう」

——そんな馬鹿な。じゃあ、私がしていたのは逆効果だったということ？

愕然《がくぜん》としてしまう。

——完璧な変装だと、思っていたのに。

それなりに頭を捻《ひね》って考えた作戦だったので、最初から失敗していただなんて、流石《さすが》に傷ついた。

ローズが王城の下働きとして働き始めて間もなく一か月。広い敷地内のことも、人々の大まかな動きもようやく分かってきたのに、まさか初っ端から躓《つまず》いていたなんて。

けれども、他に良い方法が思いつかなかったのだ。

万が一、自分の顔を知っている人がいれば厄介《やっかい》だし、今後の計画に支障が出てしまう。いくら髪を染めていても、気がつく者はいるかもしれない。かと言って、眼鏡などで顔を隠すことは得策ではなかった。良家の子女が行儀見習いで王城へ上がっているのならばともかく、高価な眼鏡を下っ端侍女が所有しているなんて違和感がありまくりではないか。

結局色々考えた結果、伸ばした前髪で瞳を隠すという戦法だったのだが、上手くいっていると思っていたのは、どうやらローズだけだったらしい。

「でも、今更ねぇ……」

「え？　何か言った？　ローズ」

「いいえ、なんでもありません、ビビさん。さ、行きましょう」

「そうね。……あらやだ、遅れちゃう。急がなきゃ！」

先に小走りになった彼女を追いかけ、ローズも走りだした。風に煽《あお》られて、前髪が横に流れる。下から現れたのは、煌めく琥珀の瞳だった。回廊の途中、遠くに立派な塔を抱いた建物が見え、無意識に眼はそちらへ吸い寄せられてゆく。

そこは、まだローズが立ち入ることを許されてはいない王族たちの寝起きする場所だ。一際豪奢な意匠が離れていても窺《うかが》えた。白亜の宮殿を飾るのは、無数の彫刻と数え切れないほどの窓。

しかし現在、あそこに住んでいるのはたった一人、フェルゼン国王のみ。数多いた先王の側室たちは、全て郷里に帰されるか臣下に下げ渡されるかしていた。男兄弟は亡くなるか事実上幽閉の身。年頃の姫君は降嫁し、まだ幼い妹たちは母親と一緒に城を出されている。

先代の王妃とフェルゼン国王の生母は、彼が王位を継ぐ前に相次いで死去し、未だ正妃どころか側妃も迎えていない現国王の後宮は空っぽだというのだから、だだっ広い城の中で一人過ごす気分というのは、いったいどんなものなのだろう。

ローズは胸によぎった痛みを振り払った。

自分も、孤独の意味を知っている。だが、今は感傷に浸る時ではない。

高くそびえる塔を睨みつけ、気持ちを引き締めた。

あと少し。もっと信頼を勝ち得て、上を目指さなければ。せめて、下働きから抜け出して、自由にあの場所へ出入りできるようにならないと、目的を達成することは不可能だ。

そのためにも、今は息を殺して真面目に働く。

隠した。

ローズ――アリエスは黒く染めた前髪を引っ張り、憎悪が溢れそうになる双眸を覆い

アリエスが姿を消してから二か月余り。世間では、キャンベル伯爵家の失脚も、令嬢失踪の醜聞も、過去の話題になりつつある。人はいつだって新しく刺激的な噂話に飢えている。次々に提供される面白おかしい内容に飛びついて、アリエスは忘れ去られていた。

だが、これは好都合だ。いっそ死んだと思われている方が、行動しやすい。

姿を変え、名前を偽り、田舎から出てきたばかりの冴えない女ローズとして、城に潜りこむことまでは成功した。慣れない使用人の仕事は大変だけれども、それ以前のひと月を思えば、どうということはない。

エリオットと共に消えたアリエスは、王城に出仕するまでの約ひと月の間にとある訓練を受けていた。

基本的に身体を動かすことがあまりない貴族令嬢は、お世辞にも軽い身のこなしとは言えない。どちらかと言えば鈍臭い部類に入るアリエスならば尚更だった。

子供時代ならばいざ知らず、全力で走ったことはないし、普段持つものは精々が日傘程度だ。重いものを持ち運ぶなど無縁。

つまり鈍った身体を必死で鍛え上げていたのだけれど、ひと月ではたかが知れている。どうにか町娘の人並みになったにすぎず、毎日侍女として働くだけで疲労困憊《こんぱい》だった。そ

れでも、体力はついたと思う。

アリエスはすっかり荒れてひび割れた指先に視線を落とし、溜め息を吐いた。

いったいいつまで、憎い仇を眼の前にして手が届かない現実に苦しめられればいいのだろう。未だにフェルゼン国王と直接顔を合わせることさえ叶わない。何度か、遠目に垣間見ただけだ。

顔の造形を確認することはできなかったけれど、噂では大層美男子であるらしい。アリエスも、肖像画でならば見知っている。だが、あれは実物以上に良く描かれるものだ。

画家だって商売なのだから、依頼人の機嫌を損ねる真似はしないに決まっている。気を遣って、多少細身にしたり鼻筋を強調させるくらいはするだろう。二割増し……いや、五割増し、場合によっては数十倍も嵩《かさ》増しだってされているはずだ。アリエスは鵜《う》呑《の》みにする気などまるでなかった。

しかし黄金の髪というのは、間違いなく本当のようだ。

金の髪はこの国では珍しくないけれども、一口に『金』と言っても微妙に濃淡の違いはある。くすんだ色味もあれば、白に近い淡いものもある。国王フェルゼンの頭髪は、噂に違わぬ輝きを放っていた。

陽の光を反射して、眩しいほどに煌めいているのを初めて見た時、アリエスは言葉を失った。まさに『黄金』としか表現できない美しさだったのだ。一瞬でも見惚れてしまった己をすぐに恥じたが、胸の高鳴りはなかなか消えてはくれなかった。

とても綺麗だと、咄嗟に感じてしまったからだ。

いくら憎しみに支配されていても、心が動いてしまうのを止めることはできない。美しいものを損なうことも、無理に歪めて貶《おとし》めることも、根が素直なアリエスには難しい。それに、金色は自分が一番好きな色でもある。

父と母から受け継いだ髪の色。両親ともにそれぞれ濃さは違えど同じ金の髪を持っていた。二人の良いところを貰《もら》って生まれたのが、アリエスだ。特に頭髪は、顕著《けんちょ》に両親の特徴を反映している。

アリエスは、自身の頭にそっと触れた。

今は、もとの面影が一切ない黒一色。鏡を見るたびに悲しくなる。まるで大切な二人を否定している気分になり、約一週間ごとに染め直さねばならない日は、いつも憂鬱だった。先の見えない現状は不安と不満に溢れている。けれどこれ以外自分に道はないのだ。アリエスは、『頑張れ』と頭の中で繰り返しながらビビの背中を追いかけた。

「あ……そうだったわ。忘れていた。私、これを貴女に渡すつもりだったのよ」

突然振り向いた彼女が封筒を差し出したので、アリエスは驚いて立ち止まった。その手にあるのは、白く四角いもの。厚みはさほどないが、厳重に封が施されていた。

「これは……？」

「実は昨日の夜、部屋に戻ったら扉の下から差しこまれていたの。てっきり私宛の恋文かと思って喜んだのに、宛名はローズなんだもの。がっかりよ。きっと部屋を間違えたのね。失礼しちゃうわ」

ぷぅと頬を膨《ふく》らませながらも、ビビは興味津々といった表情でこちらを見つめてきた。

アリエスと彼女の部屋は隣同士だ。

「昨晩はもう遅い時間だったから今朝渡そうと思っていたのよ。差出人の名前はないけれど、逢引のお誘いかしら？」

「まさか……あの、ありがとう。後で読みます」

内容を知りたそうなビビには曖昧に笑ってごまかし、アリエスは素早く手紙をポケットにしまいこんだ。決して誰にも中身を見られるわけにはいかない。これこそ一日千秋《いちじつせんしゅう》の思いで待ち続けていたものだと、一目で分かった。

素っ気ない封筒にただ一言、『親愛なるローズへ』とだけ綴られた筆跡には、見覚えがある。訓練中、幾度となく眼にしたエリオットのものだ。部屋を間違えるという致命的なミスは許しがたいが、男性である彼自身が侍女の部屋が並ぶ一角に侵入できるとは思えないから、たぶん他の誰かに依頼したのだろう。だとすれば、失敗は大目に見てやらなくもない。

随分上から目線で断じながらも、アリエスの気持ちは逸っていた。

一刻も早く一人になって開封したい。だが今は仕事が優先だ。遅刻ギリギリに朝礼に間に合って、アリエスとビビは列の端に並んだ。

上《うわ》の空のまま侍女長のありがたいお説教を聞き流し、アリエスは服の上から封筒を撫でる。

やっと、行動が起こせる。根が真面目なせいで真剣に侍女として働きすぎ、下手をしたらこのまま一使用人として終わってしまうのかといささか不安になっていたのだ。エリオットに忘れられていなくて心底ほっとした。

最近は仕事にやり甲斐を感じ始めていたけれど、アリエスの求めるものは職業婦人の道を究めることではない。

そんなことを考えていると、いつの間にか朝礼は終わり、皆持ち場へと移動し始めた。

アリエスもほっと息を吐き、本日の受け持ちの場所へと向かう。

勤務日数が短く、経験も乏しいアリエスに任されている仕事は、主に掃除だ。毎日箒《ほうき》やブラシを抱えて、指示されたところへ向かう。結構な重労働だし、完全な一人になることは珍しいのだが、今日は運が良かった。

他にひと気のない、ほぼ使っていない倉庫の掃除を割り当てられたのだ。アリエスは最低限の掃除をきちんと終わらせた上で、ようやく持っていた手紙を取り出す。

封を破る手は、震えていた。

折り畳《たた》まれた上質な紙を開き、書かれた文字に視線を走らせる。高鳴る胸が苦しくて、上手く内容が頭に入ってこない。何度も同じ文章を行きつ戻りつしながら、アリエスはどうにか最後まで読みきった。

その上で——意味が分からず頭から読み直す。

「……ええと……いったい何が言いたいのかしら……？　もしかして、便箋《びんせん》が一枚抜けている？　それとも私、理解力が乏しくなってしまったのかしら」

邪魔な前髪を掻き上げて、アリエスはじっくり読み直した。念のため、足元に落ちている紙がないか探しもした。しかし、やはり手にしている分だけで全てらしい。

つまりは、紙面にある内容で全部なのだ。だとすれば——

「えええっ……!?」

人は、理解したくないと読解力が極端に落ちるものなのか。それとも、現実を受け入れまいとして頭が機能停止するのか。

侍女として城に潜入し、一か月間アリエスが待ち焦《こ》がれ続けた指令書には、何度読み直しても同じことが認《したた》められていた。もう、素直に受けとめるしかない。

両親を喪い、爵位と財産を奪われ、屋敷も追い出されたアリエスが縋《すが》ったのは、全ての元凶であるフェルゼン国王への復讐《ふくしゅう》だった。そのために無駄な矜持《きょうじ》などかなぐり捨てて、エリオットを頼り生き延びたのだ。

どうすれば両親の無念を晴らせるのか、彼はアリエスに教授してくれた。罪人の娘になり果ててしまった自分が一国の王に近づける術を整えてくれたのも、エリオットだ。それこそが、別人に成り代わり侍女として城に上がることだった。

そうしてここに来る前のひと月で、付け焼き刃ではあっても、仕込まれたのは暗殺術。毒殺、絞殺、刺殺に撲殺。およそか弱いアリエスにもできそうな方法は、一通り学び習得した。実践経験こそないが、人体の構造や急所は理解している。あとは、機会と覚悟さえ揃えばいい。

だから、てっきり指令書には、具体的な暗殺指示が書かれていると思っていたのだ。場所、日時、そして方法。予想していた内容を求め、しつこくアリエスは手紙を見直す。結論から言えば、それらはきちんと記されていた。しかし想定の範囲を超えるどころか斜め上すぎて、アリエスには理解が追いつかないのだ。

「ちょっと待って……」

よろめいた足を踏ん張りきれず、その場に尻餅《しりもち》をついてしまう。いくら掃き清めても清潔とは言いがたい床の上で、アリエスは頭を抱えた。

駄目だ。いくら曲解しようとしても、簡潔な文章から読み取れることは、一つだけだった。

まずは場所――フェルゼン国王の寝所。

これはいい。当然そうだろうと予想していた。昼日中では、沢山の護衛に囲まれている彼に接近することなど不可能だし、フェルゼンは武道に優れている。剣を持てば、歴代最強と謳《うた》われる騎士団長を上回ると言われているのだ。素手での格闘も相当の腕らしく、真正面から突っこんで、アリエスが敵うわけがない。

玉砕《ぎょくさい》どころか、辿り着く前に撃沈だろう。

次に日時——本日、皆が寝静まる深夜三時半。

今日いきなり、ということには度肝を抜かれたが、順当な選択だと思う。フェルゼン国王が床に入るのは、だいたい零時を回った頃だと調べはついていた。よほど多忙でない限り、毎日同じだ。ならば、丁度眠りが深くなった頃が理想的である。万が一にも目を覚まされては困るし、反撃されれば腕っぷしでアリエスが確実に負ける。

最近の彼は遠征や来客がなく、比較的穏やかな日々が続いていた。突然予定が変わる可能性は少ないはずだし、何日も前から『今夜決行』と告げられていたら、アリエスは冷静に侍女として振る舞うことができなくなっていたかもしれない。

つまり、ぎりぎりまで告げられなかったことは、正しい。

最後に方法——毒殺。

毒を用いて人を殺める。とても分かりやすいし、非力な女がとる手段としては、王道なのかもしれない。だがしかし、だ。箇条書きで説明されたそこへ至る方法こそが、大問題だった。

今日の昼休憩の際、毒針を仕込んだ指輪をこっそり渡す、と手紙には記されている。誰から、どうやってなど具体的なことは書かれておらず、午後は体調不良と偽って、早めに部屋へ引き上げろと続いていた。

おそらくこの手紙同様、エリオット自身ではなく誰かの手を借りるのだろう。安易に人前に姿を見せない用心深いあの男らしい方法だ。

その後迎えを寄越すから、アリエスの部屋に準備しておいた衣装に着替えて、その人物について行けと指示されていた。向かう先は勿論フェルゼンの寝所だ。

ここまでなら、アリエスも混乱しないし戸惑わない。だが、てっきり深夜国王の部屋へ忍びこむ手引きをしてくれるのかと思ったが、どうやら違う。指定された時刻は、どう考えても彼が夕食を食べ終わり入浴を済ませた後くらいだ。絶対に起きている時間帯である。

正気か？　というのがアリエスの第一印象だった。

書き間違いかな？　と疑いつつ眼を走らせれば、次の一文で脳が沸騰《ふっとう》するかと思った。何度読んでも頭を殴られるのに等しい衝撃を受ける。

嘘だと信じたい。しかしこの状況であのエリオットが冗談など口にするはずがないことは知っている。ならば、これは現実だ。

アリエスは手紙の字面を震える指先でなぞった。そこに書かれた文章を、無理やり自分に浸透させる。『一夜の情けを乞う夜伽《よとぎ》として寝所に侍《はべ》り、寝入ったところを暗殺せよ』という驚天動地《きょうてんどうち》の指令を。

「ま、まさか本当に夜伽をしろという意味ではないわよね……？」

たとえ一夜限りだとしても、アリエスはまっさらな処女だ。異性とキスもしたことがない。婚約者だった男とも、手を握ったことしかないのだ。結婚までは無垢な身体でと教えられ、貞淑を信じ守ってきた。それを、親の仇であるフェルゼンに捧げろと言うのか。

「いやいや、いくら何でも……」

確かに、目的を達成するためなら全てを捨てると覚悟は決めていた。できることは何でもする決意を固めていたし、失うものは何もない。けれど、それとこれとは話が別だ。

アリエスはゴクリと唾を呑む。

これはエリオットの言葉の綾で、実際に行為に及べという意味ではないという希望的観測に縋りつく。だがだとしたら、寝所に向かう時刻と、暗殺予定時刻との間にある数時間は何なのだ。単純に暗殺準備期間とは思えない。そもそも毒針を刺すのに、何時間も必要ない。

不穏な想像は頭を振って追い払い、アリエスはひとまず掃除道具を片づけ始めた。手を動かしていれば、止まらなくなる妄想は横に置いておける。

落ち着け、と己に言い聞かせても動揺は収まらず、途中バケツを引っくり返したのはご愛敬だ。水浸しの倉庫を拭き上げて、アリエスは食堂に向かった。これから昼休憩を挟んで、いつもならば午後も仕事に励むことになる。

しかし手紙に従えば、『毒針を仕込んだ指輪』を受け取って、早退を申し出なければならない。その足で部屋に戻り、用意されているという着替えを……

そこまで考えて、アリエスはハッとした。

――まさかまた、ビビさんの居室と間違えていないでしょうね!?

だとしたら、一大事だ。どんな服が準備されているのかは知らないけれど、侍女服でないことだけは確かだろう。おそらく夜伽に相応しい扇情的《せんじょう》なものであるはずだ。宛名が書かれていれば彼女は開封しないと思うが、どこから足がつくか分からない上に、下手をしたら剝《む》き出しで置かれている可能性もある。万が一を考えれば、一刻も早く自室に戻り、できるだけ時間に余裕を持った方が良い。

アリエスが大慌てで食堂に飛びこむと、見知らぬ女から擦れ違いざまに小さなものを握らされた。侍女姿の女は振り返りもせず、自然に離れてゆく。その背中を眼で追いそうになったが、アリエスは強引に視線を逸らした。

右手の中には、硬い異物。

確認するまでもなく、件《くだん》の指輪だ。

すぅっと身体が冷えてゆくような錯覚に襲われ、自然に血の気が引いてゆく。今、自分の手には、人を殺める道具があるのだ。重い事実が、嫌な現実感を伴ってアリエスにのしかかってくる。

——今夜、この毒で、私はフェルゼン国王を殺す。

頭では分かっていたはずのことが、急に生々しく感じられた。これまでの辛い訓練期間も全部この日のため。だがいざ今夜と突きつけられると、足が竦む思いがした。

おそらく、意識的に深く考えないようにしていたのかもしれない。自分が学んでいることが人の命を奪う手段であることを。

父が無実の罪を着せられたのに、娘であるアリエスが王殺しの大罪人になることは、本当に正しいのか。そもそも、エリオットを全面的に信用して良いのか。

——駄目。考えてはいけない。決意が鈍れば、生きていられなくなる……フェルゼンは敵なのよ。迷ってはいけない。この道だけが、私の生きる理由でしょう？

これは、義務だ。仕事と言い換えてもいい。アリエスがやるべきこと。やらねばならないこと。

——仕事はきっちりやらなくちゃ……

食欲など湧くはずもなく、アリエスは上長のもとにふらふらと歩いていき、気分が悪いから休ませてほしいと告げた。

バケツの水で足元は濡れたまま、今にも倒れそうな顔色と様子に、普段は厳しい上長も心配になったらしい。あっさり早退を許してくれた。

「アリエス……どうしたの？　大丈夫？」

心配してくれるビビには申し訳ないが、拍子抜けするほど予定通り上手くいき、アリエスは無事に自室へ帰りついた。すると幸か不幸か今度は部屋を間違えられなかったらしく、ベッドの上に畳まれた服が置かれている。

それを広げてみて、何故指輪と一緒に食堂で手渡されなかったのかを悟った。

あまりにも、布が薄い。と言うか、布面積が小さい。防御力、ゼロである。むしろ守る気などなく、いやらしさをより一層演出するため、申し訳程度に身体を隠している気しかしない。

下着と呼ぶには装飾が華美で、服と言うには人前に出られる状態ではなかった。リボンやレースがふんだんに使われていて可愛いのだが、いかんせん透けている。たぶん、大事な場所は丸見えだ。丈が短く、両脚は太腿まで全開になりそうだし、細い紐で吊っているだけなので肩は丸出し。にもかかわらず、ふんだんに宝石が縫いつけてあるせいか、無駄に重い。

こんなものを人目がある場所で渡されたら、暗殺者とは違う意味でアリエスの人生は終わってしまう。いくら何かに包まれていたとしても、好奇心旺盛な同僚に捕まれば万事休すだ。他人に興味津々な者が大勢いるので、『中身は何？　見せて』と始まってしまうことが容易に予測できた。

逆に指輪に関しては、きちんとアリエスの手に渡ったことを確認したかったのではないかと思う。

こんなに危険極まりない物騒な代物は、どう言い訳したところで後ろ暗い使い道しかないではないか。見咎《みとが》められれば、持っているだけで即お縄《なわ》だ。

アリエスは勇気を掻き集めて、凶器となる指輪を改めて見つめた。

贅沢《ぜいたく》に金を使ったそれは、小ささの割に重量がある。台座に嵌《は》められているのは、真っ赤な石。血を連想させる色味に、鼓動が速まった。

毒針の仕掛けは、石の下にある。ひと月前エリオットのもとで、アリエスはこういった道具の扱いを教えられていた。指輪の石を摑んで慎重に右に回すと、台座と石の間から小さな針が飛び出してくる。

実は宝石に見える石の内側は空洞になっており、中には毒液が詰められているのだ。針を対象者に打ちこめば、内蔵された液体が自動的に注入されることになる。

何度も、練習は重ねてきた。と言っても、動物に刺すことさえアリエスにはできず、肉の塊《かたまり》に突き立てるのが精一杯だったが。

「……今更、怖気づいてどうするのよ……っ」

練習と実践はまるで違う。これから人を殺めるのだと思えば、アリエスの頭から恥ずかしい衣装の件は消え失せていた。代わりに占めるのは、躊躇《ためら》い。

「やっと、ここまで来たのよ。お父様に無実の罪を着せて殺し、お母様を死に追いやった仇を私が取るのでしょう……！」

そのためならば、恥ずかしい格好だって厭《いと》わない。いや、フェルゼンの油断を誘うために身体を開くことすら何でもない。

他者を殺める罪悪感から眼を逸らし、アリエスは勢いよく侍女服を脱ぎ捨てて着替え始めた。

2. 第一夜

広く薄暗い部屋の中、幾重《いくえ》にも折り重なった紗《しゃ》が中央に据えられたベッドを隠していた。焚《た》きしめられた香がアリエスの鼻腔《びくう》を擽る。

国王の寝室は落ち着かないほど豪奢に飾り立てられていて、ベッド自体大人が三人は悠々《ゆうゆう》眠れるくらいに巨大だった。しかしそんなに大きなものを置いても、部屋は狭苦しく感じられない。天井が高く、他の家具が置かれていないせいだろう。

本当に眠るためだけの部屋なのだ。

他にも、『着替えをする部屋』『休憩する部屋』『ゲームをする部屋』『人と会う部屋』などがあると聞き、アリエスは意識を手放しかけた。勿論、執務室や普段過ごす部屋は別にある。

いったい何部屋分が国王の私室とみなされるのか、考えただけで気が遠くなった。こちらの掃除担当も大変だろうなと経験者として同情を禁じ得ない。

仮病を使って早退した後、アリエスが着替えを終えて上着を羽織り、邪魔な前髪を左右に流して準備万端で迎えを待ち構えていると、やってきたのは先ほど食堂で指輪を渡してきた女だった。これといった特徴のない彼女はあまり印象に残らず、アリエスも普段ならば、気にも留めなかったに違いない。城勤めの下働きは大勢いるし、下っ端ともなれば、全ての人間の顔を把握するなど不可能に近い。制服を着て堂々としていられたら、まず偽物とは気づかれないかもしれない。

アリエスは挨拶もしない女に促され、外へ連れ出された。夜陰に紛れ、誰にも会わない道を進む。どうやら彼女は城内の警備や侍女たちの動きを完全に覚えているらしい。迷いのない足取りで先を急ぐ後姿にアリエスは声をかけた。

「……私よりも、貴女が実行した方が成功する確率が高いのでは……」

とても素人とは思えぬ身のこなしに思わず本音が漏れてしまった。と言っても、アリエス自らの手で復讐を果たす権利を放棄するつもりはない。エリオットの力を借りはしても、最後はこの手で決着をつけると決意している。

「――――手練《てだ》れは何人も送りこみましたが、ことごとく失敗しました。フェルゼンに恨みを抱いている者は他にも沢山おります。しかし、誰一人として暗殺に赴《おもむ》き無事戻った者はおりません。ならばいっそ、死臭のしみついた玄人よりも、荒事とは一見縁のない者の方が成功するのではないかと、我らが主はお考えになったのでしょう」

女が返事をしてくれたことは意外だった。名乗る気もない態度で、必要最低限の会話さえ拒んでいる気配を漂わせていたからだ。これから人を殺めに行く緊張から、アリエスの口は軽くなる。もっとお喋《しゃべ》りがしたくなり、重ねて問いかけた。

「だとしても、夜伽という手段はいかがなものかと……」

「閨《ねや》は男性が最も無防備になる場所です。暗殺を行う上では都合がいい」

「で、でも私は特別美人なわけでも、官能的な身体つきをしているわけでもありません。そ、それに房事はさっぱりで……」

「だからこそ、適任だとみなされたのでしょう」

くるりと振り返った女が冷えた眼を細めた。

「フェルゼンは処女を好んで相手をさせるそうですから」

「えっ……？」

今、とんでもない台詞を聞いた気がする。思わず立ち止まったアリエスの腕を、女はぐいっと引っ張った。

「お急ぎください。あと数分でここを抜けなければ、見回りの兵がやってきてしまいます」

「は、はい。いや、あの、今何と言いました？」

「ですから、見回りの兵が」

「その前です！」

空耳でなければ、処女がどうとか聞こえた気がする。アリエスは引き攣《つ》る頬を宥《なだ》め、女の後を小走りで追った。

「ああ……緘口令《かんこう》がしかれているから、ご存じないのですね。フェルゼンは毎夜処女を閨に引きこんで弄《もてあそ》び、翌朝には殺してしまうのですよ」

「はいっ……!?」

「大きな声を出さないでくださいませ」

ぴしりと怒られて、アリエスは慌てて口を噤《つぐ》んだ。しかし、疑問は解消せず、聞き出したい気持ちに負けてしまう。

「ど、どういうことですか……っ」

「残忍な性癖なのでしょうね。無垢な生娘を好き勝手に苛《さいな》んだ後は、用済みだと言って翌朝には自ら斬り殺すそうです。ですからアリエス様は夜が明ける前に手を下してくださいませ」

「な、な……」

驚愕のあまり、喉が干上《ひあ》がってしまって声が出ない。アリエスはぱくぱくと口を開いて足を縺《もつ》れさせた。

「しっかりなさってください。朝が来る前にフェルゼンを殺めてしまえばいいだけです。ひとしきり貴女を嬲《なぶ》って満足すれば、ひと眠りするでしょうから、その隙《すき》をお突きください」

「いや、あの……」

そんなに上手くいくとは思えない。しかし慌てふためくアリエスをよそに、昼間見上げていた王族が住まう棟に辿り着いてしまう。近くで見ると、一層荘厳《そうごん》で巨大な建築物に、アリエスはすっかり気圧されてしまった。

「この入り口から、中へ入れる手はずになっています」

「ちょ、あ、はい。でも……」

女に導かれ、アリエスは混乱しつつも先を急いだ。余裕のないこちらの顔色を察したのか、女が再び振り返って小さく溜め息を吐く。

「——この計画は、貴女の逃げ道を確保するためでもあります。明日の朝、フェルゼンの遺体が発見されれば、当然一緒にいた者が疑われるでしょう？　逃げたところで追手がかかり、罪を免れることはできません。けれどもこちらが準備した別の女の遺体があれば、貴女は死んだものとして処理され嫌疑がかかる心配もない。フェルゼンが女を殺した後、賊に襲われたと判断されるはずです。そして永遠に見つからない犯人を求めて右往左往している間に、貴女は安全な場所まで逃げられるという寸法です。勿論、逃亡の手助けもいたしますよ」

「逃亡……」

暗殺を成し遂げた後のことをまったく考えていなかったアリエスは、呆然と呟いた。王殺しなんて大それたことをして、生きのびられるとは思ってもみなかったのだ。しかし、助かる道があると明示されれば、心は傾く。今まで押しこめていた願望が、顔を覗かせた。

「……異国へも、行けるかしら……?」

「ええ、最初からその予定です。希望の国があるのですか?」

「この国とは全く違う文化の国があるのだと、物語で読んだことがあります。とても暑く、砂に囲まれた乾いた土地らしいですが、人々の肌は小麦色に焼け、瘤《こぶ》のある大きな獣を使役し、厳しくも美しい場所だと……」

おそらく途方もなく遠く、目指したところで現実的に考えれば生涯辿り着くことは叶わぬ地だろう。アリエスも、本気で口にしたわけではなかった。しかし願うのは自由だ。

灯った希望を胸に拳を握り締める。

アリエスだって、何も積極的に命を無駄にしたいわけではないのだ。むしろ、死にたくない。やりたいことも見たいものもまだ沢山ある。贅沢は言わないから、人並みの人生を生きてみたかった。

両親のように仲睦まじい家庭を築いてみたい。ビビとも普通の友人としてもっと親しくなりたかった。読みたい本も沢山ある。どれもこれも、まだ諦めてしまうには未練がある。生きてさえいれば、叶うかもしれない未来。

「……考慮しておきましょう。さ、こちらに」

静まり返った長い廊下を抜け、いくつもの扉の前を通過して、女が立ち止まったのは一番奥まった部屋の前だった。大きな一枚板の扉は重そうだが、軋みもなく開かれる。

「中でお待ちください。フェルゼンは入浴を終え、間もなく参ります。今夜の貴女は、とある貴族からの貢《みつ》ぎ物ということになっておりますから、そのおつもりで」

「え、ちょっと待ってください」

「幸運を、お祈りしています」

室内に押しこまれたアリエスが振り返ると、扉は既に閉められていた。防音がしっかりしているのか、女が立ち去る足音もしない。耳が痛いほどの静寂《せいじゃく》の中、取り残されたアリエスはオロオロと視線をさまよわせた。唯一の装飾品である指輪が、急激に重くなった気がする。

指が圧迫されている感覚がして軽く手を撫でるが、余計に指輪の存在感を確認しただけだった。

もうすぐ、憎くて堪らない仇がここへやって来る。アリエスは隙をついて彼を殺す。自分にできるだろうかと弱気になりかけて、乱暴に頭を振った。

もう逃げられないのだ。ここまで来てしまったら、前へ進むしかない。アリエスは意気込んで腹に力をこめ姿勢を正した。

これは、仕事。

余計なことを考えてはいけない。下手に立ち止まれば、きっと悲しみで動けなくなる。全力で走り続けていなければ、両親を亡くした痛みでアリエスは潰されてしまうだろう。

だがしかし。悲壮な決意を固め、それから約一時間。一向にフェルゼンがやって来る気配はなかった。

放置されたアリエスの緊張は、もはや臨界点を突破している。先ほどから背中が攣りそうだし、心臓は口から飛び出さないのが不思議なほど暴れ回っていた。それなのに物音一つせず、どうしていいのか見当もつかない。とりあえず暑くなってきたので上着は脱ぎ、ちょこんとベッドの端に座り、時折体勢を変えるだけだ。

そうこうしているうちに、何だか疲れて眠くなってきてしまった。侍女の仕事は毎日山のようにあるのだ。今日は早退したけれども、普段ならば眠っているこの時間、身体は睡眠を求め始めている。約ひと月規則正しい生活を送っていたアリエスにとって、訪れた睡魔は抗《あらが》いがたいものだった。

「も、もう……早く来てくれないかしら」

限界が近い――――そう思い始めた頃、ドアノブを回す音がした。

「……っ！」

反射的にアリエスの背筋は強張《こわば》り、眠気は吹き飛んだ。天井から吊るされた薄布に阻まれて見えない入り口を凝視する。やがて現れた男の影が、ピタリと足を止めた。

「――そこにいるのは、誰だ」

「ひ、ぁ、はいっ！」

思わず返事をしてしまってから、アリエスは自らの口を押さえた。偽りとは言え、一夜の情けを乞う女としては、あまりにも間抜けすぎる。ここは色香を前面に押し出すべきか。いや、処女を弄び翌朝には殺してしまうような嗜虐《しぎゃく》性を持った男が相手ならば、怯え泣き叫ぶのが良いのか……迷っていると、天蓋の布が乱暴に左右に開かれた。

暗闇に慣れたアリエスの瞳が、ふわりと舞う薄布を捉える。その向こうに、眼を見張る黄金が煌めいていた。

乏しい光量の中で、自ら発光しているのかと思うほど、眩しく眼を射る光に言葉を失う。アリエスは呼吸も忘れて男に見入っていた。

細面でありながら男性的な容姿は、気品を感じさせる。濃紺の瞳は金の睫毛に囲まれて、より色味の対比が強調されていた。額に落ちかかる前髪は僅かに水気を孕《はら》み、艶めかしく彼を彩っている。整いすぎた容貌は作り物のようだったが、微かに顰《ひそ》められた眉と焼けた肌が、男が人間であることを証明していた。

――これが、フェルゼン国王……

噂は、どうやら本当だったらしい。いやむしろ、あまりにも秀麗な容姿を、表現しきれていたとは言えない。肖像画も、本物の美しさを正確には写し取れていなかったのだろう。アリエスが話半分で聞いて想像していた範疇《はんちゅう》を、軽々と凌駕《りょうが》している。それどころか、これまで眼にしたどんな芸術品や美術品も、彼の完成された美の足元にも及ばなかった。

「またか。懲りないな」

「え、は、はい？」

溜め息交じりに吐き出されたフェルゼンの言葉は、上手く聞き取れなかった。アリエスは問い返そうとしたが、その瞬間、彼の持つ剣に釘付けになる。

――閨では無防備になるなんて、嘘じゃない……っ！

護身用と思われる刃物は鞘《さや》に収まっていたが、あからさまに実用だ。王とは、自室で休む時であっても、警戒を怠らないのか。いや、あれこそ用済みになった女を殺める道具に違いない。

アリエスは我が身へ刃を振るわれる可能性に思い至り、全身から冷や汗が噴き出すのを感じた。

――殺される。

隙のない彼の身のこなしから、圧倒的な実力差は察せられた。正面からぶつかれば、間違いなくアリエスは返り討ちにされるだろう。両親の仇を討つどころか、今すぐ殺されるに決まっている。

――やっぱり、肌を重ねて油断させるしかないの……っ？

男を知らないアリエスにとっては、男女の営みは未知のものだ。怖いし足が震えてしまう。しかしそれ以上に恐ろしいのは、これから自分が眼前の男の命を奪うという事実だ。指輪を嵌めている右手の中指が、急激に痛みだす。熱くなった気がするのは、錯覚でしかない。分かっている。だが、無視できない異物感が突如押し寄せてきた。

「それで？　随分間の抜けた顔をしているが、自分の役目を忘れて呆けているのか？」

「め、滅相もない。私はアリエスと申します」

つまらなそうに吐き捨てたフェルゼンは、さほどアリエスに興味がないようだった。欲情している雰囲気は微塵《みじん》もない。むしろ面倒くささそうに前髪を掻き上げている。形の良い額が露《あら》わになり、整った顔立ちが一層強調され、アリエスを動揺させた。

どうやら自分は女として、彼のお気に召さなかったらしい。アリエス自身も、己が肉感的でないことは知っている。極端な不細工ではないけれども、秀でて美しいわけでもない。少なくとも、フェルゼンの前では見劣《みおと》りすることを認めざるを得なかった。

「ど、どうぞ一夜の情けをかけていただきたく……」

ベッドから立ち上がり、床にひれ伏す。この上なく屈辱《くつじょく》的だが仕方ない。今はどんな手段を講じても彼に気に入られるしかないのだ。万が一『別の女を用意しろ』などと言われては、計画は全て失敗に終わってしまう。

――やっと、この男の足元まで辿り着いたんじゃないの……！　この機会を逃しては、復讐なんて果たせないわ……！

アリエスが床に額を擦りつけていると、頭上から呆れ果てた溜め息がこぼされた。

「つまらぬ演技などするな」

「演技……？」

望んでこの場にいるわけではないということがばれているのだろうか。だがこの後弄ばれて殺されると知っていて、喜んで寝所に侍る処女がどこにいる。それとも、これまでの犠牲者たちは、何も知らされず騙《だま》されて連れてこられたということなのか。

アリエスは顔を伏せたまま首を傾げたが、一向にフェルゼンから次の言葉はかけられない。どうしたものかと逡巡する間に、ごそごそと衣擦れが聞こえてきた。

「……ん？」

「仕事をする気がないのなら、とっとと帰れ。私は疲れている」

「ちょっ……」

アリエスは我が眼を疑った。何故なら、羽織っていたシャツを脱ぎ捨てて上半身裸になった彼が一人でベッドに横になり、完全に寝る体勢に入っていたからだ。

「お、お待ちください」

「煩《うるさ》い娘だ……早く帰れ」

「いいえ、帰れません！」

このままでは本当に何もできないまま部屋を追われてしまう。この場合『何も』は暗殺を指すわけだが、文字通り『何も』されないまま放り出されるのも女の矜持が傷ついた。決して『何か』されたいわけではない。しかし指一本触れる気にもなれないほど、自分は魅力に乏しいのかと泣きたい心地がしてくる。

見下ろしたアリエスの身体つきは確かに貧相だが、一応これでも成人した女だ。小振りであっても胸はあるし、そこそこ括《くび》れてもいる。何より、ほとんど肢体の線が丸見えな布きれ……もとい、服を着ているのだ。男性の眼には、仮に好みでなかったとしても、多少は扇情的に映るはずである。そうでなくては困る。

「あ、あの私はっ……！」

「どう見ても玄人ではないな。全て計算の上ならたいしたものだが、いったい何をしに来た？」

「確かにおっしゃる通りですけれども……」

アリエスは娼婦ではないから、素人であると断じられても仕方ない。しかし、フェルゼンは処女をお好みだったのではないのか。生娘の玄人など聞いたことがない。もしやアリエスが無知なだけで、世間的にはそういう職業や括《くく》りがあるのだろうか。

一瞬悩んだが、アリエスはひとまず疑問を掻き消した。

気だるげに横たわる彼を見上げ、床にしゃがみこんだまま全力で頭を働かせる。

「お、お願いします。このまま帰されては私っ……」

絶好の機会を自ら潰してなるものかと、昂《たか》ぶった気持ちがアリエスの瞳を潤《うる》ませた。涙で滲んだ視界の中、フェルゼンが怪訝そうな顔をする。

「せめて、追い出さないでくださいませ！　明日の朝までで構いませんので、ここに置いてください。息を殺して静かにしておりますから！」

拝み倒す勢いで平身低頭《へいしんていとう》懇願した。傍から見れば、土下座で情を乞う女のできあがりだ。心底情けない。しかし贅沢を言っている暇はなかった。アリエスは何とか彼の寝室に留まって、フェルゼンが寝入るのを待ちたいのだ。

「……おかしな女だな」

それはそうだろう。自ら身体を投げ出して、殺してくださいと言っているのも同じだ。しかも据え膳なのに拒絶されるという最悪の待遇付きで。

「こ、こんなにお願いしても駄目でしょうか……？」

「……お前にも事情があるのか」

「え？」

彼の言う通り、事情はある。勿論、語ることなど絶対にできないが。アリエスが戸惑って視線を泳がせれば、フェルゼンは深々と溜め息を吐いた。

「……いいだろう。夜明けまでこの部屋の中にいることを許す」

「本当ですか!?　ありがとうございま……クシュンッ」

　床に座らされたまま夜を過ごしても構わないとアリエスは思っていたが、ほぼ裸同然の状態で汗をかき、身体は冷えてしまったらしい。喜んだ刹那《せつな》、くしゃみを漏らしてしまった。しかも一度では収まらず、二度三度立て続けに。

「そんな格好をしているからだろう。上着を着たらどうだ」

「そ、そうですね。では失礼して……」

　心底、彼はアリエスの身体に関心がないらしい。脱いでいた上着を情けない気分で羽織り、アリエスは再び床に腰を下ろした。

「おい、何をしている」

「え、大人しく座っております」

「馬鹿かお前は。早くこっちに来い」

　フェルゼンが掛布を捲《めく》り、自身の傍らをポンポンと叩いた。その仕草が意味するところは、たった一つだ。

「はい……っ？」

　つい先ほどまで、彼はアリエスに微塵も興味を持っていなかった。今だって冷静な顔つきには欠片ほどの下心も見受けられない。どこまでも平静で、いやらしさは感じられないのに、何故急に添い寝を提案するのか。

「ど、どうして」

「女を床に寝かせて男の自分だけ寝台を使うほど、私は下種《げす》ではない」

思わず、『処女を弄び殺すくせに？』と喉元まで出かかったが、アリエスは寸前で飲み下した。だいたい自分は寝る気などない。夜通し起きていて、『貴方を殺す機会を狙っています』とも言えず、無意味に口を開閉させる。

「早くしろ。疲れていると言っただろう。待たせれば、気が変わるかもしれないぞ」

「もっ、申し訳ありません、失礼いたします！」

機嫌を下降させたフェルゼンの脅しに慌てて立ち上がり、アリエスは彼の隣に滑りこんだ。柔らかなベッドが、ふわりと沈みこむ。

間近に感じる他者の熱。つむじに感じた息遣いに驚いてアリエスが顔をあげれば、すぐ傍にフェルゼンの顔があった。

「……っ」

至近距離で見つめ合えば、濃紺の瞳は吸いこまれそうな色をしていた。長い睫毛が作る陰影が、ひどく艶めかしく夜を彩る。微かに香る湯上がりのいい匂いに鼻腔を擽られ、アリエスは眩暈に襲われた。

「あ、の……」

細身に見えた身体は、腕も首も、思ったより逞《たくま》しい。そう言えば彼は上半身裸であったと思い出し、アリエスの体温は一気に上昇した。

心臓がでたらめに暴れ、全身が汗ばむ。先ほどまでの冷たい汗ではない。火照った額に滲むのは、全く別物だった。

暗闇の中、フェルゼンの底が知れない紺色の双眸がアリエスを見つめている。心の内側まで覗かれそうな視線に思わず眼を逸らしたくなったが、必死に耐えた。今逃げれば、きっと不審に思われる。下手に警戒されてしまえば、せっかくこの部屋にいられることになったのに、台無しだ。アリエスは乱れそうになる呼吸を懸命に整えた。

「……お前の瞳、不思議な色をしているな」

「そ、そうでしょうか……よくある琥珀色だと思いますが……」

アリエスも気に入ってはいるけれど、特別珍しい色味ではないと思う。これ以上見つめられては憎しみが溢れてしまいそうな気がして、瞬きでごまかした。さりげなく視線を外し、僅かに距離を取る。

「確かにそうだが、蜂蜜のように甘そうだ。……どこか懐かしい」

彼の舌が意味深に蠢き、一瞬舐められてしまうのかと思った。

「お、美味しくはありませんよ……っ？」

アリエスがびくりと身を強張らせれば、フェルゼンが眼を見開く。そして次の瞬間、耐えきれないというように破顔《はがん》した。

「ふ……ははは、私に齧《かじ》られるとでも思ったのか？　期待に応えられなくて残念だが、人肉を喰らう趣味はない」

「そ、そんな……」

またもや、『殺す趣味はあるくせに』と詰《なじ》りたい衝動《しょうどう》が湧き起こった。

何故だろう。どうも調子が狂う。残忍な王だと聞いていたのに、印象が違うからだろうか。アリエスは戸惑いつつ、右手中指に嵌めた指輪を弄っていた。

彼にとって好みの女ではなく、その上疲れているところへ無理を言っているにもかかわらず、雑に扱われないことに困惑してしまう。むしろ気遣われていると言っても良い。それともこれから手酷く嬲られるのだろうか。どこかで豹変されるのかと怯えつつ、何を信じればいいのか分からなくなっていた。

アリエスがすべきことは一つなのに、立て続けに想定外のことが起こりすぎて、対応できない。頭も心も、上手く追いつかないのだ。

「……寝ろ」

掛布を肩に掛けられて、アリエスは身を固くした。

ひとまず、第一段階は成功したと言える。当初の予定からは大幅に外れている気はするが、フェルゼンが寝入るまで闇の中で待つことは完遂《かんすい》できそうだ。ならば問題ない。

この際自分の女としての魅力については後で考えよう。

もやもやとする思いには蓋《ふた》をして、アリエスは目蓋をおろした。間違ってもこのまま本気で寝入らないよう、左手で右手に嵌めた指輪を握りこむ。硬い質感が掌に喰いこみ、今夜何のためにここにいるかを戒めてくれた。

やがて、向かい側から規則正しい寝息が聞こえるまで、アリエスは身動き一つせず待ち続けた。

そう長い時間かからなかったことに感謝して、そろりと眼を開ける。美貌の王は、眠っていてもこの上なく美しかった。それがとても腹立たしいのはどうしてだろう。

異性と添い寝をするのはアリエスにとって初めてだったが、まさかこんな形で迎えるとは夢にも思わなかった。人生とは、とことん思い通りにいかないものらしい。伯爵令嬢として生まれ、今では暗殺者だ。あまりの流転《るてん》ぶりに、自分でもおかしくなってくる。

アリエスはフェルゼンを起こさないよう慎重に身を起こし、ゆっくり物音を立てずに、ベッドの上に座りこんだ。そして、横たわる彼をじっと見下ろす。

健康的に日に焼けた肌は、今も定期的に剣術の練習を欠かさないせいに違いない。無駄な肉のない身体つきは、鋼のような筋肉に覆われていた。そんな強靭な肉体を見ていると、指輪に仕込まれた毒針程度では皮膚を刺し貫けないのではないか、と不安になってしまう。

だとすれば、狙うのは首だ。

脇の下なども皮膚が薄い上に証拠が残りにくくて悪くないが、今フェルゼンの腕を持ち上げるのは得策ではない。万が一にも起こしては全てが水の泡だ。

しばし悩んだ後、アリエスは彼の首筋に狙いを定めた。そこは人体にとって重要な血管が複数通っている場所でもある。いわば、急所だ。毒を注入すれば、瞬く間に全身に回るだろう。非力な女の身であっても、上手くいく可能性が高い。

アリエスはゆっくり深呼吸し、指輪の石を回した。

カチッ、カチッと闇の中に不穏な音が鳴る。本来なら耳を澄まさねば聞こえない程度のごく小さな音が、今は煩いほど耳障りに響いた。荒く乱れそうになる息を止め、完全に石が回らなくなるまで動かし続ける。

見えないけれど、今、毒液が針の内部に満たされている頃だ。後はこれを突き刺すだけ。それで全てが終わる。

風の音が大きい、と思ったが、どうやらその正体はアリエス自身の心臓の音だったらしい。空気を揺らさないことが不思議なほどに、鼓動が鳴り響いている。止めていた呼吸を小刻みに繰り返し、アリエスはフェルゼンに少しだけ近づいた。

漆黒の闇の中、それでも影は生みだされる。自分の作る黒い帳が、彼に落ちかかった。

口の中はカラカラに渇き、舌が張りつきそうなのを無理やり動かして、アリエスは何度も同じ言葉を声には出さず唇の形だけで繰り返していた。

――『ごめんなさい』

今から大罪を犯すことに対してなのか、何も守ることができなかった不甲斐なさを両親に詫《わ》びたいのか、自分でも分からない。ただ無意識にアリエスは謝罪だけを何度も吐き出していた。

音になりきれない言葉が虚空《こくう》に溶けてゆく。滲む涙の理由も判然としない。

躊躇うな、と己を鼓舞し、ゆっくり指輪をフェルゼンの首筋に近づける。うっすらと透けて見える血管を針の先端で捉え、震えっ放しの右手首を左手で押さえこんだ。

――迷っては駄目。一息に……っ！

「何をしている」

凛《りん》、とした声音が室内に響いた。

極限まで引き絞られていたアリエスの緊張感が、急激に弾ける。慌てふためいたせいで後ろに飛び退り、その勢いのままベッドから転がり落ちた。

「ふ、ぎっ」

「……おい、大丈夫か。嫌な音がしたぞ」

したたかに頭を打った。お尻も痛い。アリエスは床の上で悶絶しながらも、毒針を収納するために指輪の石を逆に回した。これを見られてしまえば、一巻の終わりだ。とにかく証拠隠滅しなければならない。

「も、申し訳ありません。よくお休みになられていると思って……っ」

「隣に他人がいるときに熟睡はしないし、仮に寝入っていてもおかしな気配があれば眼が覚める。……そういう訓練を受けているからな」

「安眠を妨害してしまい、申し訳ありません……」

だったら、最初から言ってくれ。アリエスは後頭部を押さえ、尻餅をついたまま頭を下げた。

伏せた顔では唇を噛み締め、作戦の失敗をどう取り繕うか全力で思考を巡らせる。いや、何よりもこの窮地を脱する方が優先だ。幸い暗殺未遂にフェルゼンは気がついていないはず。ごまかせば、再び機会は巡ってくるのではないか。

「お前、いつまでそんな格好で転がっているつもりだ」

「え？　……ぃ、やぁぁあッ!?」

ベッドから落下した際、身体をぶつけた痛みと、指輪を隠蔽《いんぺい》しなければという二点に気を取られ、アリエスは自分が今どんな格好をしているのかすっかり忘れていた。

ただの布きれよりも卑猥《ひわい》な服（便宜上、そう呼ぶ）と、申し訳程度の上着を羽織っただけなのだ。その状態でまだ立ち上がれず、大きく脚を開いて床に座っていた。ちなみに下着は身に着けていない。

「誘惑するにしても、もっと慎《つつし》みを持った方が良い。私は自分から見せつけてくる女は好まない」

「ち、違いますっ、そんなつもりはありません！」

慌てて膝を閉じても、後の祭りだ。完全に、見られた。と言うか、見せてしまった。アリエス自身でさえ、一度も眼にしたことのない大切な場所を。

「忘れてくださいませ……っ」

「よく分からない女だ……本当に何がしたいのだ。新しい手なのか？　まぁ、いい。早く起きろ」

フェルゼンに促され、アリエスは上着の前を掻き合わせて立ち上がった。

どうやら暗殺の件はうやむやにできたようで安堵する。きっと彼は本当に気づかなかったのだ。アリエスが隣でごそごそと動いたから、声をかけてきただけなのだろう。このまま何事もなかった振りをすれば、朝になるまでにもう一度機会が巡ってくるかもしれない。

「来い」

伸ばされた腕に、素直に従う。アリエスは自分の幸運に感謝し、何食わぬ顔でもう一度フェルゼンの隣に身を横たえようとした。

――今度こそ、もっと慎重に機を窺うわ……！

だが、摑まれた手首を強引に引っ張られ、次の瞬間にはベッドの上に仰向けで押さえこまれていた。

「……えっ……」

「随分、稚拙《ちせつ》な刺客を送りこまれたものだ」

ふ、と彼の纏う空気が変わる。憤怒ではない。嫌悪でもない。アリエスの知らない感情が、そこにはあった。どこか面白がっているように見えるし、無関心にも感じられる不思議な表情で、フェルゼンはじっとこちらを見下ろしてくる。

腰を跨《また》がれ、両手は頭上に張りつけられているせいで、身動きはできない。いや、完全に気圧されてしまって、アリエスは身じろぎすることも適わなかった。

「な、何をおっしゃっているのか……」

「今更、取り繕うな。見え見えだ。しかし、突然質が落ちたのは、どういう了見《りょうけん》だ？」

――ばれている。

疑う余地もないほど完璧に、アリエスが暗殺を謀《はか》ろうとしたことが露見《ろけん》している。

衛兵を呼びつけるわけでもなく、怒声を撒き散らすわけでもなく、暴力を振るうわけでもないフェルゼンが、逆に恐ろしい。いっそ冷静すぎる眼差しでアリエスを観察する様子は、何を考えているのか全く分からなかった。それ故に――死んだ、とアリエスは確信した。

「言いたいことがあるのなら、聞いてやる」

「わ、私は……っ」

今、この場で父について問えば真実を教えてもらえるだろうか。死にゆく者への餞《はなむけ》として、最後の情けをかけてもらえるかもしれない。だがもしも、白《しら》を切り通されたら？　アリエスの死は無駄なものになってしまう。父の名誉も母の苦悩も全て、誰にも顧《かえり》みられることなく闇へと葬《ほうむ》られてしまう。だったら、あらゆる手を使って言い逃れるべきだ。

「どうした？　黙っていては、お前の目的が私の暗殺だと認めたことになるぞ」

自分の息を呑む音が、暗闇に響いた。沈黙すれば、押し潰される。アリエスは干上がった喉を無理やり上下させた。

「……ご、ご冗談を……こんな小娘である私が、刺客に見えますか？」

「全く見えないから、判断に困っている」

僅かながら拘束が緩んだことに勇気を得て、アリエスは更に言葉を続けた。

「私は陛下の夜伽としてまいっただけです。どうか信じてください」

ここぞとばかりに、か弱い女を演じた。小刻みに震え、涙を浮かべる。実際に演技ではなく、恐怖に怯える身体の自然な反応ではあったのだが。

「うぅ……本当です、嘘ではありません」

きっとさぞかしアリエスの声は真《しん》に迫っていただろう。フェルゼンの眉間に皺が寄った。

「……どうも調子が狂うな」

彼の眼が、アリエスの右手中指に移動するのを見て、尚更焦《あせ》る。指輪を調べられることだけは回避しなければならないと思い、アリエスはジタバタと暴れ始めた。

「起こしてしまったことは謝ります……！　何でもいたしますので、どうぞご温情をおかけくださいませ！」

「お前のようにあからさまに不審な女を信じろと？」

「私は、陛下への貢《みつ》ぎ物です。お気に召してはいただけませんでしたが……」

何もなせず、死ぬのは嫌だ。せめて一矢報いたい。そのためにアリエスは生き延びねばならないのだ。何を犠牲にしても。

「……ふん、本当に夜伽をするつもりだったと言いたいのか？　お前、私の噂を知らないのか」

「噂……」

夜毎処女を弄び、翌朝には斬り殺す。

アリエスは案内の女に聞いた話を思い出し、一気に血の気を失った。

刺客として疑われた（事実だが）この場を回避するためには『何も知らず、真実夜伽のために差し出された女』を装わねばならない。つまり下手を打てば純潔を散らされた上、明日の朝には首と胴体がさようなら状態へまっしぐらなのだ。絶体絶命とはまさにこのこと。どちらに向かっても、アリエスが無事でいられる可能性は極めて低い。

「あ、あ、あの……」

「私と身体を重ねれば、命の保証はない。余計な種を孕まれても困るからな」

「だから……関係を持った女性を……っ？」

何て非道な男だろう。やはり、父に無実の罪を着せ死に追いやったのは真実に違いない。

アリエスは恐怖で強張る身体を無理やり動かした。

「お前が暗殺者ではないと証明するには、夜伽の務めを果たし、私を満足させなければならない。しかしそうなれば、処分される。さぁどうする？　もしも今、正直にお前の正体と依頼者を話せば――――」

「で、では、私が陛下を満足させてご覧に入れます！」

「――――ほう？」

何かを言いかけていたフェルゼンを制し、アリエスはきっぱり言い放った。無駄死には嫌だ。けれども目的を果たせず諦めるのも、絶対にごめんだった。

「では、私と寝るのか？」

彼の視線が、アリエスの肢体を上下する。そこにいやらしさはなくて、『観察する』という言葉が相応しい冷えた眼差しだった。

「殺されると分かっているのに？」

「……殺されるのはっ、今のおっしゃり方ですと、陛下の精を受けた場合ですよね？　でしたら私は、身体を重ねず陛下にご納得いただけるよう頑張ります」

具体的に何をすればいいのか案は全くなかった。アリエスの男女の睦事に関する知識は、限りなくゼロに等しい。聞きかじった情報では手やら口やら脚やらで奉仕する方法もあるそうだが、未経験の自分にフェルゼンを満足させられるとは欠片も思えなかった。だからこれは、ただの時間稼ぎだ。生き残りたい生存本能が弾き出した言葉が、勝手にアリエスの口から飛び出してくる。

「騙されたと思って、お任せくださいませ！」

「お前が？　いかにも拙《つたな》い技術しか持っていない風情《ふぜい》だが？」

拙いどころか皆無である。しかしここで認めては、アリエスに明日はない。

「は、はい。ご期待に添えるよう精一杯精進いたします」

冷静に考えれば、彼好みの処女として送りこまれた女が性技に長けていたらおかしいのだが、この時命の危機に瀕《ひん》していたアリエスは気がつかなかった。とにかく嫌疑を晴らしたくて覆い被さるフェルゼンを必死に見上げる。

「どうか、今一度私に機会を……！」

「……ふん、面白い。やってみるがいい」

「え」

自分で懇願しておいて、意外にもアッサリ彼が頷いたことに、アリエスは拍子抜けしてしまった。もっと、尋問《じんもん》やら拷問《ごうもん》やらされるのかと思っていたのだ。

「あの、ええと……」

「早くしろ。どう楽しませてくれるのだ？」

アリエスの上からどいたフェルゼンは、ベッドの上に片膝を立てて座った。瞳の奥に愉悦の光が瞬いて見えたのは、気のせいだろうか。

促す彼に、仰向けに寝そべっていたアリエスは勢いよく飛び起きた。時間稼ぎは成功したが、これからどうするか、相変わらず頭の中は真っ白だ。今更、口から出まかせでしたなどと言える空気は微塵もない。

――ど、ど、どうしたら良いの？　確か、殿方を喜ばせるためには、握って舐めるのだと聞いたけれど、何を？　全然分からないわ……！　まさか指ではないわよね？

失敗すれば、おそらく殺される。

枕元に鎮座《ちんざ》する剣が眼に入り、アリエスはますます萎縮した。

――考えるのよ。全力でこの人を楽しませる方法を、何でもいいから導き出すの！

「そのぅ……私……」

「どうした？　ようやく自分が刺客であったと認める気になったのか」

「違います！　え、ええと……そうだわ、今から面白い話をします！」

「――は？」

たっぷり間を取って、フェルゼンが間の抜けた声を出した。瞳が半眼になり、本気で意味が分からないとその表情が語っている。

「そうです！　寝物語をいたします。陛下の安眠を誘うお話から、冒険活劇、または甘い恋愛や異国の神話まで、どんな内容でもお任せください！」

必死で知恵を絞った結果、アリエスが掴み取った答えは、これだった。

かつて自分が幼かった頃、母や乳母が紡《つむ》いでくれたお伽噺《とぎばなし》は、胸が躍《おど》るものだった。長じてからは様々な本に触れ、その中でアリエスは見知らぬ土地に行き、空想の生き物たちと出会い、理想の騎士と秘密の恋をしたのだ。

だから、彼も楽しくないはずがない。

それに以前父から貰った書物の中で、異国の艶めいたお話を読んだことを思い出したのだ。

砂漠と呼ばれる砂ばかりの国で繰り広げられる、残酷でありながら美しい恋物語。賢い娘が、暴虐の限りをつくす王の悪癖を止めるために、様々な話を夜通し聞かせるというものだった。確か、あれも『処女を弄び翌朝殺す王』であったはず。件の王は、娘の紡ぐ話に引きこまれ、続きが聞きたくなり殺さず生かすのだ。そして千一夜を過ごすうち、二人は恋仲になって、王は自らの行為を改め物語は終わる。まさに今の状況と同じではないか。

「さ、どうぞ横になってくださいませ。どのようなお話をご所望でしょうか？」

素晴らしい案を思いついたアリエスは、ご機嫌でフェルゼンに笑顔を向けた。物語の途中で彼が眠ってもよし、そのまま朝を迎えてしまえば、隙をついて逃げよう。いや、エリオットの手の者が何とかしてくれるはずだ。そうしたら態勢を立て直し、暗殺計画を再度練《ね》れば良い。とにかく、今夜を生き延びること。これこそが最優先にして最重要課題だった。

だが、いつまで経っても横になる気配のないフェルゼンは、俯《うつむ》き肩を揺らし始めた。

「……ふ、くくくっ、これは予想外だ。いい意味で裏切られた……っ」

「え、え？」

何か、間違えただろうか。

彼が腹を抱えて笑うのを、アリエスは呆然と見守った。何がそんなにおかしいのか全く分からないが、機嫌を損ねていないことにホッとする。しかし一向に笑いやまないフェルゼンは目尻に涙まで浮かべ始めた。

「ふ、ははっ……こんなに笑ったのは初めてだ……ああ、腹と顎《あご》が痛い。面白い趣向だな。新鮮で悪くないぞ」

「そ、そうですか？　お気に召していただけたのなら、嬉しいです。それで、あの……何を語りましょうか」

よく分からないが、アリエスは自らの救命に成功したらしい。けれど、油断してはいけない。気を引き締めてかからなければ、明日は身体が二つに分かれているかもしれないのだ。

　アリエスは、手を伸ばせば届くところにある剣からあえて視線を逸らし、彼と真正面から眼を合わせた。

「どうぞ、楽な姿勢になってご希望をおっしゃってください」

「ふふ……そうだな。ではお前が一番面白いと思うお勧めのものにしてくれ」

「私が……ですか？」

　何とも難しい要求にアリエスは眼を瞬かせる。試されて、いるのだろうか。つまらなかったら、即手討ちということでは困る。重ねて聞きたい内容を確かめた方が良いのか悩むが、せっかくその気になってくれたフェルゼンの機嫌を損ねる可能性があることは、一つもしたくなかった。

「そ、そうですね……では僭越《せんえつ》ながら、ランプに閉じこめられた魔神の話をいたします」

「待て、ランプだと？　それから魔神とは何だ。悪魔とは違うのか」

　一般的なオイルランプはこの部屋にも置かれている。彼は『あんなものに？』と言わんばかりの顔をした。

　アリエスが遠い国においては神が沢山おり、中には正しい行いをしないものもいるのだと告げれば、フェルゼンは随分驚いた顔をした。この国は清く正しい唯一神を崇《あが》める一神教なので、日常的に使う道具に、悪しきものであっても神が宿るという感覚が不思議であったらしい。

「あ、それからランプと言っても異国の話なので、全く違う形です。私も挿絵で見たことしかありませんので、実物は知らないのですが……」

アリエスが自らの手でこれくらいと大きさを示しつつ、茶を注ぐポットの注ぎ口を長くしたような形だと説明すれば、彼はますます困惑を露わにした。

「それがランプだと？　光が透《す》けないではないか」

「なんでも、注ぎ口の部分に火を点けるそうです」

「……興味深いな……実物を手にしてみたい。油は鯨油《げいゆ》か？　それとも、ラードか？」

さっぱり物語が前に進まないのだが、フェルゼンが喰いついてくれたので、問題ない。

このまま眠ってくれれば、更に万々歳なのだが。

「それで？　魔神とやらはランプに住まうくらいだから小さいのか」

「いいえ、大きさは自由自在です。見上げるほど巨大に膨らむことも、指先にのれるほど縮むことも可能だそうです。あの、陛下。お疲れでしょうから、横になってお休みくださいませ」

「いいから、このまま話せ」

上手いこと寝かしつけてしまおうというアリエスの目論見《もくろみ》は、あえなく失敗した。先刻まで、どこか茫洋《ぼうよう》とした印象があった彼の双眸が、楽しげに色味を変えている。早く続きを話せと視線で命じられた。

モヤッとしてしまうのは、アリエス自身にはちっとも関心を寄越さなかったフェルゼンが、今は前のめりで興味を示しているからだ。一応女として傷つく。けれども、ここは前向きに捉えよう。容姿や身体だけが女の価値ではない。自分の武器である知識と話術で取り入り、最終的には目的を完遂してやると心に誓った。

「……かしこまりました。それでは、父親を亡くしても真面目に働かない青年が、魔法のランプを手に入れるお話です……」

語り始めたアリエスの前で、一国の王は立てた膝に肘を突き、頬をのせて寛《くつろ》いだ姿を見せた。

3. 夜伽

アリエスは朝日の眩しさに目を覚ました。

カーテンが開かれた窓から、容赦のない陽光が室内に飛びこんでくる。今日は良い天気だ。

「起きろ。私よりも遅くまで眠りこけているとは、いい度胸だな」

「……!? も、申し訳ありません……おはようございます」

やってしまった。正確には、今日もまた寝坊してしまった。

アリエスは寝心地がいいベッドから飛び起きて、大慌てで頭を下げる。だがこれが何度目なのか、もう数えることも疲れてしまった。少なくとも、両手の指では足りないはずだ。下手をしたら、足の指を交ぜても本数が足りない。

「ふん。昨晩の話も悪くなかった。今宵《こよい》も楽しみにしているぞ」

「は、はぁ……」

アリエスが暗殺に失敗したあの夜から、『ローズ』という下っ端侍女は消えた。仕事が辛くて逃げ出したのだろうと噂されたのも、行方不明になった翌日だけ。その後はすぐに忘れ去られて、地味で目立たない娘がいたことも、人々の記憶から消え始めている。きっともう、ビビにさえ覚えられていないかもしれない。それだけが悲しい。

代わりに現れたのが、アリエスという名を持つフェルゼン国王の愛妾《あいしょう》だ。

それまで妃は勿論、側女さえも持たなかった彼が突如女を侍らせるようになり、城内は大騒ぎになった。どんなに魅力的な女性と引き合わせても見向きもせず、一部噂では同衾《どうきん》してさえ斬り捨ててきたらしい国王が、得体の知れない女に夢中になっていると、俄《にわか》には信じがたい情報が飛び交ったのだ。

人々が興奮するのも無理はない。いよいよ世継ぎの誕生か、めでたいことだと、早々《はやばや》と浮かれる者まで出る始末。

けれども、その噂は半分正しく半分間違っている。

フェルゼンが虜《とりこ》になっているのはアリエスではなく、アリエスがする『物語』なのだ。

彼の寝所に夜伽として忍びこんだあの晩、アリエスは命がけで沢山の話をした。ランプを手に入れた青年がお姫様と結婚し王になって善政をしくところまで語って、気がつけば朝を迎えていた。

つまり、夜通し喋り続けたのだ。途中、ランプの構造について質問されたり、話の脱線を挟んだりしながら、いつまで経っても満足してくれないフェルゼンの要望に従い、喉が嗄《か》れるまで語り続けた。おかげで明け方、限界に達して気絶するように眠りに落ちたのだ。

そして眼が覚めてみれば、アリエスは見知らぬ部屋に案内され、着替えと食事を促されたのである。

素直にまともな服に着替え、お腹いっぱい美味しいご飯を食べてしまった自分は、なかなか図太い。混乱していただけの可能性も高いが、よほどのことがない限り、多少元気がなくなっても、慣れてしまえばいつでもどこでも睡眠欲と食欲を取り戻せるのがアリエスだ。しかもよく考えてみれば、昨日の昼から食いっぱぐれているのである。空腹は限界に達していた。

その後ようやくお腹が落ち着いて冷静になり、撤退するために外に出ようとすると、控えていた女が室内に入って来て足止めされたというわけだ。

二十代半ばと思しき女性は、メイラと名乗った。

黒に近い茶の髪をきっちり結い上げ、切れ長の瞳が涼やかな美女は、アリエスが着ていた侍女服よりもずっと上等の制服を身に着けていた。使用人の中にも身分の上下は厳然《げんぜん》としてある。つまりメイラはかなり上級の侍女に違いない。例えば、王族に直接仕えるような。

その彼女が、アリエスに恭《うやうや》しく頭を下げた。

『貴女様は、正式にフェルゼン国王の愛妾として迎え入れられました。ここは後宮の一室でございます。現在こちらに住むのはアリエス様のみ。おめでとうございます』

『……え？』

アリエスは侍女に名乗った覚えのない本名で呼ばれ、頭が真っ白になって弾けるかと思った。実際、数秒心臓が止まったかもしれない。

しかし考えてみれば、案内の女は『とある貴族からの貢ぎ物』であるとアリエスの身を偽ったらしいから、その際本当の名前を使ったのだろう。どちらにしても、もう誰にも呼ばれることがないと思っていた『アリエス』の響きを耳にして、ほんの少しだけ、嬉しかった。

とにかくこうして、アリエスの後宮生活はなし崩し的に始まったのである。

以来、毎晩閨に呼ばれては、艶《つや》めいた営みとは無縁なお伽噺や昔話を語る謎の日々が続いている。どうしてこうなったのかは、アリエス自身にも分からない。しかし好機であると自らに言い聞かせ、せっせとフェルゼンの寝所に通う毎日だった。

そして昨晩もいつものように呼び出され、一晩中騎士の冒険活劇を語っていたのだが、最終的にアリエスはフェルゼンより先に睡魔に負けてしまったというわけだった。

――この人、いったいどんな体力と丈夫な身体を持っているのかしら……

自分と同じように明け方まで起きていて、いったいいつ眠っているのだろう。

アリエスは後宮内に居室を貰って以来、昼間は特にすることがないので休んでいられる。

最早侍女ではないので、それこそ部屋の片づけさえ使用人がやってくれた。

その間、昼寝しようが本を読もうが自由。下手をしたら、伯爵令嬢として暮らしていた頃よりも優雅で自堕落な生活だ。

――いけない。このままでは駄目人間になってしまう……

暗殺者として送りこまれたはずなのに、人生とは本当に予測不可能だ。アリエスは未だに自分の境遇が信じられず、深々と溜め息を吐いた。

「疲れている様子だな。昨夜は随分早い時間に沈没《ちんぼつ》したのに。丁度騎士が竜と対峙したところで打ち切られ、先が気になって堪らなかったぞ」

「も、申し訳ありません……」

「まぁ、いい。今晩続きを話せ」

「はぁ……」

本当に、これはいったいどういった状況なのだろう。何度考えても、頭が痛い。

毎晩、殺害相手（予定）のベッドで過ごし、共に朝を迎える日々。色めいたことは一つもなく、お喋りしているだけ。語り部《べ》ならばこんなにおかしな緊張感を孕んではいないと思う。

表向き、アリエスはフェルゼンの愛妾。周囲からは当然『そういう関係』だと思われていることも悩みの種だった。しかもあれ以来、エリオットからの接触はまるでない。『ローズ』が消え、後宮に移されてしまったことが原因だろう。警備が厳しいここでは、女であっても身元が確かな者以外出入りすることはできない。こちらには彼の連絡先も知らされていないのだ。絶望的である。

アリエスは上着を着こみ、退室の挨拶をした。ちなみに今も夜用に支給されているのは淫《みだ》らな服ばかりだ。一度も活躍したことがないが、慣れつつある自分が怖い。

「――ところでお前、最近庭へは出ていないのか」

「庭ですか？　ああ……はい」

突然振られた話題に驚いて、アリエスは一瞬ポカンとしてしまった。庭とは、後宮の中庭のことだ。他にも広く手入れの行き届いた庭は別にあるので、遊歩道も東屋も設けられていない小振りな中庭は、どこか閑散《かんさん》としている。しかし、その侘びしさが逆に気に入って、アリエスは後宮に来た翌日、探索途中に立ち寄っていた。

いざという時のため、隠れられる場所や逃走経路を探そうと思っていたのだが、地味ながらも上品な庭に魅了されたのだ。

思わず回廊から足を踏み出し、中央に造られた噴水まで歩いていった。他には花が風にそよいでいるだけで、特別な装飾は何もない。案内してくれていたメイラにはしばらく一人にしてほしいと告げ、アリエスは何をするでもなくぼんやり見惚れていた。

ほんの少しだけ、母が手掛けていた花壇に趣《おもむき》が似ていたからかもしれない。伯爵夫人でありながら土いじりを好んだ母親は、季節ごとに様々な花を咲かせ、家族の眼を楽しませてくれていた。

本業の庭師の腕には到底及ぶはずもないけれど、アリエスは優しさに溢れたあの花壇が大好きだったのだ。

二度と取り戻せない失った光景に触れた気がして、懐かしさと悲しみが胸に去来した。短くはない時間、午後の光が溢れるその場に佇《たたず》んでいたと思う。そこへ、彼――フェルゼンが一人で現れた時には、悲鳴をあげるほど驚いてしまった。

『おい、そこで何をしている』

『ひゃいっ』

珍妙な声を漏らした気もするが、たぶん気のせいだ。そう思いたい。

『誰だお前は。……ああ、そう言えば、昨夜の女か。後宮に留めることにしたのを、忘れていた』

彼の言葉にひどい虚脱感を覚えたのは、当然だろう。フェルゼンは、顔を合わせる今の今まで、アリエスのことをすっかり頭の中から消去していたと言ったのも同然なのだから。

――だったらどうして、追い出さずに部屋まで用意したのよっ？

怒りは伯爵令嬢として培《つちか》った外面で糊塗《こと》し、アリエスは優雅に淑女の礼をとった。

『陛下のご温情、感謝いたします。私などには、身に余る光栄でございます』

心にもない台詞を吐くくらい、何でもない。実際、今生きていることには、本当に感謝している。殺されなくて、心底良かった。

アリエスはにっこりと微笑んで彼を見つめた。

真昼の陽光の下、初めて近くで眼にするフェルゼンは、とてつもなく美しかった。暗闇の中でさえ輝いていた黄金の髪は、尚更光を増している。濃紺の瞳は、紺碧《こんぺき》の海に似ていた。長い睫毛と高い鼻梁の作り出す陰影が、殊更作り物めいた秀麗さを醸《かも》し出している。

けれども逞しい体軀《たいく》が躍動《やくどう》的に動いていることで、彼が紛れもなく人間であることを思い出した。

――そう言えば、今日はちゃんと服を着ているのね。当たり前だけれども……

夜は上半身裸だったので、落差のせいか余計に動揺してしまった。今は黒を基調とした服をきっちりと纏い、控えめな金糸の刺繍が袖口や襟、裾に施された様は、いっそ禁欲的だ。乱れなく撫でつけられた髪も厳しい雰囲気を倍増している。背筋を伸ばして立つフェルゼンは、間違いなく王の威厳を放っていた。

けれども、アリエスは彼の夜の姿を知っている。自室では気を緩ませ半裸で過ごし、表情が綻ぶことも。

不意にフェルゼンの引き締まった肉体を思い出してしまい、アリエスは慌てて頭を振った。

『陛下こそ、どうしてこちらに？』

今は執務中ではないのか。

『休憩時間だ。――――ここは、私が安らげる数少ない場所だ』

彼の眼が、ほんの一瞬細められ中空をさまよった。滲んだ感情は何なのか。アリエスが捉える間もなく、瞬き一つで掻き消されてしまう。

ただ、この小さな庭が、フェルゼンにとって何か特別な意味を持つところであることだけは、アリエスにも何となく分かった。

『そうとは知らず、お邪魔をして申し訳ありません。すぐに失礼いたします』

『構わん。ここが気に入ったのなら、好きに出入りしろ』

『いいえ、私はこれで……』

アリエスは、フェルゼンが護衛も連れずにいるのは一人になりたいからだろうと判断して、深く頭を下げた。だが踵《きびす》を返そうとした刹那、手首を握られ引き留められる。

『……？』

『お前の眼、何か不思議に感じた理由が分かった』

『えっ』

やましさを抱えるアリエスは、ビクリと背筋を強張らせた。まさか、殺意や憎悪が滲み出してしまっているのか。だったらまずい、と冷や汗が流れ落ちる。

『ブルーアンバーだ。知っているか？　琥珀の中には、太陽光を受けると青く発光する珍しいものがある。お前の瞳は、それに似ている。光を反射して、僅かに青く発色する……昼と夜では、違う表情を見せるのだな』

ふわりと、彼が微笑んだ。

寝所では眼にしなかった、とても自然な笑顔に息を呑む。

『し、失礼いたします』

アリエスは激しく乱れる胸を押さえ、中庭から逃げ出した。これ以上、フェルゼンと二人きりでいるのは危険だと直感が警告したからだ。理由は分からない。

しかしあれ以来、アリエスは一度も中庭には足を運んでいなかった。

約三週間前の出来事を思い出し、アリエスは瞳を伏せる。

「特別用事もありませんし、行っておりません」

「……私が許可をしたのにか？　これといって華やかさがないし、やはりつまらなかったのだな」

機嫌を損ねたのか、彼の声音が硬いものに変わった。フェルゼンにとって大切な中庭を軽んじられたと思ったのかもしれない。アリエスは焦って首を横に振った。

「ち、違います。むしろ私はとても落ち着く空間だと感じました。でも……」

また、あの場所で彼に会うのは躊躇われた。得体の知れない何かに、引き摺られてしまう予感がしたのだ。それ以上に――

「……お邪魔を、したくありませんでした。あそこは、陛下にとって大事な場所と時間だと思いましたから……」

誰にも邪魔されず、一人になりたい時は誰にだってある。しかし『王』という立場にあれば、なかなか難しいことも想像できた。

そんな時に逃げこめる聖域は、とても貴重なものだろう。得がたい宝かもしれない。そこへ不用意に自分が立ち入ってはいけないと、アリエスは感じたのだ。

これまで誰も住んでいなかった後宮では、中庭を散策する人間などいるはずがなく、フェルゼンにとっては、ゆっくり人目を気にせず過ごせる場所だったに違いない。

アリエスにはあの中庭にこだわらねばならない絶対的な理由がなかったので、意識的に避け、足が遠退いたのだ。

たどたどしくそれらの考えを述べれば、彼は眼を見開いた。随分驚いているのか、無言のまま瞬きを繰り返す。

「あ、あの、本当にあそこがつまらないということではありません。確かに狭いですけれど、その分無駄はありませんし、きっと夜になれば星も綺麗に映えるのではないかと……」

これ以上気分を害されては堪らないと、アリエスはいかに自分が中庭を気に入っているのかを言い連ねた。

色とりどりの多種多様な花を上手く咲かせていること。華美ではなくても季節感が溢れていること。配置が絶妙で狭苦しさはなく、奥行きさえ感じられること。そしてそこはかとなく愛情や安らぎに満ちていること。

眼を楽しませる絢爛豪華《けんらんごうか》さや、珍しさはない。しかし心惹かれる静寂と温もりが、あの場には漂っていた。

四方を壁に囲まれ、下手をすれば圧迫感を与えかねない空間なのに、どこか懐かしく郷愁《きょうしゅう》を誘う。見上げた空は真四角に切り取られ、青が一層色濃く強調されていた。まるで一枚の絵のようだとアリエスは思ったのだ。きっと夜は濃紺の中に星が瞬くのだろう。静謐《せいひつ》な光に照らされた花々は、昼間とは違う顔を見せてくれるのではないか。

「お金をつぎこんで仕上げた庭園も見ごたえがありますけれど、私はこういった手間暇と愛情が傾けられた庭の方が好きです。色々、想像ができますもの」

「――想像？」

フェルゼンが微かに眉を上げる。アリエスは先を促されているのだと判断して、言葉を選んだ。

「例えば、作らせた人はどの花が好きなのかな、とか。色が溢れていましたから、華やかなのもお嫌いではないと思います。でも大輪の花よりも、野に咲く素朴なものを好まれているようです。でしたら、生命力とか控えめさに価値を見出しているのかもしれません」

「花を見ただけで、そんなことまで考えるのか？」

表情を綻ばせた彼が、肩を竦めた。

柔らかな雰囲気にフェルゼンの機嫌が良くなったことを知る。アリエスは大きく頷き、更に続けた。

「実際に配置を考えたのは庭師だとしても、美意識の高い方が依頼したのでしょう。足し算よりも引き算の方が難しいと私は思います。あの庭園には、必要最低限のものだけが置かれていました。中央にあった噴水の縁……座りやすいように設計されていましたね。あれに腰かけて空を仰ぐと、きっと満天の星が降り注ぎます。白壁に光が反射すれば、幻想的に花々を照らしてくれるのではないでしょうか」

眼にしたことのない様を想像し、アリエスがうっとりと呟く。

おそらく、息を呑むほど美しい。母が手入れしていた花壇も、月明かりを受けると一層美しく眼を楽しませてくれた。

思い出の中の光景に重ね合わせ、アリエスは淡く微笑んだ。

「……そんな感想を言われたのは、初めてだ」

「え？」

「狭い庭などいっそ潰してしまえという意見もあるが、母上が気に入っていた場所だから、そのまま残している」

「ぁ、陛下のお母様が……？　そうとは知らず、失礼いたしました」

だとすれば、尚更不用意に立ち入るべきではないとアリエスは頭を下げた。色々語ってしまったことも恥ずかしい。

的外れな意見だと失笑されることが怖くて、顔を深く伏せたままフェルゼンの言葉を待つ。だが、一向にそんな瞬間は訪れなかった。

「……そう言えば、夜に足を運んだことはなかったな。今度行ってみるか……お前も——」

何か言いかけて、彼はやめた。自嘲《じちょう》を孕んだ吐息の後、アリエスは顔をあげることを命じられた。

「いつまで下を向いている。お前の話は面白い。一日の疲れが癒《い》やされる。何か褒美《ほうび》をとらそう。欲しいものを言え。宝石か、ドレスか、それとも上質な化粧品か」

「いいえ、いりません」

いくら高価な代物でも、いずれは失われる儚いものでしかない。かつて全てを失い虚しさを知ったアリエスは、物欲に乏しかった。

「お前は本当に奇妙な女だな。他の者なら眼を輝かせて尻尾を振るぞ。特別に庭園への出入りを許可しても、金目の物や珍しい品を用意すると言っても喜ばないのだな。ならば、何を望む？」

本当の望みは口に出せない。しかし苛立ちを滲ませたフェルゼンは、何か要求しなければ納得してくれそうもない風情だった。適当な嘘も吐きたくないアリエスはしばし考え、仕方なく頭に浮かんだものを答える。

「ええと……では、傷薬を。できれば沢山」

「……何？」

脳裏に浮かんでいたのは、侍女として働いていた時の自分や同僚たちの手荒れだった。水を使う仕事が多いので、どうしてもひび割れやしもやけになってしまうのだ。もしいい薬があれば、ビビたちに配ってやることもできる。そう考え、無意識に言ってしまった。

「……構わんが、何に使うつもりだ？　お前に必要だとは思えんが？」

「えっ」

現在のアリエスとローズは別人であることを失念していた。やってしまったと思い至り、アリエスは慌てて両手を顔の前で振る。

「い、今のは何でもありません。えと、あの、そう！　食べ物をお願いいたします。味や質より、栄養価の高いものだと嬉しいです！」

何をするにも、まず身体が資本だ。丈夫で健康な肉体を維持できなくては目的を達成できない。

「もしくは、体力がつけられる運動器具などが欲しいです！　見てくれの美しさより、頑《がん》健《けん》な生命力の方が大切だと思いませんか？」

アリエスが勢い込んで告げれば、フェルゼンはポカンと口を開けていた。瞬きも忘れ、こちらを凝視してくる。そして肩を震わせ始めた。

「……ふ、くくっ……お前は本当に、予測不能な女だ。良いだろう。希望の品を用意してやる」

「あ、ありがとうございます……では、失礼します」

話は終わったと判断し、アリエスは深く頭を下げ、フェルゼンの寝室を後にして一人廊下を歩く。

周囲にひと気はなく、他者の眼がないせいか、急にどっと疲労感が押し寄せてきた。

――心の底から、何をしているのかしら私……

アリエスとしても、今日に至るまで暢気《のんき》に名ばかりの夜伽をしていただけではない。自分なりに、それはもう頑張ってきた。

具体的に言うなら、あの手この手でフェルゼン暗殺を謀《はか》ったのだ。

まったく先に眠ってくれない彼に毒針を刺すのは無理と諦め、さりげなくお茶に混ぜて飲ませようともした。しかし『毒見しろ』と言われ、慌てふためいたアリエスはカップを落とし、派手に割ってしまったのだ。土下座して不手際を謝り、その場は許してもらったのである。

更に別の日、隙を狙って絞殺も試みたが、あえなく断念した。そもそも隙がない。背中を向けてくれないフェルゼンの首に紐を巻くのは困難である。仮に口先で騙し、巻きつけるところまで成功したとしても、簡単に解かれそうで実行に移す勇気が持てなかった。

撲殺《ぼくさつ》も同じだ。だいたい、証拠が残る方法は好ましくない。

突き飛ばして高い場所から落とすことも考えたが、彼と会うのは寝所のみだし、窓に近づかない彼を突き飛ばしたところで、精々ベッドから落とせるくらいだ。怪我はさせられるかもしれないが、その程度でこちらが処刑されては割に合わない。

アリエスは散々模索し、試行錯誤したが、どれも未遂に終わってしまった。

殺害方法だけなら、他にもある。

けれども刺殺は刃物を持ちこめないし、彼の剣を奪うことは不可能だ。焼殺は火種を持ちこむことがもっと難しい。諸々考えて、道具が必要なものはやっぱり却下した。

――現実的に考えて毒殺が一番よね……もうっ、どうして先に寝てくれないの!?

八つ当たりに近い感情を持て余し、アリエスは後宮内の自室に戻った。眠くて今にも目蓋がくっつきそうだ。いくらフェルゼンのベッドで眠ったと言っても、明け方の数時間だけなので、睡眠不足は否めない。寝起きの身体に鞭《むち》打って、アリエスはとりあえず着替えることにした。

いつまでも着心地や機能を無視した服を身に着けている気にはなれない。寝直すのなら楽な格好をしたいし、起きているのなら人に見られても恥ずかしくない姿がいい。

しばし考えた末、アリエスはあまり身体を締めつけないドレスを選んだ。今日は二度寝をせず、今後の対策を練るために使うと決めたからだ。

「うぅ……疲れた……でも、彼はこの比ではないはずよね……」

ひと月近くフェルゼンと過ごし、アリエスは彼の忙しさを目の当たりにしていた。

フェルゼンが寝室に来るのは深夜零時すぎだが、日によってもっと遅くなることも珍しくない。仮に部屋に来ても、書類を携えていることが多かった。それらに眼を通しながら、アリエスに話をさせるのだ。

どうせ聞いていないだろうと途中でやめれば咎《とが》められ、きちんと内容を把握していることには驚かされた。彼は同時に複数のことをこなす能力があるらしい。つまり、書類に熱中していると早合点してことに及ぶのは危険なのだ。

「……いくら頑健な肉体を持っていたって、ちゃんと休まないといつか身体を壊してしまうわ……あれじゃ生き急いでいるみたい」

無意識にこぼれた言葉に、アリエスは自分で驚いていた。これではまるで、フェルゼンの体調を心配しているみたいではないか。むしろ寝こんでくれた方が好都合なのに。

「ば、馬鹿ね。病気になって寝こまれたら私が寝所に行く理由がなくなってしまうからよ」

誰にするでもない言い訳を吐き散らし、頭を振る。寝不足のせいで碌なことを考えない。

アリエスは額を押さえて深呼吸を繰り返した。

——それにしても、あの人はいったい何を考えているのだろう……

貴重な睡眠時間を削ってまで、アリエスを傍に置く理由が分からない。自分で言うのも何だが、あからさまに怪しいのに。

相手の思考が読めないというのは、どうも据わりが悪く、落ち着かない気分にさせられた。

フェルゼンを楽しませられなければ命がない、と考えると張りつめた緊張感が緩むことがないし、人を殺す機会を狙い続ける日々にも疲弊する。できるなら、早くすべてを終わらせて楽になりたいと願ってしまうほどだ。

アリエスは気の休まらない毎日に、ほとほと疲れ果てていた。せめて彼の思考を把握しなければ、こちらの方が先に心労で倒れかねない。

「あら、アリエス様、お戻りになられる際は、声をかけてくださいと申し上げましたのに」

そこへ、アリエス付きの侍女、メイラがやって来た。

「部屋に戻って着替えるだけなら、自分でできるわ。メイラも忙しいのだから、できることは自分でしないと」

　コルセットを必要としないドレスを選んだので、問題ないと告げれば、彼女は顔を洗う道具を用意してくれた。

「……貴族のご令嬢であらせられるのに、変わった方ですね、アリエス様は」

「そ、そうかしら？」

　アリエスは腐っても元伯爵令嬢。やろうと思えば、深窓のお嬢様らしく振る舞うことだってできる。それこそ命令だけして、ほとんど動かずに美しく着飾ることだけを極めるのも可能だ。

　しかし、両親を喪い世間の濁流《だくりゅう》に呑まれた苦悩と、復讐を誓って努力した日々、ひと月侍女として真剣に働いた経験が無為に時間を浪費することをアリエスに許してくれなかった。待っているだけというのが、性に合わなくなってしまったのだ。ぼうっとしていると、落ち着かない。そわそわして、何か仕事を探してしまうのは、もう癖のようなものだ。

「き、貴族と言っても、私は男爵家の愛人の娘だから傅《かしず》かれていたわけではないし、皆と変わらない生活をしていたのよ」

　アリエスの現在の設定は、『田舎貴族、ワース男爵家で働いていたメイドが産み落とした娘』だ。父親は当主であった男爵。けれども、男爵家は火事に遭い、主一家や使用人たちは死に絶えたことになっている。そして哀れな遺児アリエスは、遠縁に引き取られた後、何も知らないままフェルゼンへの貢ぎ物として差し出された——というものだった。

ここで重要な点は、アリエスをよく知る人物は誰もいないということと、アリエス自身利用されただけの被害者であると偽っていることだ。

「ご苦労なさったのですね……アリエス様……」

涙ぐんで同情してくれるメイラには罪悪感が生まれるけれど、アリエスは曖昧に笑ってごまかした。全く違う理由で苦労はしているから、憐憫《れんびん》はありがたく受け取る。

「ですが、陛下の寵愛を勝ち取った方は、アリエス様が初めてです。どうぞこれからも頑張ってくださいませ。あの方は、本当は心優しい方ですから」

「……そのことなのだけれど、陛下は今まで関係を持った女性を……その……」

斬り殺していたのか、とは流石に聞きにくい。言い淀むアリエスに何かを察したのか、彼女は言いづらそうに眉を下げた。

「私も、詳しくは存じ上げません。ですが噂では、女性を近づけない陛下に業を煮やした側近がこっそり寝所に女を送りこんだのだそうです。それがお怒りに触れ……翌朝、女は無残な姿になっていたのだとか……」

頬が引き攣るのを堪えられなかったアリエスは、相鎚さえ打てずに固まっていた。その様子を見たメイラは、慌てて両手を振る。

「あの、あくまでも勝手に寝所に入ったことがご不興を買ったようです。陛下自らが、女性を召しだせと命令したわけではありません」

「でも、亡くなった女性がいるのは、本当なのね」

「……それは、まぁ……遺体を片づけろと命令された者もおりますし……」

やはりフェルゼンには残虐な本性があるらしい。たぶん、今のアリエスには窺えない側面があるのだ。その非情な一面によって、父は陥《おとしい》れられたのだろう。もしかしたら父は、フェルゼンの裏の顔を知っていたのかもしれない。だからこそ、彼が王位につくことに反対したとは考えられないだろうか。

――やっぱり、もっと彼について調べないと……

敵を知らねば、対策も立てられない。

アリエスは顔を洗い髪も整えてもらうと、メイラを振り返った。

「お願いがあるの。図書室からこの国の歴史や王家について書かれているものを持って来てくれないかしら？」

「歴史……でございますか？」

アリエスは、フェルゼンから特別に城内で所蔵されている本を閲覧する許可を得ていた。話すネタが尽きては困るので、『昔読んだ本の内容を正確に思い出したい』と説得したのだ。

彼は、子供時代から今に至るまで無数に本は読んできたけれど、全て兵法や経済、言語や外交に関する実用的なものばかりだったらしい。いわゆる『お伽噺』や『物語』には驚くほど疎かった。

この国で生まれ育てば誰でも知っていそうな言い伝えさえ知らないのだ。子供時代に絵本などで読み聞かせられなかったのかと問えば、『幼い頃から、眠る際に他人が傍にいたことは少ない』と返された。

――お母様は？　とは言いにくい雰囲気だったわ……

アリエスの常識では、子供が小さいうちは乳母か母親が付きっきりだと思っていたのだけれど、王族は違うようだ。

どちらにしても『お話』以外ならフェルゼンはアリエスよりもずっと博識《はくしき》なので、これまでアリエスが借りるのは、もっぱら彼が知らなそうな物語の本ばかりだった。しかし今日は歴史の本を指定したことでメイラは不思議に思ったらしい。

「ええ。私も、もっと陛下について深く知りたいもの」

わざと恥ずかしそうに俯けば、彼女は心得たとばかりに大きく頷いた。

「かしこまりました。すぐにお持ちいたします。アリエス様は健気《けなげ》でいらっしゃいますね」

「い、いやぁね、褒めすぎだわ」

本音では、フェルゼンの人となりを把握してあわよくば弱みを握りたいだけだとは言えず、アリエスは乾いた笑いを漏らした。善良そうなメイラを前にすると、自分の薄汚さが浮き彫りになるようで辛い。

「ではお願いするわね」

「はい。お任せくださいませ」

そんなやりとりを経て、数冊の歴史書を手にしたわけだが、アリエスはしばらく読書をした後、ぐりぐりと眉間を揉んでいた。

「……今まで知っていたこと以上の収穫はないわね……」

知りたいのは遥か昔の王朝についてではなく、この二十五年間。フェルゼンが生まれ、王位につくまでの出来事だ。彼が誕生した当時、リズベルト国が荒れていたのは知っている。度重なる飢饉と戦争で民は疲弊し、ボロボロの状態だったらしい。

しかしその頃、先代の王には十人もの妻がいた。正式な妃でなく、一度だけのお手付きの女性も含めればおそらく相当な数に上っただろう。そんな、色にだらしない王であったからか、子供の数も多かった。王室の財政を圧迫する原因になっていたほどだ。

それぞれの妻が産んだ子供が全部で三十三人。たいしたものである。

うち、男子は十一人。フェルゼンは、八番目の王子だった。

本来なら、王位には程遠い。生みの親である母は、美しさを王に見初められて後宮に入ったが身分は低く、寵愛もあっという間に失い、若いうちに儚くなってしまったそうだ。

つまり、フェルゼンには後ろ盾がなかったのだ。

長子相続が常識のこの国で、そんな彼が王座に就いたのは運があったからとしか言えない。

まず、先王が存命中に、王太子である長兄が戦で命を落とした。更に次兄は女癖の悪さがたたり恐ろしい病をうつされ、死んでしまった。三男は外遊先で転落死。四男は何故か『次は自分が殺される』と発狂し自死を選んだ。

そうこうするうちに先王が斃《たお》れ、王宮は誰が即位するかで大揉めになったと言う。

順当に考えれば、五男にお鉢が回ってくる。しかし彼は生来の気の弱さで固辞し、身分を捨て教会に入ってしまった。それも、一番戒律が厳しいと言われるところに身を寄せたので、今後生涯神に仕え二度と俗世に関わることはない。

続く六男は、痴情《ちじょう》の縺れにより殺された。色欲過多だった父親の血を色濃く継いでしまったらしい。

七男は上昇志向の強い野心家であったそうだが、後方にいればいいものを若気の至りなのか戦の最前線に出て、あっさりその身に矢を受け生きて戻ることはなかった。

こうしてバタバタと王位継承権を持つ者たちが消えていく中、残されたのがフェルゼンと大勢の姫君たち、そして生まれたばかりの赤子を含む彼の弟たちだ。こうなってはもはや、母親の身分の低さ云々を論じている場合ではない。

側近の中には年嵩《としかさ》の姫君を女王として立たせるか、独身の姫と宰相が婚姻を結び、国を動かすという案をあげた者もあったと、書かれた文章からは読み取れた。勿論、そんなことをはっきり書いた本はないが、いくつかの文献を見比べてみて、アリエスが判断したのだ。

歴史はいつでも戦勝者側からしか語られない。都合よく改竄《かいざん》され、切り取られるものだ。だから、裏にこめられたものについて考えなければならない。

よく父に言われていたことを思い出し、アリエスは苦く笑った。

昔は聞き流していたけれども、今ならば理解できる。女が知恵をつけるのは好ましくないという風潮の中、父はアリエスに読書を推奨してくれた。だからこそ、好きなだけ異国の物語に触れることができたのだ。

「まさか、それが今こんなふうに役立つとは思ってもみなかったけれども……」

芸は身を助ける。知識があって困ることはない。

今のアリエスが持てる武器が、豊富な物語だけというのは随分心許ないが、これで戦うしかないのだから仕方ない。せめて手持ちのカードを充実させよう。

「あら……先代国王も随分大勢の兄弟がいらっしゃったのね。子沢山の家系かしら」

何気なく前の項を捲っていると、前王も三十人を超える弟妹がいたことを知った。跡継ぎをもうけるという意味では子供は多い方がいいのかもしれないが、それにしても多すぎる。これでは国庫に負担がかかるのも当然だ。

英雄色を好むとは言うけれど、特に英雄ではないのだから慎んでほしい。

「まったく……何故男性は一人の女性で満足できないのかしらね？　これじゃ、紋章を考える方も一苦労だわ……」

リズベルト国では性別に関係なく、王の子それぞれに固有の紋章が作られ、子が生まれれば引き継がせる。だから、家が絶えない限りどんどん増えてゆくものだった。

アリエスは大きな革張りの本に収録されていた歴代の紋章を見て、思わず口元を引き攣らせてしまう。

多い。それはもう、開いた口が塞がらないほど多い。しかも、列挙されているのは全てではないと書かれているから、気が遠くなった。

「悪習ってこういうことを言うのではないの？　王家由来の紋章持ちの家は、未来永劫生活費が支給されるのでしょう？　これでは国が疲弊するのも当たり前だわ」

長年当たり前のこととして続いた慣習だが、フェルゼンの代になり、法律は改正されている。支給額は随分減らされ、中には取り潰された家もあった。国民にとっては望ましい改革だが、おそらく貴族からの反発は大きかっただろう。

――でも、断行したのね……こういう手腕は、素直にすごいと思うわ……

深く息を吐き出し、アリエスは指先で描かれた紋章をなぞった。特に興味が引かれたのは、深緑を基調にして鷹と蔦《つた》が描かれたもの。純粋に綺麗だと感じるそれは、先代国王の弟に与えられたものらしい。

――たぶん、王としてのフェルゼン様は、誰もが認める賢王だわ……

しかし裏側にはきっと何かを隠している。そうでなければおかしい。アリエスの父を罠《わな》に嵌め、命を奪う狡猾《こうかつ》な残虐性を秘めているはずなのだ。

だから、自分は見つけ出さなければならない。この手を汚すに足る、理由と根拠を。

――そうだわ……歴史に絡めて色々な話をしてみたらどうかしら？　例えば王位継承権を争う王子たちについてとか……揺さぶりをかけたら、少しは彼の本心に触れられるかもしれない。

動揺を誘えれば、口を滑らせることもあるのではないか。そこを突破口にして、弱みを握れる可能性をアリエスは思いつく。

最初の夜、魔法のランプについての物語をフェルゼンは楽しそうに聞いていた。しかし終盤、主人公の青年が王になる辺りで、微かに彼の表情が曇ったのだ。あれは何かが彼の琴線《きんせん》に触れたからではないのか。

フェルゼンの二歳下の弟ジュリアスは、一年少し前に命を落としている。彼の母親は国内でも有力な貴族の出身だった。

亡くなった当時は二十二歳。権力に引き寄せられても、不思議はない。

誰かが彼を唆し、担ぎ上げようと画策しているという噂は、実《まこと》しやかに囁《ささや》かれていたらしい。アリエスがそれを知ったのは、死んだ父の名が首謀者として挙がった時であったけれども――おそらく、フェルゼンにとっては不愉快な出来事に決まっている。上手く突けば、彼の裏の顔が覗けるのではないか。

試してみる価値はある。どうせ今のままでは何も変わらないし、変えられない。

「……よし、早速今夜からやってみよう」

アリエスは決意を固めると、夜までに改めて歴史書と王族の系譜を頭に叩きこんだ。

「騎士の冒険譚の続きではなかったのか」

夜、寝所を訪れたアリエスに、フェルゼンは不満げな顔をした。

「昨夜の続きを話す約束だろう」

「そ、そうでしたか？」

しまった。朝の会話をすっかり忘れていた。

アリエスは現実の出来事と物語を上手い具合に絡めた話を創作し、やる気満々で今夜に臨んだのだが、そういえば昨晩途中で終わってしまった続きを求められていたのだった。

綺麗さっぱり忘却の彼方だったアリエスは取り繕う笑みを浮かべる。

「あの、その話はまた後日に……」

「何故だ？」

「さ、細部を思い出すのに時間をいただけませんか？　とても長いので、少し頭を整理したいのです」

しどろもどろで口から出まかせの言い訳をするアリエスに、彼の瞳が細められる。本心を覗かれそうな鋭さで射貫かれ、アリエスは息を呑んだ。

冷静に考えれば、妙齢の男女が深夜にベッドの上で、向かい合ってしているのが昔話やお伽噺なんて、奇妙奇天烈な光景だ。きっと誰に話しても信じてはもらえない。アリエス本人だって、未だに夢なら良かったのにと思っている。

しかしこれは紛れもない現実なのだ。しかもお互いに命を懸けた戦いでもある。傍目には、艶めいたところが欠片もないお喋りにすぎないが。

「そんなに、騎士の話の続きを聞きたいですか？」

「無論だ。盛り上がる場面で終わったのだから、気になって当たり前ではないか」

所詮子供向けの荒唐無稽なファンタジーなのに、フェルゼンは随分お気に召しているらしい。幼い頃、よほどこの手の物語に触れる機会がなかったのだろう。

彼の母が死んだのは、フェルゼンが七歳の頃であったと記録にはあった。その後、ひとつ空いた妃の部屋は、数日で別の女に埋められている。

まだ母親の庇護が必要な幼子が、沢山の義母と異母兄弟に囲まれて、幸せだったかは分からない。他者の幸福を測るのは、アリエスには不可能だ。けれども記録を読む限り、平坦な道を歩んできたわけではないことは、容易に想像がついた。

アリエスが寝起きしている後宮は、今は静まり返っているけれども、二十五年前は大勢の妻たちと子供らが住んでいたのだ。その中で、独りぼっちの少年は誰を頼りに生きてきたのだろうか。

――この人、寂しいのかな……

まるで、過去を取り戻そうとしているかのようだと感じてしまう。アリエスにとっては、子供の頃に眠るまで母親や乳母が絵本を読んでくれるのは当たり前のことだったけれど、違う人もいるのだ。

与えられなかった温もりを、必死に手繰り寄せようとする切実さを、フェルゼンの言動の端々に見つけてしまった気がした。

だが、それとこれとは話が別だ。

同情に流されそうになった心を引き締め、アリエスは本来の目的を思い出す。ここで絆《ほだ》されては、いつまで経っても両親の無念を晴らせない。自分がここにいる理由を己に言い聞かせ、アリエスは頭の中で新たに物語を組み立て始めた。

「――ところでお前、髪の色が変わっていないか？」

「え？」

一生懸命頭を使っていたアリエスは言われた意味が咄嗟に分からず、首を傾げた。そして数秒後に、随分長い間髪の毛を染め直していないことを思い出したのだ。

「あああッ」

「いきなり大声を出すな。驚くだろう」

「ひっ、ぁ、えっ、あの、これは……！」

最後に染めたのはいつだったか。もう正確には思い出せないが、ひと月近くは経っている。アリエスの本来の髪色は金。両親から受け継いだ大切なものだ。それを侍女ローズとして潜入するために黒く変えていた。一度染めれば半月は維持できるとエリオットから説明されていたが、アリエスは一週間ごとに念入りに染め直していたのだ。

それを、綺麗さっぱり忘れていた。

色は、突然薄くなるものではない。徐々に落ちてゆく薬品だ。だから、毎日見ているだけに気がつかなかった。

大慌てでアリエスが毛先を確認すると、間違いなく黒の下から金が透けている。意識して見れば、何故思い至らなかったのかと自分を殴りたくて堪らなくなった。

――私の馬鹿！　間抜け！　どうしてこんな大事なことを忘れたりするのよ……っ！

「染めていたのか？　理由は？」

フェルゼンの詰問口調に背筋が凍る。

——あああ、疑っている。怒っている。当然よね。私だって怪しいと思うわ。

超高速で言い訳を探したアリエスは、干上がる喉を死に物狂いで動かした。

「こ、これは私が母の髪色そっくりで、お父様の奥さま……正妻の方が見るだけで不快だとおっしゃったものですから……！」

気を遣って当たり障りのない色に染めていたと、もっともらしい嘘を吐いた。どうか騙されてくれと願っていると、彼の溜め息交じりの声が降ってくる。

「……なるほど。一応筋は通っているな」

ひとまず、若干疑念を残しつつ、納得はしてくれたようだ。

「しかしもう染める必要はあるまい。お前の義母とやらも既にいない。それに——お前には、金の髪色の方が似合いそうだ」

「……え……」

俯いたアリエスの生え際をフェルゼンはちょんと突《つっ》き、小さく呟く。

触れられた場所が熱い。痛かったわけではないのに、ジンとした痺れが残った。

「戻しても……いいのですか？」

「大切な母親と同じ色なら、尚更誇っていればいい。これからは、もう染めるな」

「は、はい……」

「よし、では続きを話せ」

アリエスの胸のうちに、奇妙な焔《ほのお》が灯った気がする。しかしそれは育ててはならない何か。大好きだった本来の髪色に戻せると知って、嬉しいだけだ。他に胸が高鳴る原因など、あるわけがない。あってはいけない。

アリエスは瞬きで気持ちを切り替え、大きく息を吸った。

「で、では、昨夜の続きをお話しいたします」

原作では死闘の末竜を倒した後、騎士は新たな冒険に出るのだが、結末を変える。竜の鱗《うろこ》を持って国に戻り、世界を救った褒美として姫と玉座を求めるとアリエスは語った。

「ちょっと待て、国には王子がいただろう」

案の定、彼は引っかかりを覚えたようだ。アリエスの言葉を遮って、眉間に皺を寄せている。

「正当な後継者がいるのに、国を乱すつもりか？　しかも王子は無能ではなく、それなりに国民にも人気があったはずだ」

「よく覚えていらっしゃいますね。サラリと流した初期設定なのに……ええ、本当は王子自らが竜退治に赴くはずでしたが、その身を案じる声が多くて、代わりに騎士が名乗り出たのです」

「騎士も高い志を持ち、王子を敬愛していただろう。何故突然無茶な要求をする？」

珍しく声を荒らげたフェルゼンに、アリエスは少なからず驚いていた。思った通り、彼にとっては『王位』という単語が無視できないものらしい。だが想像以上に過剰な反応を示され、動揺した。

フェルゼンに肩を掴まれ前後に揺すられ、ガクガクとアリエスの首が振れる。

「ええ……と、それは……権力は人を変えると申しますか……」

無理やり話の流れを変えたものなので、矛盾が生まれるのは当然だった。清廉潔白な騎士が、いつの間にやら野心溢れる男になってしまい、辻褄《つじつま》が合わなくなる。アリエスは眼を泳がせながら、どうにか整合性をとろうと思案した。

「そ、そう！　実は騎士は王の隠し子だったのです。異母兄弟間の確執《かくしつ》が根底にはあり、実際のところ残虐非道な本性を持つ王子は、竜退治にかこつけて異母弟を亡き者にしようとしていたのです。騎士は全てを分かった上で討伐に赴き、悪しき異母兄を……」

「――――もう、いい」

いつになく冷えた声音でフェルゼンに遮られた。完全に無表情になった彼が、凍った眼差しをアリエスに向けてくる。完全に気圧され言葉を失ったアリエスは、喉奥で悲鳴を押し殺した。

「今夜の話はつまらん。細部が雑すぎる。そもそも騎士が王の子であったなら、妻にと望んだ姫君とも血の繋がりがあることになるだろう。――――それとも、自分を蔑ろにした父王への意趣返しだったのか？」

冷たく言い捨てて、フェルゼンは横になった。完全に興が削がれたらしく、眼を閉じて眠る体勢になっている。しかし全身から苛立ちに似た感情がふつふつと滲み出ていた。

――まずい、怒らせてしまったわ……。

気分を損ねては、大変なことになる。彼を楽しませることができなければ、良くて後宮を追い出されるか、悪ければ斬り殺されるのだ。

全身から血の気が引いて、アリエスは慌てて頭を下げた。

「申し訳ありません……っ、別の話を……」

「今夜はもういい」

取りつく島もなく断られ、寝返りを打って背中を向けたフェルゼンに、ますます焦燥《しょうそう》が募《つの》った。

「お、お待ちください。あの、他国の神話などいかがですか？　なかなか含蓄《がんちく》に富んでいて面白いですよ」

「いらん。――もう、飽きた」

交渉の余地もない。アリエスに見向きもしない彼は、本格的に気分を害してしまったようだ。

「そ、そんな……あの！　何でもいたしますから、どうかお許しください」

どんなに言葉を連ねても、フェルゼンは反応してくれなかった。アリエスは焦るあまり、彼の腕に取り縋り懇願する。

「お願いしま……きゃぁっ」

「触るな。――しつこいぞ」

腕を振り払われたと思った次の瞬間には、仰向けに押し倒されていた。見上げた視界に映るのは、幾重にも重なる天蓋の布。そして冴え冴えとした美貌の男だった。

いつかの夜と同じ。

彼の命を狙い、失敗した始まりの夜と。違うのは、あの時よりももっと、フェルゼンの瞳が深い藍色に見えたことだ。

深い、深い海の底はきっとこんな色をしている。人が絶対に到達できない光の届かぬ漆黒の闇はたぶん、寂しく孤独に違いない。

「……わざと私を怒らせるつもりだったのか？」

「ち、違います」

否定しつつ眼が泳ぐのは、やましいからに他ならない。動揺を悟られないよう絞り出したアリエスの声は、紛れもなく震えていた。

――今度こそ、私の強運も尽きたかも……お父様、お母様ごめんなさい。でもせめて、憎いこの男に傷の一つでも負わせてやりたい……！

ただでは転ばない。アリエスは右手中指に嵌めた指輪の石に触れ、回そうとした。

「……お前の眼は、やはり不思議な色をしている」

頬に触れる長い指。硬く感じるのは、彼が剣を扱うからだろうか。その武骨な指先が、繊細な手つきでアリエスの目尻を撫でてゆく。

「陛下……？」

「……フェルゼンだ。名を呼べ。特別に許す」

「で、でも……」

アリエスは気勢を削がれてしまった。ただ呆然と眼を見開く。近すぎる距離で見つめ合い、互いの瞳に姿を映し合った。

「お前は、何故毎夜素直にこの部屋に来る？　とっとと逃げ出すことも不可能ではあるまい。せっかく拾った命だ。自ら危険に飛びこむことはない」

「それは……」

後宮から逃亡することが現実的かどうかはともかく、確かに彼の言うことももっともだった。フェルゼンの眼から見れば、アリエスは殺されるかもしれない場所に夜ごとわざわざ自分の足で赴いているのだ。

普通の神経であれば、最初の夜に助かった時点で、どうにかして外へ飛び出すのかもしれない。アリエス以外の女性が住んでいない後宮はひと気が少なく、警備は厳重だが、慣れれば隙を突くこともできる気がした。入ることは難しいが、出る分には僅かに警戒が緩くなるのだ。メイラも、四六時中傍にいるわけではない。

――貴方を殺す機会を狙っていますなんて、言えるわけがないじゃない……！

「陛下……フェルゼン様のお傍にいたいからです……！」

嘘は、言っていない。本当の目的はともかく、今はまだ追い出されても殺されても困るのだ。

アリエスは必死の形相で、自分の顔の両脇につかれた彼の手を摑んだ。

「何でもいたしますから、貴方の傍にいさせてください……っ」

心からの懇願は、多少フェルゼンの心を動かしたらしい。彼の視線が、探るように強さを増す。威圧感を与えてくる眼差しに、アリエスは縮みあがった。

「……短い期間だったが、楽しませてもらった。明日の朝、後宮を出て行くがいい。今後暮らしていけるだけの用意はしてやる」

「そ、そんな……嫌です！　私を追い出さないでください。傍に置いてください、陛下と離れたくありません」

生きたまま後宮を出してもらえる上に、今後の生活費を与えられるのは破格の待遇と思えたが、アリエスの目的は金ではないのだ。そんなものは望んでいない。欲しいのは、フェルゼンの命。だからどんな好条件を示されても、解放は願っていなかった。

「何でも……どんなことでもいたしますから……！」

「――軽々しく、何でもするなどと言うな。後悔するぞ」

「しません！　だって私にはもう失うものは何もありませんもの。ここだけが……フェルゼン様の隣だけが私の居場所なのです」

刹那、普段は押し殺している悲しみが湧きあがった。

アリエスの帰る場所はどこにもない。待っていてくれる人もいない。役目を果たさなければ、前にも後ろにも進めないのだ。分かっていても、できるだけ考えないようにしていたこと。改めて向かい合ってしまうと、寂しさと苦しさで雁字搦《がんじがら》めになって動けなくなる。

彼の傍にいる時だけは、少しだけ息苦しい現実を忘れられた。毎日想定外のことがありすぎて、過去を振り返る時間が適度に奪われていたからだ。いつの間にか、そんな時間が嫌ではなくなっていたことに自分でも驚く。全ての元凶はフェルゼンなのに――

たぶんアリエスは、役目に向かい邁進《まいしん》することで、心の均衡《きんこう》を保っている。もしかしたら、彼も同じではないのか。明確な根拠はないけれど、フェルゼンの言動の端々には孤独と生き急ぐ気配が漂っている。

何故か、アリエスは癒やしてあげたいと感じていた。

「……お話が不要でしたら、せめて子守唄を……」

「何だと？」

おそらく子供時代、優しい子守唄など歌ってもらったことのない彼は心底意味が分からないらしく、怪訝な顔をしていた。眉間に皺を刻み、険しい表情をする頬へ、アリエスは手を伸ばす。

「一時でも、フェルゼン様に安眠が訪れますよう歌わせてください」

ゆったりとした旋律にのる歌詞は、母親が子の幸福を祈るもの。この国の民であれば、きっと誰でも知っている。しかし案の定、彼にとっては初耳だったのだろう。戸惑いに瞳を揺らし、制止しかけた唇が強張っていた。迷う眼差しは、如実《にょじつ》にフェルゼンの心情を物語っている。「止めろ」と言いかけて、耳を傾けている複雑な惑いを。

アリエスは歌に合わせて彼の腕を軽く叩いた。幼い頃母にしてもらったポンポンという重みが心地よく、とても安心したことを思い出す。母親や乳母の視線を独り占めして眠りに落ちる時間は、何物にも代えがたいほど贅沢《ぜいたく》だったのだと、今更ながら知った。愛されているのだという実感を得られて、そのまま自信や自己肯定に繋がったからだ。

アリエスにとっては、当たり前のひと時。子供であれば誰でも享受できる時間だと信じていた。

――でも、この人は……知らないのね……

結局子守唄が終わるまで、アリエスが止められることはなかった。最後まで歌い切り、刹那の沈黙が訪れる。破ったのは、吐き捨てるように唸る、フェルゼンだった。

「――どうして、お前はっ……とっとと逃げればいいのに。今なら、まだっ……」

「フェルゼン様のお傍にいたいからです！」

少なくとも嘘ではない。いや、今この瞬間は、紛れもない真実をアリエスは叫んだ。次の瞬間、彼の纏う空気が変わった。

「……適当なことを。だったらその覚悟、試させてもらおうか」

「え？」

彼の手が、アリエスの顎を捉えた。顔を固定されたことに慄《おのの》いていると、視界がフェルゼンで埋め尽くされ、吐息が混じる。あまりの至近距離に身を引く間もなく、唇が塞がれていた。

「……ふ、ぅん、んっ？」

アリエスにとって生まれて初めての口づけだった。

温かく、柔らかなものが押し当てられ、呼気が肌を炙《あぶ》る。驚きで開いた歯列の隙間から忍びこんだ彼の舌が、我が物顔でアリエスの口内を蹂躙《じゅうりん》した。

「んっ、んーッ……！」

こんな感覚は知らない。生温かくて卑猥なものに、勝手に口の中を擽られて唾液が混じり合う。普通なら他人に舐め回されるなど気持ち悪いはずなのに、アリエスに嫌悪感は生まれなかった。むしろ、腹の底からゾクゾクとした愉悦が湧き起こる。全身が汗ばみ、見開いたままの眼前には光が散った。

「……は、キスをする時には、眼を閉じろ。その程度の知識もなく、捨て駒にされたのか？」

「な……何のことですかっ……」

一瞬唇を解放された隙に、アリエスは大きく息を吸った。危うく酸欠になるところだった。

「鼻で息をしろ」

短く指示を飛ばし、再びフェルゼンが口づけてくる。今度はもっと深く、荒々しく舌を絡ませられた。

「ふ、ぅんっ……んんっ」

粘膜を擦り合わせると、怖いくらいに体温が上がってゆく。頭を振って逃れようとしても、アリエスの身体からは力が抜けてしまっていた。拒んでいるのか縋っているのか、彼の肩に両腕を回し、激しくなるばかりのキスに応えてしまう。

自ら舌を伸ばし、幾度も角度を変えた。――嫌では、なかったから。

「……ッ、ぁ」

はしたない糸が、解いた二人の唇を繋ぐ。フェルゼンがひどく淫らに口の端へ舌を這わせるのを、アリエスは見上げていた。

「本当のことを言う気になったか？　これ以上は後戻りできなくなるぞ」

「嘘は……申し上げていません」

散々嬲られた舌が痺れて、上手く言葉を紡げなかった。唇自体、熱を孕んで疼《うず》いている。舌足らずな言い方で、アリエスは意識しないままトロリと溶けた眼を彼に向けた。フェルゼンの喉が艶めかしく上下したのは、たぶん見間違いではない。

「――せっかく逃げ道を用意してやったのにな……」

「ん、ぁっ……」

薄い布の上から胸の頂を探り当てられ、血が巡る。最近見慣れ始めていた彼の半裸が、急に生々しく感じられた。

反射的に触れた掌から、女よりも硬い皮膚の下で躍動する筋肉の動きが、はっきりと伝わってくる。官能的でありながらどこか静謐な感触は、アリエスを陶然《とうぜん》とさせた。長湯をしたわけでもないのに、のぼせたみたいだ。ふわふわと現実感を失って、本能のまま身体が動いていた。

身に着けていた卑猥な服は脱がされて、アリエスは生まれたままの姿にされる。それまで着ている方が恥ずかしいのではないかと思っていたけれど、実際に一糸纏わぬ状態にされると、羞恥《しゅうち》はその比ではなかった。

「み、見ないでください」

「もともと隠せていなかったし、選んだのはお前だ」

低く告げられ、アリエスの背筋が強張る。身体を重ねれば、翌朝には殺される運命だ。助かる道はただ一つ。殺られる前に殺るしかない。

「今更、怖気づいても遅いぞ」

アリエスが凍りついたのをどう解釈したのか、フェルゼンは酷薄な笑みを浮かべた。しかし僅かに自嘲を孕んだそれはすぐに消え失せ、代わりに柔らかな空気を纏わせる。どちらが彼の本質なのかアリエスには判断がつかなかった。どちらにしても、不本意ながら魅了されていたからだ。

――両親を死に至らしめた男なのに、私は何て愚かなの……！

いっそ、乱暴に扱われたのなら、心を揺らすことはなかったかもしれない。だが彼の手は、どこまでも優しかった。

壊れ物に触れるように脇腹を撫であげられ、淡い接触に肌が粟立つ。眩暈を起こすほどの擽ったさがアリエスを戸惑わせ、身体の自由を奪ってゆく。本当に大切にされている錯覚に、束の間溺《おぼ》れた。

「……ぁ、あ」

「声を堪えるな。もっと聞かせろ」

耳に注がれる言葉は、さながら媚薬だ。余計に官能を刺激して、アリエスから思考力を吹き飛ばしてゆく。いやらしい声が漏れてしまいそうな唇を噛み締めると、咎める手つきで下唇を辿られていた。

「命令だ」

たどたどしく息を継ぐアリエスに、フェルゼンの苦笑が落とされる。度重なるキスで腫《は》れぼったくなっていた唇は敏感になり、少し触れられただけで大仰《おおぎょう》に反応してしまった。

さほど豊満ではない胸を掬《すく》い上げられ形を変えられると、アリエスのものであるはずの肉体が別物になってしまった気がする。間違いなく自分の支配下のものが、他人に乱され侵蝕されていった。

「……あ、ゃんっ……」

「初々しいな。……それも、演技なのか？」

「何をおっしゃりたいのか……ぁ、あ、んっ」

胸の飾りを舐められて、アリエスは我が眼を疑った。この国の王が、両親の仇が、自分の乳房に顔を埋めているのだ。信じがたい光景に鼓動が速まる。しかしもっと信じられないのは、拒む気がなくなっているアリエス自身の気持ちだった。

――違う。これはフェルゼンの油断を誘うために、仕方なく……！

霞がかる思考に言い聞かせ、必死で意識を保った。懸命に心がけなければ、大切なことを忘れそうになってしまう。しっかりしろと己を叱咤し、蕩《とろ》けそうになる自我を掻き集めた。

しかし内腿を撫でられる心地よさに、早くも心が挫けそうになる。冷えていた脚に、彼の熱を孕んだ手は気持ちがいい。ゆったり上下するたびに、アリエスの口からは震える呼気が漏れていた。

「柔らかくて、真っ白だな。今まで何人の男に見せた?」

「ありません……! そんなふしだらなこと……!」

「そうか。一応貴族の娘という触れこみだったな」

フェルゼンの言い方は引っかかったが、アリエスは紛れもなく貴族の娘なので何度も頷いた。結婚までは純潔を守る——それは、当たり前のこととして教えられている。それを今、違えようとしている自分を、どんな事情があったとしても両親は許してくれないかもしれない。

——もっとも、もうまともな結婚なんて望めないのだから、構わないわ……

自暴自棄とも少し違う思いを持て余し、アリエスは自らの葛藤に蓋をした。悩んでもどうにもならないことが、この世にはある。だったら飛びこんでみるのも、一つの手なのだ。

怖々押し上げかけた目蓋にキスされ、顔中に口づけの雨が降る。耳やこめかみ、顎から鼻先まで。もしかしたら、両親から贈られた親愛のキスの回数を超えてしまうのではないかと言うほど執拗に、彼の唇がアリエスに触れては離れた。

鎖骨や小指にまで舌を這わされ、全身喰らわれてしまう予感に慄《おのの》く。弾んだ息がか細く震え、淫靡な音になって消えていった。

「……可愛い」

「え……」

ほんの微かな、音にもなりきらない言葉だった。意図せず漏れ出たといったフェルゼンの声は、捉える間もなく虚空に溶けていった。跡形もなく失せた音の羅列を確かめようにも、アリエスには聞き間違いかどうかさえ判断がつかない。戸惑っている間に、彼の手により内腿を摩られていた。

「……っ、やぁ……！」

脚の付け根の際どいところぎりぎりまで上昇し、再び下へと下ろされる。たったそれだけの行為が、堪らなく羞恥を煽った。

たぶんアリエスの身体は汗ばんでいるし、暴れる鼓動の音は伝わってしまっている。余裕のなさは、隠せるはずもなかった。何より、先ほどから腹の奥が疼いて、奇妙なぬめりをはしたない場所から感じるのだ。まるで月のものに似た感覚だが、本能的に違うと悟る。知られたくない。おそらくこれは、とても恥ずかしいことだ。

「だ、駄目です」

「今更焦らすのか。それが計算された手管ならば、私はまんまと陥落《かんらく》させられたことになるな」

「ひ、ぁッ」

淡い繋みをフェルゼンの指先が掠め、もどかしい刺激にアリエスの腰が跳ねた。やめてほしい気持ちと、物足りなさがせめぎ合う。混乱したアリエスが強張っていると、彼は額にキスを落としてきた。

「本気で嫌がることはしない。力を抜いていろ」

本当の恋人に囁くような甘い声音と仕草、眼差しに、アリエスは夢を見そうになった。これでも、まだ恋に夢見る年頃なのだ。憧れならば、人並み以上に持っていた。物語の中で交わされる甘い時間を、いつかは婚約者との間に築けるのではないかと乙女らしい夢想で頬を染めたこともある。

――全て、二度と手が届かないものだと諦めていたのに……

束の間、自分が置かれている状況を忘れそうになった。いや、忘れたいのだと気がついている。刹那の、夢を見たいのだ。

愛し愛され、求められているのだという幻想。父も母も存命で、自分は望まれて嫁いだ幸せな花嫁。大勢の人々に祝福され、大好きな人の腕に抱かれている。

豪華なドレスも、華やかな宴も何もいらない。ただ、心が満たされていればそれでいい。望んだことは少なかったのに、まさか一番難しい願いだとは知らなかった。アリエスが

失ったものの大きさは、計り知れない。

　ぽろりとこぼれた涙を、フェルゼンが拭《ぬぐ》ってくれた。困ったような怒ったような複雑な表情は、彼が何を考えているのか教えてはくれない。それ以前に、自分の感情を持て余しているアリエスには、他者の気持ちを推し量ることは無理だった。せっかく摑んだ幸せな幻影を壊したくなくて、フェルゼンに手を伸ばす。

「……お前は、本当によく分からない娘だな……」

　呟きは、熱を伴って肌を擽った。抱き寄せられた身体が重なり合い、久方ぶりに感じる自身以外の体温を享受する。包みこまれることが心底気持ちよかった。アリエスは彼の滑らかな背中に手を這わせ、芸術的な凹凸を味わい、フェルゼンの肩口に顔を埋める。

　彼の香りは嫌いじゃない。むしろ、好きなのだと思う。鼻腔いっぱいに吸いこめば、何故か安らぐ気分になるからだ。けれども今夜は、濃厚な香りに高揚感が増していった。

「ん、……ぁ、あ」

　ゆるゆると花弁の縁をなぞられ、膝から力が抜けてゆく。アリエスの中で、脚を閉じようとする理性と、身を任せたい本能が主導権を奪い合い、結果理性が白旗をあげていた。

　迎え入れてしまったフェルゼンの手が、快楽の芽を見つけ出す。今まで誰にも暴かれたことのない敏感な部位に触れられ、アリエスは髪を振り乱した。

「や、あ、あっ」

慎ましい粒を擦られると腰が蕩けそうなざわめきが生まれ、摩擦されているだけなのに、全身が戦慄《わなな》く。左右に揺らされ摘まれて、際限なく悦楽の焔が大きくなる。初めて知る快感に、アリエスは奥歯を嚙み締めて喘《あえ》ぎを堪えた。

爪先が丸まり、シーツに皺を刻んでゆく。跳ねそうになる両脚は、フェルゼンに抱えこまれた。

「待って、ください……っ、ぁ、変になってしまいます……っ」

熱くてむず痒《がゆ》くて、じっとなどしていられない。アリエスの身の内から湧きあがる嵐が、今にも外へ飛び出しそうになっていた。出口が分からずに、発散できないまま暴れているのが苦しい。

「おかしいのです、私……こんな、どうして……ぁ、あんッ」

「大丈夫だ。何も変ではない。安心しろ」

口を開けば淫らな声が漏れてしまう状態なのに、彼の手は容赦なくアリエスを追い詰めてくる。ごく浅い場所を探っていた指先が、硬く閉ざされた肉洞へと侵入した。痛みはない。異物感はあったが、同時に膨れた淫芽を摩られてすぐに霧散《むさん》してしまった。代わりに得たのは、圧倒的な快楽だけだ。

「ひ、ぁあっ……ああッ」

くちくちと卑猥な水音が奏でられる。それが、自分の身体から掻き鳴らされているのかと思うと、どうしようもなく恥ずかしかった。しかも羞恥さえ糧《かて》にして、愉悦は大きくなってゆく。

「狭いな。充分解さなければ、お前の方が大変そうだ」

「ん、んんっ……」

その時、これまで気にならなかったことが、急に痛みを伴ってアリエスの胸に迫ってきた。今までは、意識したこともなく、特に耳にも留まらなかったことだ。だが今は――

「名前……、名前を呼んでください……っ」

フェルゼンが『陛下』ではなく、名を求めた理由が少しだけ分かる。こんなにも傍にいて、誰より近く触れ合っている相手に、他人行儀にされるのは寂しい。『特別』を求める心が幻想でも構わなかった。どうせ、今宵一夜限りの幻なのだ。夜明けを待たず消え失せる泡沫《うたかた》ならば、とことん貪欲になっても許されるのではないか。

「お願いします。私の名前は……」

「アリエス」

「……っ」

まさか、覚えているとは思っていなかった。正直、一人の人間として認識されているとも思っていなかった。フェルゼンにとってみれば、自分はただの夜伽で、気まぐれに後宮に留めたにすぎない存在だ。端から女として興味を抱かれてもいなかったし、一度も名前を呼ばれたことはなかった。

「どうして……」

「最初の夜に、自分で名乗っただろう。名前も知らない女を何度も部屋に呼んだりしない」

「聞いていないのかと、思っていました……」

ふわりと胸に広がったものは何だろう。妙に温かくて、むずむずする。アリエスは正体の分からない温もりに戸惑って、視線をさまよわせた。

もしかして、自分は今嬉しいのだろうか。それさえも、上手く把握できない。喜びなど抱くはずがないと、瞬時に否定する気持ちがあるからだ。千々に乱れるアリエスの心はひどく不安定で、上手くつり合いをとってくれない。片側に傾いたかと思えば、真逆の感情に支配された。

「……他のことは考えるな。私だけを見ろ」

惑う気持ちが表情に出ていたのか、彼の手に頬を撫でられた。視線を絡めることを要求され、眼が逸らせない。求められるままじっと覗きこんでいると、濃密なキスをされた。

甘くて、呼吸を喰らわれる、熱烈な口づけに酔う。酩酊感は、アリエスに残されていた躊躇いを払拭《ふっしょく》させた。

命じられた通りに余計なことは頭の中から押し流し、眼の前に覆い被さる男だけを見つめる。何度眼にしても、息を呑むほど美しい造形が、今日は一際艶めいていた。潤んだ瞳や朱を刷いた目尻、熱い身体と微かに乱れた吐息。それら全てがアリエスを欲している証に思え、尚更フェルゼンに囚われる。

もっと接触したい欲求に負け、アリエスは彼の首に腕を回し、引き寄せた。

もしかしたらこの瞬間、指輪に仕込まれた毒を使えば暗殺は簡単に果たせたかもしれない。けれども、その可能性にはまったく思い至らなかった。

今晩だけは、自分は伯爵令嬢アリエス・キャンベルではない。しがない下っ端侍女ローズでも、国王の愛妾アリエスでもない。ただの、一人の女でありたかった。

朝になれば確実に覚める夢でも、夜のうちはアリエスだけのものだ。儚い夢想に溺れて、偽りの幸福を手に入れたいと望んでしまった。

「アリエス……」

「フェルゼン様……っ」

下腹に当たっていた硬いものが、花芽を掠めて上下する。捏《こ》ねられる動きに、アリエスは幾度も身を震わせた。得も言われぬ快感が背筋を駆け抜けてゆく。いやらしい水音も、もう気にならなかった。聞こえるのは、自分の心臓の音と、彼の乱れた呼吸だけ。降りかかる湿った吐息にさえ愉悦が煽られた。

「ぁ、ああ……っ、ん、んッ、……あああっ」

胸の頂を二本の指で擦り合わされ、上下から与えられる刺激に呆気なく意識は飽和した。息も吸えずに小さな悲鳴をあげ、アリエスは数度痙攣する。生まれて初めて味わう絶頂に、全身から汗が噴き出した。

「……ぁ、あ……」

脳天から爪先まで強張り、そして一気に弛緩する。甘い余韻は幾度も波のようにアリエスを淩《さら》った。

気持ちがいいなんて、単純な言葉ではとても言い表せない。暴力的とも言える快楽は、アリエスの体力と理性を根こそぎ奪っていった。真っ白になった頭では何も考えられず、忙しく上下する自分の胸が、ひどく滑稽《こっけい》に思える。

「アリエス、まだ眠るな」

「ん……え？」

今日の昼間は読書に没頭し昼寝をしなかったので、身体は疲れきっていた。全力疾走した後のような疲労感で、正直もう目蓋はくっつきそうになっている。夢の世界へ転がり落ちかけていたアリエスは、軽く腰を持ち上げられて現実に引き戻された。

「そのまま、楽にしていろ」

はしたなく両脚を広げられても、もう抵抗する気力はない。されるがまま茫洋としていたアリエスは、次の瞬間、激痛に悲鳴をあげていた。

「……っぃ、やぁああッ」

身体を真っ二つに引き裂かれるかと思った。到底大きさがそぐわないものが、強引に中へと入ってくる。無垢な隘路が限界まで引き伸ばされ、苦しくて堪らない。指とは比べものにならない質量に押し広げられ、アリエスの内壁は苦痛を訴えていた。

「や、ゃめっ……」

先ほどまでの気持ちよさなど、完全に吹き飛ばされ、今はもう身体を貫こうとする責苦しか感じられない。〝初めて〟は、痛みを伴うものだという知識くらいはアリエスも持っていたが、まさかこれほどまでとは知らなかった。

溢れた涙を拭う余裕もなく、息も吸えずにひたすらフェルゼンの下で災禍《さいか》が通りすぎるのを待つ。

「……アリエス、まさかお前……本当に初めてだったのか!?」

動きを止めた彼が愕然とした声を出したが、睨みつけることさえできなかった。

心のうちでは『当たり前ではないか』と罵《ののし》る。自分は貴族の娘で、しかも国王自らが『処女』をご所望だったのではないか。矛盾を孕んだフェルゼンに一言文句を言いたいけれど、今はそれどころではない。

質問に答えるためにこくこくと頷き、歯を喰いしばり眼を閉じてとにかく耐える。彼がじっとしてくれたおかげで、少しだけ波は引いた。しかし圧迫感と苦しさは相変わらずだ。

痛みも消えてはくれない。

「も……駄目です。抜いてください……」

「……悪いが、もう無理だ。どうして先に言わない……」

「聞かれませんでしたし、当たり前じゃないですか……っ」

むしろ疑われていたのなら、心外だ。きっと愚問、とはこういう時に使うに違いない。

「いやに狭いとは思ったが、知っていれば、もっと……」

溜め息交じりに落とされた声がどこか悲しげで、アリエスはゆっくり眼を開いた。秀でた額に汗を滴らせ、フェルゼンがこちらを見下ろしている。その双眸に労りと気遣いが見え隠れしていた。

「少しでも、楽になるようにしてやる」

「ぁッ……？」

痛みを訴える場所の上部、先刻まで抗いがたい愉悦を生みだした淫芽を彼に摩られ、アリエスは呻《うめ》きとは違う声を漏らしていた。

クルクルと円を描いたかと思えば扱かれて、予測できない動きに翻弄される。ぬめりを纏ったフェルゼンの指は、滑らかに花芯を責めたてた。

「あ、アあっ……ゃ、ああ……っ」

「どうされたい？　もっと強くしてほしければ、頷いてみろ」

ふしだらに膨れたそこを弄られて、遠退いていた喜悦が再び戻ってきた。一度達したせいなのか、今度は駆け上がる速度が速くなっている。覚えた感覚がまた襲ってくるのをアリエスは感じていたけれども、あと少しという時点ではぐらかされて、ジリジリと渇望だけが蓄積してゆく。

「……ゃ、あ……フェルゼン様……」

「頷かないからだ」

意地悪なのか本気なのか、彼の楽しげな声が耳に注がれた。それからも、あと一歩及ばない刺激を与え続けられる。

気持ちが良くないわけではない。だが、知ってしまった高みに到達するには、物足りない。

アリエスはどうすればいいのか分からず、瞬きを繰り返した。

「教えただろう？　アリエスが頷けば、与えてやる」

誘惑は甘い。深く意味を考えず、アリエスは操られるように顎を引いていた。

「いい子だ」

「ひ、ぁあっ」

フェルゼンに頭を撫でられ、正解を引き当てたと喜んだのは一瞬。強めに押し潰された蕾から、快楽が弾けた。

「あ、アあッ……ああんっ」

痛みに変わる寸前の絶妙な力加減で擦りあげられ、アリエスは淫靡《いんび》な悲鳴を迸《ほとばし》らせる。身体の奥からどっと蜜が溢れたのが、自分でも分かった。眼の前が白く染まり、頭の中が弾けたせいで何も考えられない。戦慄く膝を彼に抱えられ、更に大きく両脚を左右に割られた。

「もう少し、我慢してくれ」

「……んッ、ぅあっ」

アリエスが虚脱《きょだつ》した隙を見逃さず、フェルゼンが前かがみになって腰を押し進めてきた。先ほどより多少は抵抗が少なかったが、無垢《むく》な処女地が狭いことに変わりはない。強張りかけるアリエスの身体は、優しく摩られることで宥められた。

一番太い部分に内壁を擦られ痛みが再燃するたびに、髪に、首に、唇にキスをされる。いつからか、アリエスにとって彼との口づけは不安や恐怖、苦痛を和らげるものに変わっていた。

「ふ、ぅ、ぅ……」

「……は……全部、入った」

フェルゼンの汗がポタリポタリと降ってくる。逞しい胸から割れて引き締まった腹へと流れる滴が、とても官能的に眼を射った。誰かの汗みずくの身体を、こんなに美しいと思ったことはない。嫌だと感じることはあっても、触れたい近づきたいと願うなど初めてだ。

両親を亡くしてから様々な経験をし、沢山のことを学んだと思っていたが、まだアリエスには知らないことがあったらしい。

「動く、ぞ」

「いッ、ぁ、あ」

傷口を抉《えぐ》られる痛みに、過去へ馳せていたアリエスの思いは四散した。

抜け出る寸前まで引かれたフェルゼンの腰が、勢いよく押しこまれる。粘膜を擦りあげられて、苦痛に喘ぐ。

だが、数度繰り返されるうちに別の感覚がせり上がってきた。

依然として居座ろうとする痛みを押し退けて、覚えたての快楽が生まれ育ってくる。律動を繰り返しながらも彼が敏感な花芯を爪弾いたせいだ。

「あッ、ァあ……あ、ひぁっ……」

粘着質な水の音、肌を打つ乾いた音が、軋むベッドの音色に混ざって室内を淫猥な空間に変えていた。紗に隔てられた空間が淫らな色に染め上げられる。

アリエスがこの寝所に通うようになって、およそひと月。長くもあるし、短くも感じられる。その間、一度もフェルゼンが閨での奉仕を望んだことはなかった。今夜に限って何

故なのかと追い立てられながらもアリエスは考える。

思いつく理由はたった一つ。『王位継承』に関する話をアリエスが口にしたからだ。それも、異母兄弟間の確執の話が彼の逆鱗《げきりん》に触れたのではないか。

——そんなにも弟からの裏切りが堪えたの……？

父が加担していたと言われた謀反。それがフェルゼンにとって大きな傷となっている。もしも唆したとされている男の娘がアリエスだと彼に知られたら、どう思われるだろう。

「……あっ……ぁああっ」

しかし考えられたのは、そこまでだった。

激しくなる抽挿に、アリエスは背筋を仰け反らせて高みに飛ばされた。今までの二度よりも、ずっと大きな波に浚われる。揺さぶられ、視界が乱れる。上下にぶれる世界の中で、常に中央にはフェルゼンがいた。

「……アリエスッ……」

「い、あッ……あああっ……」

全てが爆ぜる。

何もかもが弾き出され、明確に感じられるのは、アリエスを抱き締める逞しい身体だけ。

そして胎内を満たす熱液の感覚だけだった。

「……ぁ、ぁ……」

脈打つ彼の屹立が、アリエスの内側で跳ねている。最後の一滴までも呑みこませようとするかのように奥を小突かれ、アリエスはヒクヒクと震えた。

「あ、う……」

「……は……これで、もう、お前は逃げられないぞ」

尋常ではない疲労感が全身を支配して、目蓋がゆっくり落ちてくる。抗えない睡魔に誘われ、アリエスは必死に拳を握り締めた。

――駄目。眠ってはいけない。私にはやらなければならないことが……

このまま眠っては、目的が果たせない。千載一遇の好機を無駄にして、目覚めた瞬間あの世だなんてごめんだ。

けれども包みこまれる腕の感触があまりにも気持ちが良くて、アリエスはフェルゼンの胸板に頬をすり寄せ、意識を手放してしまった。

4. 夜の中庭

　その夜から、二人の関係は変わった。

　翌朝目覚めてアリエスが最初にしたのは、自分の首と胴がちゃんとくっついているかの確認作業だ。とりあえず、傷もなく安堵していたところ、フェルゼンは隣に寝そべったまま鼻で笑ってこちらを見ていた。

「安心しろ。アリエスは斬らない」

　何故かは不明だが、用済みとしての処分は免れたらしい。それどころか、正式な愛妾と認められ、以前は彼の寝室に呼びつけられていた身だが、現在はフェルゼン自らがアリエスの部屋に通ってくることになった。

　周囲の『世継ぎ』を期待する声はますます高まり、アリエスとしては息苦しいことこの上ない。本当に、心の底から『どうしてこうなった？』と叫びたい毎日だ。

　当然、求められるのは寝物語だけではない。濃密な時間を過ごしている。

　――予定がどんどん狂っていくわ……

ある意味、理想通りの展開と言えなくはないのだが、いかんせん彼には隙がないのだ。身体を重ね油断を誘うと言っても、フェルゼンが眠りこむところを見たことはないし、逆にアリエスの方が毎回翻弄されてわけが分からない状態にされてしまうので、余裕がない。これが暗殺の玄人であれば、房事の最中に命を狙うことも可能だろうが、少なくともアリエスには無理だった。

夜ごと息も絶え絶えに喘がされ、意識が飛ぶまで責め苛まれる。最終的には指一本動かす体力も残らないのに、どうすれば目的を達成できるのか、見当もつかない。今のところ、一晩中起きていることさえできない有り様だ。話をしていればよかった頃とは比べものにならない重労働である。

――まずは体力をもっと蓄えなければ……だけど、身体を鍛える余力もないわ……

今日もぐったりと自室のベッドに横たわったまま、アリエスは深い溜め息を吐いていた。

「アリエス様、お食事は部屋にお運びしましょうか？」

「ごめんなさい。食欲がないわ」

食べなければいけないことは重々承知だが、胃が受けつけてくれない。昨夜も途中からプッツリ記憶は飛んでいた。よもや自分の食欲がここまで減退する日が来ようとは。

「ですが、朝も召し上がっていませんし、少しでも栄養を摂取しないと……果物などはいかがですか？」

「……それくらいなら……」

あまりメイラに面倒をかけるのも申し訳なく、アリエスは渋々頷いた。重い身体をベッドから引き剝がし、楽な服に着替える。髪を結ったり化粧をしたりする気力はない。だらしないと眉を顰めるのなら勝手にどうぞというやけっぱちな気分で、用意された椅子に腰かけた。

「こちら、陛下がアリエス様のために特別に取り寄せたものだそうですよ」

「そ、そうなの……」

一応は愛妾に対する心遣いなのか、本当の意味で閨を共にして以来、フェルゼンはあれやこれやと贈り物を今まで以上に寄越すようになった。特に宝石など換金性が高いものが多かったが、他にもドレスや本、食べ物など様々だ。以前ねだった滋養の高い食べ物は勿論、健康器具もふんだんに取り揃えられている。置き場がないほどに溢れかえっている始末で、正直もういらない。

メイラが食べやすく切り分けてくれた果実は瑞々しく、とても美味しそうな果汁を滴らせていた。遠い地からわざわざ取り寄せたものらしく、この辺りでは見かけない種類だ。アリエスも食べたのはここに来てから初めてだったが、一口で大好きになってしまった品だった。

甘くて蕩ける食感が堪らない。アリエスの口から特別気に入ったと言ったことはないけれど、おそらくメイラを通して彼に伝わったのだろう。

たぶん大事にされているのだ――心苦しくなるほどに。

「……今日も天気がいいわね」

キャンベル邸を追い出された日は、肌寒くどんよりとした曇り空だった。それが今や、清々しく晴れ渡った日が続いている。思えば遠くに来たものだ……と妙な感慨を抱いたアリエスは、手にしたフォークを果実の上でさまよわせていた。

「――食べないのか？」

「え？」

この時間、聞こえるはずのない声に振り返れば、部屋の入り口に予想通りの男性が立っていた。後宮に出入りできる男は一人しかいない。国王フェルゼン、その人だけだ。

「フェルゼン様、何故ここに……っ？」

「用がなければ来てはいけないのか？　休憩で中庭へ行ったが、お前が全く姿を見せないのでな」

中庭云々の件はアリエスには終わった会話だったが、どうやら彼にとっては現在進行形の話だったらしい。待っていたと言わんばかりの言葉に戸惑ってしまう。

「で、ですがあの場所はフェルゼン様がお一人になりたい時に過ごされる大切な場所でしょう？」

「私が出入りを許可したのだ。それ以外に理由や名目が必要か？」

もはや遠慮するとは言いがたい雰囲気にアリエスが困っていると、メイラが控えめに進み出てきた。

「おそれながら……では中庭にて果実を召し上がってはいかがでしょうか？　屋外の方がアリエス様の食も進むかと」

「待て。アリエスはあまり食べていないという意味か？」

耳聡く彼女の言葉を聞きつけたフェルゼンは、険しい顔をメイラへ向けた。

「はい。ここ数日、大変お疲れのご様子です。本日は朝から何も召し上がっていらっしゃいません」

「余計なことを言わないで……！」

しかし、侍女にとって真の主は国王だ。アリエスの抗議はあっさり無視され、フェルゼンに告げ口されてしまった。

「せめて、こちらの果実を口にしていただこうとしていたところでございます」

「なるほど。確かに、こうして見ると顔色が優れない。やはり、夜だけではなく昼間会うことも必要だな」

「お、お気遣いなく……！」

今だって、彼との距離感を測りかねているのに、これ以上はアリエスの手に余る。

消化しきれない感情やら諸々《もろもろ》のものが日々蓄積していっているのだ。叶うなら、顔を合わせることなく心穏やかに過ごしたい。

「行くぞ」

「は、えっ？」

自ら果実ののった皿を持ったフェルゼンに腕を引かれ、アリエスは部屋を連れ出された。向かう先は中庭だ。静かな後宮に響く二人分の足音。後ろからメイラがついて来ているはずだが、彼女の足音は不思議とアリエスの耳には入らなかった。

彼の背中を追い、引き摺られる勢いで回廊を抜けてゆく。歩くたびに弾むフェルゼンの髪は柔らかそうで、陽に透ける様が美しい。

――触ってみたいな……って、何を考えているの、私は……！

浮かんだ妄想に驚いて、否定する。

本当に調子が狂う。だから、必要以上に彼とは会いたくないのだ。どうせ命を狙うことでしか繋がれない相手。未来の展望など一つもない。そんな暗い関係性に、明るい日差しは相応しくないし、悪影響しか及ぼさない。夜だけで、充分なのだ。むしろ、持て余している。

アリエスは外に連れ出された瞬間、眩しさに眼を瞑った。

光に溢れた中庭に、汚れた自分の存在はまるで染みのようだ。ドレスにこぼされたワイン。袖口を汚すインク。何も知らない振りをした笑顔の裏で、人を殺めることばかり考えている自分が、とてつもなく穢れた人間である気がした。

――最初の夜、暗殺に成功していれば、こんな気持ちを抱くこともなかったのかな……

「ここに座れ」

噴水の縁に脱いだ上着を広げたフェルゼンは、そこを指し示した。

「陛下の上着の上になんて、座れません」

「名を呼べと言ってあるだろう」

拒絶は完全に流され、アリエスは強引に手を引かれた。体勢を崩した結果、どっかりと彼の上着にお尻が乗っかってしまう。

「ああ!」

「ほら、もう今更立っても同じだ。大人しくしていろ。ああ、陽の下で見ると、すっかり金の髪に戻っているのがよく分かるな。やはり、この方が似合っている」

屈託なく笑うフェルゼンは、とても冷酷非道な王には見えない。むしろ、昔耳にした賢王の噂通りだ。しかし、アリエスの父親を罠に嵌め亡き者としたのも事実――のはずだ。いったいどちらが本当の彼なのかが分からない。まだ自分には知らない面が隠されているのか……いくら考えても、答えは見つからなかった。

「食べろ。お前はもっと太った方がいい」

「はぁ……」

アリエスは眼の前に突き出されたフォークに刺さった果実を受け取ろうとしたが、手を伸ばした瞬間、スィッと避けられてしまった。上手く受け渡しができなかったのかと思い、再度フェルゼンに向かい手を伸ばすが、同じように逃げられる。

「あの……？」

「口を開けろ」

胡乱《うろん》げに見上げたところ、至極楽しそうな眼差しに見下ろされていた。

「じ、自分で食べられます」

「一度こういったことをしてみたかった。子供の頃もしてもらった記憶がないから、下手だろうが我慢しろ」

さらりと吐かれた寂しい台詞に、アリエスの文句はつかえてしまった。フォークを奪い返す気も萎《しお》れてしまう。

――同情なんてしている場合じゃないのに……とことん私は間抜けだわ。

眼の前で柔らかな笑みを浮かべ、こちらの動向をワクワクとした面持ちで窺う人に、逆らえるわけがない。アリエスは仕方なく、唇を開いた。

押しこまれた果実が少しだけ歯に当たり、果汁がこぼれる。口の端から垂れてしまった滴を、フェルゼンが舐め取った。

「……っ」

ぶわっとアリエスの肌が粟立《あわだ》つ。不快だったからではない。覚えのある疼きを、下腹に感じたからだ。

「甘い、な」

口内に物が入った状態では、喋ることもままならない。咀嚼《そしゃく》することも忘れ、アリエスは眼を見開いて彼だけを凝視していた。

まるで隔絶された箱の中、生きているのは自分たち二人のみのような錯覚に陥る。他には誰もおらず、何のしがらみもない。ただお互いを見つめるだけの世界。奇妙な引力を伴う空想は、ひどく蠱惑《こわく》的だった。

もしも、フェルゼンとの出会い方が違っていたなら。キャンベル伯爵家が今も栄え、どこかのパーティで国王と伯爵令嬢として顔を合わせる機会があったのなら。何か変わっていたのだろうか。そうだとしたらたぶん、ほんの少し挨拶を交わすのが精々だっただろう。でもひょっとして——

馬鹿馬鹿しいと一蹴《いっしゅう》し、気を引き締めるべきなのは分かっている。それなのに、アリエスは甘い誘惑に囚われてしまった。ずっとこうしていたいと、一瞬願ってしまっていた。その事実に慄いて、せっかくの果実の甘みも感じられなくなる。

――駄目。しっかりしなさいアリエス・キャンベル……！

強く眼を閉じ、掠めた妄想を振り払う。飲み下した果実は、苦く喉を焼いた。

「美味いか？」

「は、はい。とても……」

「もっと食べろ」

いそいそと次を勧められ、アリエスは作り笑いで口を開く。

もともと貴族社会で生き抜くために、それなりの術は身に着けていたけれど、エリオットの誘いに乗り復讐を誓った時から、表情を取り繕うことは殊更上手くなったと思う。けれども、何故か今は胸が痛い。罪悪感に似た何かが巣くって、上手に笑顔が作れない。後ろめたさなど、アリエスが感じる必要はないはずなのに、嘘で固めるのが下手になった気がした。

「……口に合わないのか？　それとも、やはり体調が悪いのか」

「い、いいえ。とても美味しいですよ」

内心の葛藤はともかく、外面だけはどうにか装っていたのに、フェルゼンはアリエスに違和感を抱いたらしい。

探る眼差しを向けられて、アリエスは大袈裟にフォークへ齧《かじ》りついた。

「濃厚な甘みが最高です」

焦って食べたせいか、また果汁が垂《た》れた。今度はアリエスが自ら滴を拭ったが、その指先を彼に捕らわれる。

「フェルゼン様っ……」

自分の指が、彼の口内に含まれるのを、呆然と見守っていた。生温かい舌と、硬い歯の感触。相反する二つの刺激に背筋が震える。

いつも、フェルゼンとのキスは官能的で、経験が少ないアリエスは翻弄されてしまう。戸惑っている間に嵐に呑まれ、気づけば快楽の波に押し流されてしまうのだ。だから、知らなかった。

彼の舌がどんなふうに淫靡に動き、愛撫を施すのかを。

「……ぁっ」

視覚で得る情報は、大きな影響力をもたらす。アリエスは自分の爪を擽ったフェルゼンの舌が艶めかしく指を辿り、唇で関節を食み、親指と人差し指の間に軽く歯を立てるのを、つぶさに見てしまった。眼を逸らすどころか、瞬き一つ叶わない。動けなくなった身体はされるがまま、無防備に舐られる手を差し出していた。まるで、そうされることを望んでいるかのように。

眼も、耳も、意識の全てが彼に拘束されている。摑まれているのは緩く握られた右手だけではない。アリエスの何もかもが、フェルゼンへ釘付けになっていた。

「……ふ、……んっ」

「随分色めいた声だな。まるで閨で聞く喘ぎだ」

「ち、違っ……」

恥ずかしいことを言われ、からかわれていると分かっているのに、むきになって否定してしまう。未だ取り戻せないアリエスの手は彼に捕らわれたまま、触れた場所が熱くて堪らない。フェルゼンの舌や唇の感触は一向に消えることなく、疼きとなって肌に残っていた。

あんなにいやらしい動きと繊細さで、いつもアリエスへキスをしたり、あちこちに痕を残したりしているのかと思うと、下腹にどうしようもないざわめきが生まれてくる。ごまかそうと焦るほど、挙動不審に拍車をかけた。

「ああ、ここにも垂れている」

「フェルゼン様……！」

そこは、胸元。

身体を締めつけない緩いドレスを着ていたことをアリエスは後悔したが、今更遅い。開いた鎖骨から胸元にかけて、彼が舌を滑らせた。

「こ、こぼしていません」

「いや、濡れている。それに、とても甘い匂いがする。これが果汁でなければ、いったい何だ？」

汗と体臭だなんて、とてもじゃないが恥ずかしくて言えない。アリエスはひたすら首を振りながら、尚も胸元へ顔を埋めてくるフェルゼンを引き剥がそうとした。しかし腰を抱えられ、立ち上がることさえままならない。あまり暴れれば、後ろの噴水に落ちてしまう。仕方なく身を捩るのが精一杯で、それは彼に胸を擦りつけているのと大差なかった。

「大胆だな、アリエス」

「や……っ、捲らないでください！」

フェルゼンの不埒な手がスカートの裾をたくし上げている。いつの間にやら果実をのせた皿やフォークは傍らに置かれ、アリエスは両腕で拘束されていた。

「こ、ここをどこだと思っていらっしゃるのですか？」

「後宮の中庭だな」

いくら四方を壁に囲まれていても、間違いなく屋外だ。上からは爽やかな午後の日差しが差しこんでくる。緑と土の香りが濃く漂う中、異性に身体を弄られるなど、アリエスの常識にはなかった。

それに、不特定多数の人が行き交うことはなくても、周囲は完全なる無人ではない。使用人や王の護衛が見えない位置に控えているはずだ。

「人が……っ、侍女や護衛が見ています」

「人払いはもうしてある」

「えっ？」

アリエスが素早く周りを見渡すと、先刻まで近くにいたはずのメイラの姿は消えていた。彼を守る護衛の影も見当たらない。完全に放置されたとは思えないが、少なくとも眼に留《と》まる範囲内にはいないようだ。

「だから、問題ない」

「あります。まだこんなに明るいのに……っ、ぁ、いやっ」

忍びこんできたフェルゼンの指先が、アリエスの太腿を撫でる。上下する大きな掌が、ドロワーズ越しに熱を伝えてきた。

「……っ、ん」

膝上まで捲られたスカートがひどく卑猥で、眼にするだけで体温が上がってゆく。外で晒すべきではない足首や白い下着が、陽光の下で妖しく煌めいた。胸元は彼の唾液に濡れていて、今のアリエスはとても淫猥だ。自分でも分かるだけに、息が弾む。

フェルゼンに見られていると思うと、余計にゾクゾクと昂ぶり、抵抗するはずのアリエスの手足からは力が抜けていった。

「これ以上は……っ」

「甘い香りが強くなったな。ちゃんと舐めてやらないと、果汁でかぶれるかもしれない」

「やッ……！」

下着の上から脚の付け根を探られて、ヒクリと腰が戦慄いた。虚脱しかけるアリエスの身体は彼の腕に支えられ、どうにか体勢を保っている。後ろに倒れないようにするためにはフェルゼンに寄りかかるしかなく、自然と二人は密着していた。

彼の腕を腿で挟んで拒もうとしても、既に奥へ辿り着いてしまった指先は、花弁の縁をなぞっている。布越しに敏感な蕾を擦られ、アリエスは必死に声を噛み殺した。

いくら周囲に姿がなくても、呼べばすぐ駆けつけてこられる距離には護衛がいるはずだ。皆、耳を澄ませて気配を殺しているだけだと思えば、とてもふしだらな嬌声などあげられない。いわば、衆人環視の戯《たわむ》れ。

もしも自分の淫らな声を聞かれたらと想像すると、今すぐ逃げ出したかった。

「駄目、駄目ですっ……」

「顔が真っ赤だな。夜よりずっとよく見える。たまには悪くない」

フェルゼンの手を押し返すだけのアリエスの抵抗は簡単にかわされ、尚更彼の嗜虐心に火を点けたらしい。開いた作りになっているドロワーズの下部から、フェルゼンの指先が直接アリエスの秘部に触れた。

「……！　ふ、ぅっ……」

「ああ、やっぱり。びしょ濡れじゃないか。いつの間にこんなところまで果汁が垂れたんだ？」

意地の悪い台詞を吐きつつ、彼がアリエスの首筋に齧りついてくる。もはや、自分自身が果物になった気分だった。

フェルゼンに貪られながら甘蜜を滴らせ、熟れた匂いを漂わせる。乱暴に押されれば、余計に形を崩し蕩けてしまう。

硬く膨れた花芽を転がされ、快楽が背筋を駆け上がった。不自由な体勢のせいで、刺激は物足りなくもどかしい。しかしそれさえ糧にして、アリエスの官能は引き摺り出されていた。

「んんっ……ぁ、やぁ……」

「どんどん溢れてくる」

くちくちと淫音を奏でられ、思考も纏まらなくなる。彼にしがみつき、声を我慢する以外アリエスにできることはなくなってしまった。

「ん、っく……ぁ、あ、服が……汚れてしまいますっ……」

「これはやはり舐め取らねばいけないな」

「ひ、ぁあっ？」

アリエスの内壁を弄っていたフェルゼンの指が引き抜かれ、彼は地面に膝をついた。それもアリエスの脚の間に座りこんだ理由を察し、流石に血の気が引く。

「冗談ですよね……？」

震える声で問いかければ、フェルゼンは悪辣《あくらつ》な笑みを浮かべた。

「私も甘いものが食べたくなった」

「でしたら、まだ果物が残って……いやぁッ……！」

両足首を摑まれて強引に左右に開かれる。動揺している間にスカートの中に入りこまれ、腰は前へ引き寄せられた。しっかりと下半身を支えられているおかげで後ろに倒れることは免れたけれども、問題はそんなことではない。

今、傍から見れば、中庭の噴水の縁に腰かけているのはアリエス一人だけだ。麗《うら》らかな昼下がり、とても穏やかな光景に違いない。しかし実情は、ドレスの内側に一国の王を忍ばせている。考えただけで気が遠くなり、意識を手放しかけたアリエスだが、精神的な逃避さえ許してはもらえなかった。

とんでもないことになっているドレスの中で、見えないことから一際過敏になった内腿に湿り気と硬いものを感じる。彼がドロワーズの上から嚙みついているのだと、すぐに分かった。そして同時に叫びかけた口を慌てて塞ぐ。

万が一アリエスが絶叫をあげれば、おそらく大勢の兵が中庭に雪崩《なだ》れこんでくるだろう。そうなれば、この痴態を不特定多数に見られることになる。冗談ではない。

いくら愛妾として皆に認識されているとしても、昼日中からふしだらなことに耽《ふけ》っていこしやすいだろうが、キャンベル伯爵令嬢としての矜持が許さなかった。

「フェルゼン様、お戯れはその辺で……！」

もぞもぞ動くたびに、彼の高い鼻梁が押しつけられる。これ以上近づかれては、アリエスにとって最も恥ずかしい場所にフェルゼンの顔が当たってしまう。逃れようと焦るあまり、後方に重心を移動したアリエスの踵《かかと》が宙へ浮いた。

「きゃっ……」

転がる――と覚悟したが、彼の腕でしっかり腰を抱えられ、どうにか堪えられた。だが、含み笑いを脚の付け根に感じ、一番恐れていた事態になったことを知る。

「――ッ！」

脚を開いた状態では、当然ドロワーズの切れ目も開く。分厚いドレスの生地のおかげで陽の光は遮られ、内側はほとんど視界がきかないはずだ――と信じたい。完全にフェルゼンの眼前で開脚した体勢になっていたアリエスは、服の上から彼の頭を押さえつけた。

「眼っ……眼を閉じてください！」

「今日のお前は要求が多いな」

くぐもった声がドレスの中から聞こえるが、彼は全く出てくる気配がない。それどころか下着の布を開き、直接肌に触れてきた。

「……ゃッ、あ」

　ぬるりと滑る感触は、いくら言葉を連ねて否定しても、正直にアリエスの反応を物語っていた。溢れた蜜を掬《すく》い取られ、充血しているだろう花芯に塗りたくられる。膨れた豆は、フェルゼンの指先でくにくにと転がされた。

「ん、んん……ッ、ぁ、駄目……」

　これだけなら、まだ耐えられたかもしれない。羞恥に焼かれ、自制心の方が幾分勝っていた。けれども、指とは違う肉厚の生温かい何かに敏感な蕾を嬲られ、アリエスは呆気なく絶頂に達してしまった。

「ぁ、ああ、あ……っ」

　ビクビクと痙攣した太腿が、男の顔を挟む。押し退けようとするアリエスの手は、役に立たずに震えていた。前傾姿勢になったことで腹に彼の頭が喰いこむ形になり、釣鐘《つりがね》状になった乳房がふるりと揺れる。

「ゃ、あ……フェルゼン様……っ？」

「思った通り、お前の蜜はとても甘い」

「……!?」

　その言葉に、アリエスはドレスの下で何が行われているのかを悟った。薄々、分かってはいた。だが、認めたくなかったのだ。そんなはしたなく猥褻なことなどあり得ないと懸命に選択肢から除外していたのに、突きつけられた現実の破壊力で冷や汗が浮かぶ。

「やめっ、汚いですから……！」

「汚くなどない。愛らしい色と形をしている」

ほぼ見えないはず、という淡い願いは、無残にも砕かれた。信じたくないほどの至近距離で、アリエスの秘めるべき部分が凝視されている。それだけの事実でも気が狂いそうなほど恥ずかしいのに、事態はもっと深刻だった。

いつもアリエスに淫らなキスを施すフェルゼンの唇が、先ほど指を舐めていた不埒な舌が、不浄の場所に触れているのだ。当然そこは舐めるようなところではない。少なくともアリエスの常識では、夫であっても必要以上に見せてはいけない秘すべき場所のはずだった。

だがいくら否定しても、現在進行形で彼に暴かれている。

「嫌っ……ふ、ぁアッ……」

叫びかけた刹那、卑猥な花芽を強く吸い上げられた。再び強引に高みへ押し上げられ、アリエスは四肢を痙攣させる。強張った手は、ドレスごと彼の頭を掻き抱いていた。

「……っ、ぅ、ぁあ……」

頭の中が真っ白に爆ぜる。額に浮いた汗が珠《たま》を結んで首筋を伝った。

気持ちがいい。ごまかせない快楽に、アリエスの爪先は靴の中で丸まっていた。

「……悪くない味だった」

　淫らな愛蜜で唇を濡らしたフェルゼンが、ようやくアリエスの脚の間から立ち上がり、わざとこちらを見据えながら、思わせぶりに親指で口の端を拭う。そのひどく艶めかしい仕草に、アリエスの乱れていた鼓動は更に加速した。

「嫌だと申し上げましたのに、ひどい、です……」

「お前が恥ずかしがるから誰にも見られないようスカートの内側に侵入したのに、随分な言われ様だ。もしや、素直に脱がせてほしかったのか？　だったら、もう一度仕切り直そう」

「お、お断りします」

　本当にやりかねない彼に怯え、アリエスは千切れそうなほど猛烈に首を横に振った。もう、疲労感的にも勘弁してほしい。これ以上は絶対に無理と示すため、アリエスは噴水の縁から立ち上がり飛び退った。

「そろそろ休憩時間は終わりではありませんか？　公務に戻らねば、他の者たちが困ってしまいますよ」

「ああ、残念だ。もうそんな時間か。確かに戻らないと捜されてしまうかもしれないな」

　フェルゼンは真っ赤になったアリエスの様子に満足したのか、今度は素直に応じてくれた。膝についた草を払い、乱れてしまった髪を手櫛で直す。アリエスが尻に敷いていた上着を羽織ると、どこから見ても隙のない理想的な王様のできあがりだ。未だに上気した頬と潤んだ瞳が元に戻らないアリエスとはまるで違う。

「今晩、またお前の部屋に行く。面白い話を用意しておいてくれ」

「……たまには、ゆっくりお休みになられてはいかがですか。そう毎晩夜更《よふ》かしされていては、身体によくありませんよ……」

いくら体力があるにしても、彼だって疲れていないはずはない。アリエスは自分が疲労困憊なのだから、当然フェルゼンも同じだと思ったからそう言った。深い意味はなかった。

けれど――

「……私を心配しているのか？」

真顔になった彼に問われ、戸惑ってしまう。

表情の消えたフェルゼンからは、一切の感情が窺えない。彼が時折見せるこの顔が、アリエスは苦手だった。最初の頃こそ無表情であることも多かったが、最近は柔和な笑みを浮かべていることがほとんどだったのだ。内面が窺えない濃紺の双眸に射竦められ、自然と背筋が伸びてしまう。

アリエスが瞳を揺らした瞬間、彼は長い睫毛を伏せた。

「――遊びの時間は終わりだ。もう行く」

「あ……」

自分が何を言おうとしたのか、アリエスにも分からなかった。『頑張って』？　『無理をしないで』？　『今夜お待ちしています』？　どれも正しいけれど相応しくない気がする。結局迷っている間にフェルゼンは中庭から立ち去ってしまった。上げかけたアリエスの右手は、虚しく下ろされる。

「……何を、しているの。私は……」

これまで何度も抱いた疑問が、またぐるぐると回りだす。当初の予定とは大幅にずれているけれども、自分は着々と目標に近づいているはずだ。まだ、最高の機会が巡ってこないだけ。その時がくれば、必ず成し遂げることはできるはず。

アリエスの左手は、赤い石のついた指輪をなぞっていた。

硬い感触をわざと指先に喰いこませ、痛みを得る。理由など分からないけれど、そうしなければならない気がした。忘れるな。忘れるわけがない。忘れられない。けれど、どうしてこんなにも心が乱れるのだろう。

「……しっかり、しなきゃ」

数度深呼吸をして、アリエスは自室へと戻ることにした。

部屋に向かう途中、後ろからメイラがついてくる。やはりすぐ近くで控えていたのかと思うと、顔から火が出る気分だ。あえて振り返らずに、前だけ向いて足早に進む。

もしかしたら、今こそ絶好の暗殺機会だったのかもしれない。近くに護衛の姿はなく、フェルゼンは布に隔たれアリエスの動きを察することは不可能だった。針を最大限に伸ばせば、ドレスを貫通させることくらいはできたはずだ。

――いいえ。あんな場所で実行したら、私に逃げ道がないじゃない。だから回避したのよ。それ以外に理由なんてない。

言い聞かせる言葉は、自分でも説得力がないと分かっている。しかし、向き合いたくない問題から、アリエスは強引に眼を逸らした。

――機が熟していないだけよ。次こそ、きっと……

「アリエス様！」

思考の海に浸《つ》かっていたアリエスは、メイラの呼びかけで現実へと引き戻された。気がつけば、既に自室のソファに腰かけ、眼前にはお茶が置かれている。随分長い間、考えごとをしていたらしい。

「あ……」

「ぼんやりされていらっしゃいましたが、どこかお加減が悪いのでしょうか？」

「いいえ。ごめんなさい。ちょっと疲れているみたい……」

曖昧に笑ってごまかしたが、嘘ではない。実際、頭も身体も酷使している自覚はあった。そして精神も、摩耗している。伯爵令嬢だった頃より格段に良い生活をしているのに、アリエスは日々擦り切れていく気がしてならなかった。何かが噛み合わず、重苦しい澱《おり》が蓄積されてゆくのだ。

　色々割り切れればきっと楽になれるだろうが、アリエスはそれほど器用にもしたたかにもなりきれない。故に、少しずつ心に枷《かせ》を嵌められ、身動きが取れなくなってゆく心地がした。

「私だけでは、お世話が行き届かないせいですね……申し訳ありません」

「とんでもない。メイラはよくしてくれているわ」

「いいえ。至らない点が多いのは分かっております。ですから、先日増員を願い出ました。陛下の許可も下りたので、本日には派遣されてくるはずです」

「え？」

　アリエスが眼を瞬かせていると、コンコンとノックの音が響いた。この部屋を訪れる客人はフェルゼンだけだ。しかし彼はノックなどしない。

「早速来たようです」

　扉へ向かったメイラが、いそいそとドアを開く。その向こうに立っていたのは——

「ビビさん！」

「……えっ？　……その声はまさか、ローズ!?」

　侍女として働いていたひと月の間に、唯一アリエスが気を許した同僚だった。

「ローズったら、どうしてここにいるの？　髪型も色も違うし、随分綺麗な格好をして

「……」

「お二人は、お知り合いですか？」

「え、あの、その」

訝しげに首を傾げるメイラに気づき、アリエスは慌てて立ち上がり、ビビに黙っていてくれと眼で懇願した。勘の鋭い彼女は戸惑いつつも空気を読んだのか、口を噤んで腰を折る。

「し、失礼いたしました。本日から後宮へ配属された、ビビと申します。どうぞよろしくお願いいたします」

「アリエス様、この者は仕事ぶりが真面目で素晴らしいと抜擢されました。年齢もアリエス様に近いですし、これからは私たち二人でお仕えいたします」

「そ、そう……お願いするわ」

どうにか声を震わせなかった自分を褒めたい。

予想外の再会にアリエスは内心動揺しっ放しだったが、それはビビも同じだったのか、所用でメイラが席を外した瞬間猛然と喋りだした。

「ちょっと、どういうことなのよ。これは！　いきなり姿を消したから、私ずっと心配していたのよ！　辛いことがあったのなら、相談してくれたら良かったのに！　それに額に傷があるって言っていたけれど、大丈夫じゃないの！」

「色々あって……」

説明は、難しい。アリエスだって誰かに解説を求めたい心境なのだ。けれども今更他人の空似とは言えず、得意の創作話でビビを煙《けむ》に巻いた。話せる部分だけを抽出し上手いこと物語を作り上げ、最終的には彼女を納得させることに成功する。

「……ええとつまり、ローズはもともと没落貴族のご令嬢で……生活のために下働きをしていたところを陛下に見初められたということ？　しかも昔の知り合いに顔を見られるのが嫌だから、前髪で隠していたのね」

「え、ええ」

「苦労したのねぇ……しかも色々なしがらみのせいで本当の名前を名乗ることもできなかったなんて、貴族って大変なのね」

半分以上でたらめなアリエスの話を信じてくれたビビは、同情して涙ぐんでさえくれた。その純真さに良心が痛んだが、アリエスは弱々しく頷く。

「だから、昔のことは誰にも言わないでほしいの。陛下の愛妾がもと下働きだなんて、あの方の評判に傷をつけかねないから……」

と言うのは建前で、真の狙いはフェルゼンの耳に余計なことが入る可能性を取り除きたいからだ。疑念を持たれる要因は、一つでも排除したい。

「分かったわ、勿論よ。……あ、こんな口の利き方はいけないわね。もう貴女は同僚のローズじゃなく、私が仕える主のアリエス様だもの。お任せください。私、口は堅いのです」

ビビが自らの胸を叩いて宣言した。

「これまでと同じ話し方で構わないわ」

「いいえ。そこはきっちり弁《わきま》えます。お仕事はしっかりやらなきゃ」

生真面目に言った彼女は改めて頭を下げ、屈託のない笑みを浮かべた。

「では、本日よりどうぞよろしくお願い申し上げます。アリエス様」

「こちらこそ。あ、でもよくすぐに私だと分かったわね。あの頃は、前髪で顔を隠していたのに……」

しかもできるだけ下を向き、極力他者と正面から顔を合わせないように気を配っていた。言葉も必要最小限しか交わさなかったはずだ。

「私、人の特徴や声を覚えることが得意なのですよ。身体つきや雰囲気を見れば、髪型が変わった程度なら見破れます」

「流石、下働きから抜擢されるだけはあるのね。でも嬉しいわ。私、貴女に別れを告げられなかったことが心残りだったから」

胸を張って答える彼女に微笑みかけ、アリエスは後宮に来て初めて、ほっと気が緩むのを感じていた。

「……っあ、ぁあッ、あんっ」

四つん這いの状態で背後から腰を掴まれ、アリエスは激しく揺さぶられていた。体内を、硬く大きな屹立が行き来する。肌を打つ乾いた打擲音《ちょうちゃくおん》と生々しい濡れた音が室内に響いていた。

「……は、アリエス……」

「ん、ぁッ、ァあ……ひ、ああっ」

フェルゼンに深く抉られた衝撃で肘から力が抜け、アリエスの上半身はベッドに崩れ落ちた。下半身だけを掲げたひどく淫らな姿勢で、荒々しくなる律動を受けとめる。溢れる蜜が一突きごとに掻き出され、白く泡立ちながら腿を伝い落ちていった。

「も、もう……っ」

「まだ、だ」

「きゃうっ」

虚脱していた腕を後ろに引かれ、アリエスは上半身を起こされる。すると内部を擦られる角度が変わり、新たな愉悦が生みだされた。同時に鋭敏になった花芽を摘まれ、一気に絶頂へ押し上げられる。

「はぁあっ……あああッ」

夜が更け、約束通りアリエスの部屋へ訪れたフェルゼンに抱かれ、もう何度達したのか分からない。喉を晒して嬌声を迸らせ、アリエスは四肢を強張らせた。彼の形を覚えてしまった隘路は、歓喜しながら注がれる熱を飲み下してゆく。フェルゼンは抜け出ていかないまま、うつ伏せに倒れこんだアリエスの背中に覆い被さってきた。

「……今夜は、いつも以上に乱れていたな。昼間、不完全燃焼だったからか？」

「いやらしいことを、言わないでください……っ」

荒い呼吸の下、彼のからかう言葉に控えめな抗議をする。肩越しに振り返って軽く睨めば、フェルゼンは汗を滴らせながら嫣然《えんぜん》と口の端をあげていた。

「もっとも、私にも同じことが言えるな」

「んんっ……」

これまでならば、休む間もなく二度目の情交が始まるのが常だったが、今夜の彼は珍しくアリエスから身体を離した。大きなものが抜け出ていく感覚に、すっかり敏感になった身体は官能を刺激されてしまう。

「ぁ、んっ……、フェルゼン様……？」

「どうした、物足りなかったか」

「ち、違います！」

ガウンを羽織る彼を見上げていると、フェルゼンは片眉を上げて意地の悪い顔をした。まるでアリエスの方からいやらしくねだっているように言われ、心外だ。

「今日はもういい。たまにはゆっくり過ごすのも悪くない」

だったら、最初から私のもとに来なければいいのでは？　と思ったが、口には出さなかった。疲れ果てた身体に鞭打って、アリエスは彼を見送るつもりで起き上がる。この時間であれば、王の居室に戻ると思ったからだ。

被るだけの夜着を身に着け、簡単に身支度を整える。しかし脚に上手く力が入らず、立ち上がるのに難儀していると、フェルゼンに横抱きにされていた。

「きゃっ……」

「暴れるな。落としたりしないから、安心していろ」

「そ、そういう問題ではなく……っ」

王族に抱えられているという事実こそが大問題なのだ。下手をしたら不敬罪に問われかねない。アリエスがそう主張すると、彼はさも面白そうに声をあげて笑った。

「誰も見ていない。目にしても、見て見ぬ振りをするくらいの節度を持っている者しかここへは配属していないし、お前が黙っていれば知られやしないぞ」

「で、ですが……」

「ああもう、煩いな。くだらないことを気にしすぎだ。歩けないのならば仕方あるまい。

責任の一端は私にある」

　アリエスを抱き上げたままフェルゼンは歩きだした。何故か部屋を出て、静まり返った回廊を進む。

「あの、どちらへ行かれるのですか？」

　てっきり彼の部屋に戻るのかと思っていたが、方向が逆だった。後宮の奥へ向かうその先にあるのは、使っていない部屋と中庭くらいだ。

「以前、満天の星が花を照らすところを見たいと言っていただろう。今夜は、良い月も出ている」

「……覚えて、いらしたのですか？」

　口にしたアリエスでさえ、忘れかけていた言葉だ。いや、心の片隅にはいつもあったかもしれない。どこか母親を感じられるあの場所は、郷愁を誘うものでもあったから。

「当たり前だ。……お前は一応、私の愛妾だからな」

「……自分で、歩けますよ？」

「黙っていろ。――私がしたいようにしているだけだ」

　細身に見えて逞しい腕にしっかりと支えられ、アリエスはフェルゼンが歩く振動に身を委ねた。彼の鼓動が、微かに聞こえる気がする。それが心地よくて、ガウンを羽織っただけの胸へ頬を寄せた。

一人分の足音だけが響く静かな夜。不思議と気持ちが凪いでゆく。アリエスは右手中指に嵌められた指輪のことを、微塵も思い出さなかった。いや、考えまいとする。その理由と共に。

やがて壊れ物を扱うように下ろされたのは、噴水の縁だった。ただし、フェルゼンに後ろから抱きかかえられたままなので、正確には彼の両脚の間だ。

「寒くはないか？」

「い、いえ……」

薄着ではあるが、暑いくらいだった。背中には逞しい胸板が密着しているし、がっしりとした腕に包まれている。時折耳を掠める空気の流れは夜風なのか、それともフェルゼンの呼気なのか。後者であると仮定すると、アリエスの体温はますます上がる。赤くなっているだろう耳朶《みみたぶ》を見られたくなくて、さりげなく髪で隠した。

「俯いていては星が見えないぞ。ほら、空を見上げろ」

「は、はい」

促され、アリエスは顎をあげた。

「……わぁ……」

フェルゼンの瞳と同じ色をした濃紺の空には、無数の星が瞬いていた。息を呑む美しさに、アリエスは言葉もなくしばし見惚れる。

四角く切り取られた天に広がる星空は、まるで絵画だ。いや、一流の画家の手掛けた傑作でも、ここまで人の心を捉えられないかもしれない。自然がつくる荘厳な光景は、問答無用でアリエスの心を揺さぶった。

「綺麗……」

「ああ……夜空を見上げるなんて、随分久しぶりだ」

淡い月光が、音もなく地上に降り注ぐ。落下してこないのが不思議なほど沢山の星々は、それぞれが誇らしげに光を放っている。ゆっくり動く天体は、贅沢な演劇に似ていた。

たぶん、今夜こうして空を見上げているのは二人だけではない。他にも大勢の人々が星と月の美しさに魅せられているだろう。しかしアリエスにとっては、フェルゼンとのためだけに用意された舞台だと感じられた。

今、この瞬間だけは満天の星は二人だけのものだ。勘違いでいい。ただの錯覚で構わない。

――――私が復讐を遂げても、遂げられなくても――――

今だけは。諸々のしがらみから解き放たれて、自由になる。後ろ暗い目的も、立場の違いも、因縁さえ忘れて同じ空を見上げていたい。

儚い一時の夢は、幻想的で美しかった。

視線を下げれば、白い花は淡く闇夜に浮かび上がり、赤い花は妖しく佇む。紫の花は一層高潔さを増して見えた。黄色にピンク、オレンジと色とりどりに月光の中、音もなく揺れ、白い壁と噴水に使われた大理石が星の光を跳ね返す。何もかもが、昼間とは別の顔でアリエスを迎えてくれていた。

「……昼の穏やかな景色も美しいけれど、夜の静謐な空気も素晴らしいです……全く違う場所に来たみたい……」

「……朝と夜では違って見えるなんて、まるでお前の瞳のようだ」

呟かれたフェルゼンの言葉に誘われ、アリエスは後ろを振り返っていた。

すぐ傍に、彼がいてこちらを見つめている。感情の読めない眼差しが、切実な何かを孕んで注がれていた。

「いったいどちらが、本当のお前なのだろうな」

「私は……私です。いつだって、変わりません……」

「……そうだな」

含みを持たせた物言いは、何を告げようとしているのだろう。アリエスは瞳を揺らしながらも、フェルゼンの真意を汲み取ろうとした。

「わ、私には、フェルゼン様こそどうして私を傍に置くのか分かりません」

「アリエスは、私への貢ぎ物だろう？　自分のものにして何が悪い？」

「ですが……」

今まではどんな美女が相手でも突っぱねるか殺してきたのだろうとは、言いにくい。しかし本当にこんなに穏やかで優しさや気遣いを見せてくれる人が、子供を孕む可能性があるという理由で、肌を重ねた女性を残虐非道に殺めるだろうか。

ふと、アリエスの中に違和感が宿った。いや、これまでも重ならない噂と印象に戸惑ってはいたのだ。見て見ぬ振りをすることで、自分のしようとしていることへの躊躇いを払拭してきた。

立ち止まったら、きっと動けなくなってしまう。深く考えれば、手が鈍ってしまう。だから、極力眼を向けず、前だけを見て進んできたのだ。

その判断は、本当に正しかったのか。

「どうかしたのか？　眠いのなら、このまま眠ってもいい。部屋に運んでおいてやる」

「へ、陛下のお手を煩わせるわけにはいきません」

「名を呼べと言ってあるのに」

不満げに声を漏らしたフェルゼンが、アリエスの腹に回していた手に力をこめた。

「……だが、私にも本当はよく分からん。何故お前を遠ざけようと思わないのか……」

「え？」

「……いや、独り言だ。聞き流せ」

ぐいっと後方に引き寄せられ、二人の密着度はより高まった。隙間なく重なったアリエスの背中と彼の胸板が、溶け合うように同じ体温になる。

大きな身体にすっぽりと包みこまれていると、不思議な安心感がアリエスに押し寄せた。絶対的な何かに守られているような、癒やしを与えられている気分になる。父に続き母まで失い、もうこの先の人生、誰にも守ってもらえない、頼れないと、孤独に震えた日々が慰撫された心地がした。

――どうしてだろう。鼻の奥がツンと痛い……

父を亡くして以来、アリエスは思い切り泣いたことがなかった。病弱な母を抱え、死に物狂いで家を立て直そうと奔走し、あちこちに頭を下げ不名誉な父の噂を払拭するのに必死だったからだ。べそべそと涙を流している暇はなかったし、あまりにも激動すぎて、ゆっくり自分の心に向き合う時間さえままならなかった。

けれども今、束の間の平穏が悲しみを思い出させる。

本当は、悲嘆に暮れて思いっきり泣きたかったのだと、気がついてしまった。

「……アリエス?」

おかしな話だ。憎むべき仇の腕の中で、弱気になっている。それどころか、慰められたいとさえ感じている。アリエスは溢れそうになる涙を瞬きで堪えた。

泣きたくない。今はまだ。我が身を憐れんで悲しむだけの、無力な令嬢で終わりたくはなかった。

「――フェルゼン様、ご存じですか？　空には星座と呼ばれるものがあるのですよ」

「……馬鹿にするな。私だってそれくらいは知っている。星の動きを読む占いを生業《なりわい》にする者もいるし、航海には欠かせないものではないか」

「はい。そうです。では、星座にはそれぞれ神話があるのはご存じでしたか？」

わざと明るく問いかけたアリエスの不自然さには、きっと彼も気がついている。聡い人だから、何も感じないことはないだろう。けれども、何も問わずにいてくれる。アリエスは無言の気遣いに甘え、強引に話題を変えた。

「ちなみに私の名前はあの星と隣の星……そこからこう繋いで牡羊座を意味しています」

「……とても羊の形には見えないな」

「もしかしたら、昔はもっと空に星が溢れていて、人間の眼が良かったのかもしれません。でも残念ながら流れ星になって落ちてしまったり、私たちの視力が衰えたりしたせいで、正しい形を捉えられなくなってしまったのかもしれませんよ」

「……お前は、時折突拍子もないことを口にする」

互いに空を見上げ、顔を合わせていないせいで、今フェルゼンがどんな表情をしているのかは分からない。アリエスが苦手な、本心を窺わせない顔かもしれないし、柔らかな微笑みかもしれない。だが、どちらでもいいと思えた。

アリエスは中空を指し示し、話を続ける。

「とある国の神話では、あの星座には悲しいいわれがあるのです」

「そうなのか？　……あまり悲しい話は聞きたくないな。できるなら、楽しい話を聞かせてくれ。お前の名前……牡羊座に纏わる面白い逸話はないのか」

「ううん……それは難しい注文ですね。……そうだわ。では、色々あって神に捧げられてしまった金毛の牡羊の毛皮を求めて繰り広げられる冒険譚をお話しいたしましょうか」

「冒険？　面白そうだ。話せ」

背後でフェルゼンが頷く気配がし、アリエスは息を吸った。空に輝く星座を見ながら、英雄たちが乗りこんだ船について語り始める。

月と星に照らされた薄闇の中、響くのはアリエスの声だけ。虫も、控えているだろう人々も、息を潜めているかのようなとても静かな夜だった。ついさっきまで一糸纏わぬ姿で睦み合っていたけれど、不思議と今の方が彼を近くに感じる。いや、今までで一番距離を感じなかった。

優しく甘い束の間の時間。壊したくないと切に願う。この感情はいったい何に由来するものなのか、アリエスには分からなかった。知ってしまえば都合が悪いと、心のどこかで察しているからかもしれない。

その時、不意に自分の右手に、アリエスの眼が留まった。

中指に嵌めたままの赤い石があしらわれた指輪。何度暗殺に失敗しても、これを外したことはない。いわばアリエスにとっては戒めだからだ。

忘れるな、と過去の自分が叫んでいる。両親を死に至らしめ、アリエスから何もかも奪った男に、何を流されかけているのだと叱責する声が、確かに聞こえた。身の内から振り絞る絶叫は、甘い感慨に流されかけていたアリエスを正気に戻す。

急に強張った身体に、フェルゼンも気がついたのだろう。アリエスを抱く腕に少しだけ力が入った。

「どうした？　寒いなら部屋に戻るか？」

「い、いいえ」

本気でこちらを心配する声音に、気持ちが乱れる。先ほど抱いた違和感がもう一度大きくなる気配がした。

――本当にこんなに優しい人が、無為に人を殺めるのかしら……

信じたくない思いが見せる幻かもしれない。自分の気持ちが、ここに来て激しく揺れているのは自覚している。つい先刻の感情さえ、千々に乱れているのだ。アリエス自身どうすることもできず制御できていなかった。

――お父様たちの恨みを忘れたわけじゃない。でも……

何を信じるべきなのか、指針を失った気がした。自分の中心にあったはずの憎しみが、芯をなくして崩れそうになっている。このまま、突っ走って大丈夫なのかという不安が頭をもたげる。

人を殺めるというのは、簡単なことではない。自らの手を汚し、命を奪うという大変な行為だ。ならば、迷ったままで成し遂げられるはずはなかった。

アリエスは無意識のうちに左手で自分の右手を握っていた。手の甲から指の付け根辺りを覆って、隠したかったのは赤い石のついた指輪だ。叶うなら、視界から追い出してしまいたかった。

「……何か気になることがあるのか？　アリエス」

フェルゼンの静かな質問が、今は耳に痛い。後ろからそっと手を重ねられた瞬間、ビクリと肩が跳ねてしまった。

「言いたいことがあるのなら、話せ。聞いてやる」

「何も……」

口にできるはずはない。少なくとも、彼にだけは絶対に知られてはならない。

アリエスは深呼吸を繰り返し、どうにか気持ちを落ち着けようと試みた。だが、いくら冷静になろうとしても、乱れた鼓動は一向に収まってくれない。胸の高鳴りとは違う嫌な速さで、身体中を巡るのは醜い感情だった。

「……私には言えない内容か？」

「……！」

今、お互いの顔が見えなくて良かったと、心底思った。もしも眼を合わせてしまったら、きっと嘘は吐けなくなってしまう。いっそそうなってしまえばいいという気持ちには蓋をして、アリエスは渾身の力で声を絞り出した。

「――今お話ししている神話で出てくる脇役は、他のお話では主人公になっていて、複雑なのです。ですから、少し頭を整理していました。――気になることも、言いたいことも私には何もありませんよ？」

「……そうか。ならばいい。――綺麗な星だな」

「ええ……」

いくら美しく瞬いても、あれら天上の光は本当の意味でアリエスの未来を照らしてくれることはない。思い至れば、急に物悲しい煌めきに感じられた。自分の名前と同じ星座を探し、アリエスは最後は生贄にされた牡羊を思う。

――お父様たちったら、娘の名前に牡の羊だなんて、あんまりだわ。そこはせめて雌にすべきじゃない？　しかも最終的には殺されてしまうのだもの。いくら別の国では神に捧げることが普通だったとしても、不吉だわ……

「……アリエスの両親は、本当にお前を愛していたのだな。あんなに美しく、長い間人々の心を魅了する光に、娘をなぞらえたのだから」

「え……」

アリエスは今までそんなふうに捉えたことはなかった。自分の名前が嫌いだったわけではない。誇りに思っているし、名付けてくれた両親に感謝はしている。けれど、もっと別のいい意味を持った名前を選んでくれても良かったのではないかと常々感じてもいたのだ。

だから、フェルゼンの言葉に驚いてしまった。そんな見方もあったのかと、改めて夜空を見上げる。

沢山の星々の中、牡羊座だけが浮き上がって見えた。今となっては両親がこの名に託した想いは分からないけれども、きっと色々な願いや希望がこめられていたのだと、素直に感じられる。生まれて最初に与えられた『名前』という贈り物は、子供にとって何物にも代えがたい特別な宝物だ。

「アリエスにぴったりの、良い名前だ」

「……あ、ありがとう、ございますっ……」

眼の奥が痛い。こみ上げるものを必死に飲み下し、アリエスは忙しなく瞬きした。

「フェ、フェルゼン様のお名前は、どんな意味を持っていらっしゃるのですか？　少し変わった響きですよね」

この国ではあまり耳馴染みのない名前だ。彼の生母は確か異国から嫁いできたはず。ひょっとしてそちら特有のものなのだろうか。アリエスが問いかけると、フェルゼンはほんの一瞬口ごもった。

「――母の国の言葉で、『岩』を意味するらしい」

「岩……ですか？　固い意志を持てとか、動じるなとかいう意味でしょうか……？」

あまり好意的な意味を想像できず、アリエスは少なからず戸惑った。自分では思いつかない深遠な理由があるのだと思うが、咄嗟にはそれくらいしか説明が思いつかない。

「……アリエスは優しい娘だな。必死に良い意味を考えようとしてくれている。けれど、残念だが特に深い意味はない。たまたま眼に入り、適当に名付けた……それが真相だ。八人目の王子など、父上にとっては特に興味を持つ対象ではなく、生まれた後もなかなか会いには来なかったらしい。母は当てつけのつもりでつけたと、いつかの夜に酔って語っていた」

「……っ、そんな……」

あまりにも、ひどい。たとえそれが真実だとしても、子供に言うことではないと思う。

アリエスは憤りを感じ、自分の腹に回されている彼の腕に、そっと手を重ねた。

「……い、岩は文化によっては神聖なものとして崇められることがありますし、時に有益な鉱物を含み人々の暮らしを豊かにしてくれるものです。とても尊く価値があるものです。建材や工芸品の材料、武器や調理道具としても幅広く使われています。ですから、フェルゼン様のお名前は、とても素晴らしいものだと、私は思います」

ただの小娘の言葉では、彼が抱える痛みを和らげることはできないかもしれない。受けたに違いない傷を癒やすなんて、叶うわけもない。けれど、ほんの一時でも、緩和されればとアリエスは願った。

子供の頃、転んだり怪我をしたりした場所に、母がよく手を当ててくれたことを思い出す。たったそれだけで耐えがたい苦痛は霧散したのだ。掌から伝わる熱が染み込んで、もう大丈夫だと思わせてくれた。

昔のことを思い出して、アリエスは少しでもフェルゼンの心のうちに自分の温もりが届けばいいと祈った。

「お前は……本当に面白く、頭が良い娘だな」

「面白いはともかく、褒め言葉として受け取ります。それよりも意味がないなんてことはありませんよ。素晴らしい願いと理由がこめられた良い名前です。私は、フェルゼン様のお名前が大好きです」

「必死になって、おかしな奴だ。だが、アリエスが好きだと言うのなら、悪くない気がしてきた。これから先はそう思って……生きてみるのも、良いかもしれない」

「はい、是非！」

たぶん声だけを聞いていれば、気楽な物言いに聞こえたはずだ。そうでなくては困る。全身全霊で、アリエスは嘘を紡いだ。

だからフェルゼンに気づかれてはいないに決まっている。

今のアリエスが、涙を流しながら平気な振りを装っていることなど。声を震わせないために、懸命に喉に力をこめていることなど。

――ああ、そうか……私、この人に傷ついてほしくない。……殺したくないと思っているんだわ……

静寂に満たされた、星の綺麗な夜。アリエスは頬を伝う滴を拭いもせず、声だけで笑ってみせた。

5. 秘められた願い

仮面をつけた人々が行き交うのを、アリエスはぼんやりと眺めていた。夜会には両親が健在だった頃、何度か参加したことがある。しかし顔を隠し誰が誰だか分からないように装った催しは、初めてだった。

――もっとも、『分からない』という建前で交流するのが決まりみたいだけれど……

体型や声で、正体は薄々察せられる。ましてや王家主催の宴だ。身元の確かな者しか参加はできない。だが、本当の名を明かさないことがマナーらしい。分かった上で口を噤み、敢えて素知らぬふうを演出することが、嗜《たしな》みのようだった。

アリエスは顔の上半分を覆う蝶を模った仮面の下から、談笑する人々を観察していた。

「喉は渇いていないか」

眼前に酒が注がれたグラスを差し出され、反射的に受け取ってしまう。アリエスの前に立つのは、口元以外の顔を獣の仮面で隠したフェルゼンだった。

「フェ……」

「おっと、名前は呼ぶな。今夜の私は、何者でもない」

今夜は、臣下をねぎらうために開かれた宴で、仮面を身につけてくることとされたのは急遽決まったちょっとした遊び心らしい。本来であればこういった集まりにアリエスが参加することはないのだが、直前になって彼に誘われ、半ば強引に連れ出されていた。

後宮から出るのは久しぶりなので、ずっと感じていた息苦しさから解放された心地はする。しかし二人で星空を見上げたあの夜以来、アリエスの気が完全に晴れることはなかった。

いつも、心は揺れている。自分の役目となすべきこととの狭間で、迷わない日はない。できるだけ普通にしているつもりだったが、フェルゼンには元気のなさを見抜かれていたらしい。気分転換になればと、いきなり飾り立てられ会場に連れてこられたのだ。

「楽しくないか？」

そっと背中を押され、壁際に置かれたソファに誘導される。二人で腰かけると、柔らかい座面が沈んだ。

「い、いいえ。とても華やかで流石は王宮だと見惚れていました」

「食べたいものがあれば、取ってこよう」

「滅相もない。貴方のお手を煩わせるわけにはいきません。私が……」

アリエスが慌てて立ち上がろうとすると、フェルゼンに引き留められた。

「言っただろう。今夜の私は誰でもない。ただの一人の男だ。普段とは違うことをしても許される。したいようにさせろ」

　本当ならば、正式な側妃でさえないアリエスが後宮を出て公の場に出席することは叶わない。しかし仮面で顔を隠すという催しが加わったことで、宴への参加が叶ったのだ。当初予定にはなかった仮装が、自分のためであることくらい、アリエスにも分かっている。

　最近消沈しているのを気遣って、彼は不器用ながら元気づけようとしてくれているのだろう。これが優しさでなくて、いったい何だと言うのか。

　酒を喉に流しこみ、アリエスはフェルゼンが運んできてくれた料理を摘まんだ。周りの者たちは、彼が国王であると察しているが、話しかけるような無粋な真似はしてこない。ただ睦まじい二人を見守るような視線を投げかけてくる。しかし、いつまでもアリエスがフェルゼンを独り占めにしているわけにはいかなかった。

「私ならば大丈夫です。いくら無礼講の宴でも、貴方がずっとここで休んでいるのはいかがなものかと」

「挨拶が面倒で避難しているのがばれたか」

「ええ。見え見えです」

　冗談めかしてわざと明るくアリエスが首を竦めれば、彼は瞳を眇めた。どこか少年っぽい仕草に、二人で笑ってしまう。

「近頃、お前も言うようになったな。少しは元気が出たなら良かった。仕方ない、適当に回ったら、戻ってくる。それまで待っていろ」

「はい。ここでお待ちしています」

後でダンスをする約束を交わし、フェルゼンは離れていった。人波の向こうに消える背中を見送り、アリエスはそっと溜め息を吐く。ひどく、疲れた。

美味しい食事に軽快な音楽。華やかに装った人々は、見ているだけでも楽しい。けれどいまいち気分が乗りきれず、アリエスは立ち上がる気にもなれなかった。

――もしも、私が全てを忘れて過去を呑みこんだら――

あり得ない仮定は考えるだけ虚しい。しかしこの数日、頭を離れない考えだった。

アリエスが暗殺を諦め、このまま口を噤んでいれば、彼の傍にいられる。少なくともあと少しの間は。けれどその後は？　忘れられるのだろうか。父と母の死に様を。

憎い仇であるフェルゼンを殺《あや》める――その目的があればこそ、生きてこられた。悲しみを憎悪に変え、日々の忙しさを理由にして現実から目を背けていたのに、根幹がなくなってしまったら、自分はいったいどうなってしまうのだろう。それに、きっといずれはアリエスの正体は彼にばれてしまう。一生隠し通せるなんて、甘いことは考えていない。

――その時、私は……正気を保っていられるのかしら……

アリエスが答えの出ない迷路の中でさまよい、グラスに残った酒を持て余していると、不意に手元へ影がさした。

「久しぶりだが、元気そうで何よりだ」

老人特有のしわがれた声が降ってくる。聞き覚えのある男性の声に、アリエスは俯いたまま凍りついていた。

「ローズ……いや、今はアリエス様とお呼びすべきかな？」

下っ端侍女のローズと愛妾アリエスが同一人物だと知る者は少ない。身近にいるのはビビだけだ。それ以外は、自分をこの状況に送りこんだ者だけ。

「エリオットさん……」

愕然として見開いた視界の中、品の良い白髪を丁寧に後ろへ撫でつけた男が立っていた。顔には羽根があしらわれた仮面をつけているが、見間違えるはずはない。アリエスが全てをなくした時、唯一手を差し伸べてくれた恩人だった。

「何故、ここに……」

「一応、私もそれなりの立場にある人間なのでね。あまり人前に姿を見せるのは好きではないが、今の君と連絡を取るのは困難だから、仕方がない。幸い今夜は素顔を晒さずに済む宴なので、足を運んでみたのだよ」

つまり彼は、国政に関わる高位の貴族かそれに準じる身分を持っているということだ。アリエスに支援してくれたことや、国王の夜伽として正体を偽った女を送りこむ手腕を考えれば並の人間ではないと思っていたが、まさかという気持ちの方が強い。

動揺するアリエスをよそに、落ち着き払ったエリオットは右手を差し出した。

「踊っていただけますか？」

「……申し訳ありません。先約がありますので……」

「それは残念だ」

全く落胆した様子もなく、彼は手を下ろした。しかし立ち去る気配はなく、アリエスの前に立ち見下ろしてくる。短い沈黙が重く、痛い。

「考えていたより、君は優秀なようだ。まさかここまであの男に取り入ることができるとは思っていなかった。少々侮《あなど》っていたと、謝らねばいけないかな？」

「……え？」

正直なところ、アリエスの暗殺計画はことごとく失敗しているのだから、てっきり無能と罵られるかせっつかれるのだと覚悟していた。しかしエリオットは、むしろ満足げに頷いている。

「下手にこれ以上、手練れた者を送りこむと警戒を強めるだけだと計算したが……どうやら正解だったらしい。素晴らしい。この調子で頑張ってくれたまえ」

「わ、私っ……」

「まさか、今更怖気づいたとは言わないだろうね？」

図星を突かれ、アリエスは絶句した。瞬きさえできずに硬直していると、腰を屈めた彼が唇を弧の字に歪めた。

「途中で降りられる船に乗っているとでも、思っているのかね？」

「……！」

仮面の奥で、灰色の瞳が鋭く細められた。射竦められたアリエスは悲鳴もあげられずに、僅かに仰け反る。

「アリエス、言っておくが、これは脅迫ではない。君のためを思って言っているんだ。ご両親の無念を忘れたのかね。一人娘の君がそんなに薄情では、彼らも浮かばれまい」

「そんな、私は……」

「ああ、それとも方法に苦慮しているのかな？　しかし今の君ならいくらでも油断を誘えるだろう。時間をかけただけはある。あの男は君にすっかり虜のようだ」

確かにエリオットの言う通り、出会ったばかりの頃とフェルゼンと自分の関係は変わっていた。以前とは違い、彼はアリエスの隣で寛いだ様子を見せてくれることもある。おそらく今ならば、隙を突いて毒針を刺すことも可能かもしれない。

「で、でも毒は……飲み物に入れて飲ませようとして、使い切ってしまいました」

嘘だ。赤い石の中には、まだ半分以上の毒液が残っている。しかしアリエスは無意識に偽りを紡いでいた。

「他の方法も試してみましたが、ますます難しいです。あの方は気配に聡く、特にご自分に危害が及ぶことに関してはとても鋭くて、私などでは――」

「では、もっと強いものを差し入れよう。王の愛妾へ、貢ぎ物程度はできる」

言い訳は許されず、逃げ道は潰されていた。アリエスは懸命に頭を働かせたが、何も妙案は浮かばない。どんどん追い詰められ、今や息も絶え絶えだった。

「期待している、アリエス。君のご両親も、娘が恨みを晴らしてくれることを心待ちにしているよ。大丈夫、君ならできる。後は勇気を出すだけだ。正しい道を、選択できるね？」

エリオットは立派な髭を蠢《うごめ》かし、踵を返した。追いかける気力のないアリエスは、腰が抜けたように座りこんだまま、遠ざかる背中を見ていた。

後回しにし続けてきた現実が、ついに眼前に立ちはだかったことを知る。もう、どこにも逃げられない。ついに、覚悟を決める時が来たのだ。

――私が、彼を手にかける――

他に道はない。分かっていたはずなのに、絶望感だけがアリエスの胸中に広がっていた。

「しっかりしてください。大丈夫ですか？」

珍しく酔ったフェルゼンを座らせ、アリエスは彼の胸元を緩めた。

宴がお開きになり、招待客たちが帰路についた夜更け。

フェルゼンの居室よりも近く、かつ彼本人の希望により後宮内のアリエスの部屋へと引き上げてきた。もっとも、ここまで彼を支えて運んでくれたのは、護衛の者だ。彼らを見送り、アリエスはフェルゼンを横にならせた。

「貴方がこんなになるまで飲まれるのを、初めて見ました」

「……たまにはこういうこともある。体調が優れない時には、仕方がない」

「体調が悪かったのですか？」

頬に朱を走らせた彼が、気だるげに答えた。会場にいる間はとてもそうは見えなかったので、アリエスは思わず声を荒らげてしまう。

「でしたら何故、もっと早くおっしゃってくれなかったのですか？　ダンスまで踊られて」

「お前以外の他人に、隙を見せるわけにはいかない」

フェルゼンは毅然と言い放ったが、身体が辛いことに間違いはないらしい。眼を閉じ、眉間には皺が寄っている。

確かに彼はつい先刻、他者の眼があるところまでは全く異変を感じさせずにいた。足取りもしっかりしていたし、顔色には微塵も変化はなかった。しかし、招待客が途切れた瞬間、よろめいたのだ。

驚いたアリエスが慌てて支え、駆けつけてきた護衛の手を借りて、どうにか部屋へ運んだのだが、本当は随分前から無理をしていたらしい。

「……私ならば、隙を見せても構わないのですか？」

「ああ……お前は私のものだから」

嬉しいと感じてしまう心に蓋をして、アリエスはフェルゼンの靴を脱がし、汗を拭い甲斐甲斐しく世話を焼いた。エリオットとのやりとりは、確実にアリエスに影を落としている。心はまだ惑い揺れていた。

「お水を持ってまいります」

いつも部屋に用意されている水差しからグラスに水を注ぎ、そこでアリエスの手は止まった。

見慣れた器ではない。形状の変わった水差しは、まだ中身が冷えているのか、水滴を纏わせている。別に、気にするほどのことではないのかもしれない。たまたま違う水差しが用意された可能性が高いし、そもそも元の形を正確に覚えているのかと言われれば、自信はなかった。

だが不穏なものをアリエスは感じ取っていた。

――ついさっきエリオットさんは何て言っていた……？　もっと強い毒を用意するのは簡単だという趣旨のことを、口にしてはいなかった……？

　一度疑念を抱いてしまうと、それは瞬く間に大きくなる。じわじわと広がる黒い染みに似て、消し去ることは不可能だ。アリエスは水差しの持ち手を握ったまま、動けなくなっていた。

「アリエス……？　水をくれないか」

　いつの間に立ち上がっていたのか、すぐ真後ろにフェルゼンが迫っていた。アリエスが驚いているうちに水の入ったグラスは奪われ、彼は躊躇いもなく口をつける。

「駄目っ……！」

　慌てて取り返そうとしたが、もう遅い。フェルゼンは喉を鳴らして水を全て飲み干してしまった。

「そんなに取り乱して、どうした？　冷えていて、美味い。アリエスも飲むか？」

「だ、大丈夫ですか……？」

　口元を拭う彼は、むしろ先ほどより顔色が良くなっていた。どうやら即効性の毒が混入されていたわけではないらしい。だが遅効性の可能性もあるので、油断はできない。アリエスは注意深くフェルゼンの様子を窺った。

　もし、万が一、彼が倒れたら。

　自分はどう行動するのか決められない。成すべき役目と心とが、乖離《かいり》しているからだ。

「……そんなに不安そうな顔をするな。今夜は少し酔いが回ったが、私は酒に弱いわけではないぞ」

あまり心配されるのは心外だとばかりに、彼は顔を顰《しか》めた。髪を崩し、四肢を投げ出してベッドに寝そべる。

「今夜はここに泊まってゆく」

「分かりました……あ、お着替えを」

「いらん、面倒くさい。どうせ脱ぐだけだ。それよりも、何か話せ」

上着とシャツを脱ぎ捨て、上半身裸になったフェルゼンは再び横になった。額に腕を乗せ、隙間から視線を投げかけてくる。酒の影響で潤んだ瞳は、そこはかとなく艶めいていた。

「え、ええ……でもその前に、やはり心配なので医師を呼びましょう」

「酒に酔って気分が悪いからと診察させるのか？　冗談じゃない。アリエスが気にするほどひどくはないから、気にするな」

本当は、水への疑いが晴れていないからだったのだが、言えずに迷う。突然「毒が」などと言い出せば不信感を持たれてしまうかもしれない。それ以前に——彼に知られたくはなかった。アリエスが本気でフェルゼンの命を狙っていることを。これまでも怪しまれてはいたと思うが、確信を持ってはいないはずだ。

——よく考えてみれば、私の部屋の水差しなのだから、フェルゼン様より私が飲んでしまう可能性の方が高いわよね。だとすれば、そんなものに毒物を混入するわけがないわ。だけど――

「……毒見もせず、不用意に何かを口にするのは危険だと思います」

アリエスは俯き、自分こそが彼にとっての危険であることを伏せ、助言していた。危うい立場に立ち、いったい何をしたいのか、己自身にも分からない。けれど、違和感を覚えた水をフェルゼンに飲んでほしくないと咄嗟に止めようとしたこと――それこそが、答えだと感じた。

「宴で供されたもののことか？　それとも――今の水のことか？　心配しなくても、調理人は身元のしっかりした者ばかりだし、給仕も同じだ。出席者は厳しく選ばれた者のみで、わざわざ衆人環視の中、危険を冒す愚か者は弾いてある。……だが、もしも後者なら、甘んじて受けよう。お前から手渡されたのならば、それも悪くない」

「……え？」

彼の後半の言葉は、上手く聞き取れなかった。アリエスがベッドの上を見ると、フェルゼンは完全に眼を閉じて穏やかな寝息を立てて眠っていた。

彼が無防備に眠る姿を眼にするのは初めてだ。アリエスが近づいても、一向に目覚める気配はない。エリオットの言う通り、油断しているのだと分かる。つまり――信頼を、寄せられているのだ。

「……フェルゼン、様」

「……ん、……アリエ……ス……」

名前を呼ばれただけで、鼓動が跳ねた。

――胸が痛い。苦しくて、堪らない。私には――できない。

裏切り者だと罵られてもいい。両親に顔向けができなくても、一生重荷を背負っても構わない。我が儘で身勝手な娘だと、あらゆる人に後ろ指をさされ蔑まれても、これ以上アリエスは自らの心を欺《あざむ》くことはできなかった。

――私は、この人が好きなんだわ……たとえ残虐な一面を隠し持っていたとしても、無邪気なところがあって、優しく寂しいこの人が……

認めてしまえば、簡単なこと。愚かなアリエスは、両親の仇に心を奪われてしまった。辛い時に唯一手を差し伸べてくれたエリオットに背き、すべきことから逃げ出そうとしている。不甲斐なさと罪悪感に押し潰され、息もできない。しかしもう、無理なのだ。フェルゼンに危害を加えることは、どうしてもしたくなかった。これから先も、この手を汚すことなど考えられない。

ずっとずっと己の内面と対峙することを避けてきた。思えば楽な方に逃げ続けていたのだろう。誰かに責任を転嫁して、自責の念と喪失感から眼を逸らした。誰よりもアリエス自身を守るために。何て卑怯なのか。

だがもう、自分よりも大切な人がいる。何を犠牲にしても守ってあげたい人がいるのだ。たとえそれが、恨むべき相手であっても――

――今なら、人知れず後宮から出られるかもしれない。

使用人たちは宴の後片づけに追われている。疲れて集中力はないだろうし、普段より人の出入りが激しい。アリエス一人ならば、帰路につく人波に紛れこめるのではないか。

全てを忘れてやり直す。許されるのなら、再出発はフェルゼンの隣でしたかったが、流石にそんな贅沢は難しい。アリエスはこれからの身の振り方に関して、考えを巡らせた。

――待って。でもせめて、フェルゼン様を狙う者がいることをお伝えしないと。エリオットさんには拾ってもらった恩があるけれど、今後も私のような刺客を放たないとは言い切れないわ……あ、それに私が消えたことで世話をしてくれているビビたちが罰を受けないように細工もしないといけないじゃない。何なの、忙しいわ。感傷に浸っている場合じゃないわ。

夜明け前までに行動を起こさねばと思うと、意外にやることが多くて焦ってしまう。妙なところで現実的なアリエスは、無意味に視線をさまよわせた。

最後に何か一つくらい、彼のためにできることはないのか。

拾ったも同然の命は、復讐のために使おうと決意していた。しかし、その思いが潰えた今、愛する人のために使いたいと思う。どんな小さなことであっても、フェルゼンの望みを叶えてやりたい。

「……私……」

「……ろ、してくれ……」

「フェルゼン様……？」

呻きに似た呟きを耳が拾い、アリエスは眠るフェルゼンに意識を戻した。

規則正しかった呼吸は微かに乱れ、安らかだった顔つきには苦悶が滲んでいる。眉根が寄せられ、引き結ばれていた唇から低い声が漏れた。

「頼む……もう、終わらせてくれ……」

「何を……？」

悪夢でも見ているのか、彼の額には汗が浮いていた。額に置いていた腕は滑り落ちてシーツを握り締め、微かに震えている。尋常ではない様子に、アリエスは彼を起こすべきかどうか迷った。

「早く、私を連れてゆけ……」

「あの……」

身体を揺すって、覚醒を促すべきだろうか。逡巡する間に、フェルゼンが奥歯を強く噛み締める音が響いた。

「フェルゼン様？」

これは、ただ事ではない。辛く嫌な夢に囚われる恐怖は、アリエスも知っている。父を亡くした直後から、将来への不安や重圧のせいで自分も悪夢を繰り返し見るようになっていたからだ。

暗殺という目的を得てから悪夢を見る頻度は減っていたけれども、毎夜毎晩なかなか覚めてくれない夢に搦め捕られる日々は、本当に苦しかった。眠ることそのものが恐ろしくて堪らなかったくらいだ。

眼の前で魘《うな》される人を放置することはできない。アリエスは筋の浮いた彼の腕を摩り、大きな声で呼びかけた。

「起きてください、フェルゼン様！」

しかし酒のせいで眠りが深いのかアリエスの言葉は彼に届かず、一向に目覚める気配のないフェルゼンは、逆にこちらの手首を握り返してきた。

「……っ」

力いっぱい摑まれた手首が痛い。遠慮のない強さで握られ、アリエスは顔を顰めた。けれど何故か彼に縋られている気がして振り払えないまま、じっと耐える。この痛みこそ、フェルゼンが今感じているものと同じ気がしたからかもしれない。

「フェルゼン、様……」

「私を殺してくれ」

「……!?」

聞き間違いではなく、はっきりと彼は口にした。ふるりと震えた金の睫毛が、ゆっくり開かれる。奥から現れた濃紺の瞳に映る自分と、アリエスは眼が合った。

「……私を恨んでいるだろう……？　――キャンベル」

「……えっ!?」

心臓が、大きく跳ねた。

自分の正体を知られたのかと思い、混乱する。しかしフェルゼンの眼はアリエスを見ていない。もっと遠いどこか。別の誰かだ。空耳かと耳を澄ませても、再度同じ呼び名が彼の口から漏れることはなかった。

「……何、を」

「……お前にならこの命をくれてやる……いや、この国は充分持ち直した。だから――私を解放してくれ」

アリエスの苦手なフェルゼンの無表情。虚無を形にした暗闇。しかし、根底に漂う悲哀に、気がついてしまった。僅かに歪められた唇の形、苦しげな眉、そして苦悩を凝縮した双眸。何もかもが、雄弁にこちらへ語り掛けてくる。これまで読み取れなかったのは、アリエスに受けとめる心構えがなかったからだ。きちんと正面から向き合えば、答えは最初から眼の前にあったのかもしれない。

「フェルゼン様……」

未だ夢の中にいるらしい彼は、茫洋とした眼差しでアリエスを見返してきた。焦点の合わない瞳は、たぶんこちらを認識していない。別の誰かと間違っているのか、摑んだアリエスの手首を強引に引き寄せた。

「お前が死神だろう？ 今度こそ、失敗せずに私を連れて行くがいい……」

掌に贈られたキスに、甘さは微塵もなかった。あるのは、切ないほどの懇願だ。いつも熱かったフェルゼンの唇が、驚くほど冷たい。もはや手首の痛みも忘れて、アリエスは呆然と彼を見下ろしていた。

「……どうして、そんなことを……」

半ば夢を見ている者に質問するなど、馬鹿げているかもしれない。だが、問わずにはいられなかった。アリエスの震える声が今度はフェルゼンの耳に届いたのか、彼は数度瞬きをする。しかし相変わらず、虚ろな眼をしていた。

「……王位など、最初から興味はない……だが父や兄たちではこの国の民を守ってはいけなかった……任せられないのなら、私がやるしかない。だったら——人の心など捨ててしまった方がいい。だが、いい加減疲れた……生きることが罰ならば、もう充分償ったはずだ。そろそろ息の根を止めて楽にしてくれ……」

アリエスの手首を握っていたフェルゼンから力が抜けた。気だるげに、目蓋が落ちてゆく。

「ずっと……待っていた……私を殺してくれる、者が……現れることを……」

ぱたりとベッドに落下した腕からは、完全に力が失われていた。深い眠りに落ちたのか、苦しげな様子は微塵もない。規則正しく上下する胸は、衝撃的な告白の名残をどこにも留めておらず、いっそ安らかでさえある。

たった今聞いた声は、幻だろうか。聞き間違いであってほしいとアリエスは願ったが、残響のように耳の奥には彼の声がこだましていた。

まるで嵐のように、または獣の遠吠えのように。

――殺してほしいと、乞われた。

フェルゼンが、眼の前にいる人物がアリエスだと気づいていたかは定かではない。たぶん、分かっていなかった。けれど彼を殺そうとしている者だとは理解していたのではないか。少なくとも、アリエスにはそう聞こえた。

「私が刺客だと……確信していたから、傍に置いていたの……？」

返事はない。でも、答えは一つしかない。あえて害を及ぼす人間を隣に置いたのは、いずれ、己を殺させるため――そうとしか、考えられなかった。

「やっ……！」

立ち上がったアリエスは、衝動的に部屋を飛び出していた。行き先や、目的があったわけではない。逃げるという意識さえなく、実際に向かったのは後宮の出口ではなく中庭がある建物の奥だ。

――初めからそのつもりだったの……？　優しくしてくれた時も、肌を重ねた夜も、一緒に星を見た晩も、全て私にフェルゼン様を殺させるため……？　今夜の宴も、単純に暗殺の機会を与えるためだったの……っ？

愛情でも肉欲でもなく、死を得るための道具とみなされていたのだとしたら。

ひと気のない回廊にアリエスの足音だけが反響する。その音に追い立てられ、一層縺れる足を無理やり前に繰り出した。視界は歪み、眩暈が襲う。空回りする頭は混乱したまま、アリエスの眼を潤ませた。

何も見えない。勢いを殺さず全力で曲がった先で、アリエスは暗闇の中で何か柔らかいものにぶつかった。

「きゃっ……」

弾き飛ばされ、後方に尻餅をつき転がる。したたかに腰を打って痛みに呻けば、前方からも同じ反応が返ってきた。

「痛ぁ……」

「ビビ……？」

「ア、アリエス様？　どうしてこんなところに……」

お互い床に転がったまま、呆然としていた。てっきり誰もいないと思っていたのはビビも同じなのか、突然のアリエスの出現に随分驚いているようだ。

「貴女こそ……」

「私は、宴からアリエス様が戻ったと聞いたので、お世話するために向かっておりました。会場の後片づけに駆り出されていたので、少し遅くなってしまいましたが、いったい何を走っていらしたんです？」

おでこを摩りながらぼやくビビはかなり激しく打ちつけたのか、若干涙目になっていた。

「な、何でもないわ」

衝撃的な言葉を聞いて、反射的に恐慌をきたしたなんて言えるはずがない。口を噤んで俯いたアリエスは曖昧にごまかした。自分でも人に説明できるほど、気持ちが整理できていない。強いて言えば、一人になりたかったのだと思う。

転んだ拍子に打ちつけたお尻が痛い。だがその痛みこそが、少しだけアリエスに冷静さを取り戻させてくれた。すると、ぎりぎり瞳の縁に留まっていた涙が、一気に流れ落ちる。

「……ぅ、っく……」

「……アリエス様？　……いいえ、ローズ。友人として聞くわ。何があったの……？」

敬語をやめたビビは、アリエスの顔を覗きこんできた。未だ女二人、ほとんど光が灯っていない暗闇の中、向かい合って床に座りこんでいる。とても奇妙で特殊な状況に、彼女は異常を感じ、心底心配してくれているらしい。

「私たち、友達でしょう？　身分も立場も違うけれど、私は貴女を友人だと今でも思っているわ……」

そっと取られた手は、温かかった。

先刻、フェルゼンの唇を冷たいと感じたけれども、アリエスもまた冷え切っていたのだと悟る。優しく手の甲を撫でられ張りつめていたものが解けるのを感じた。

「手首、赤くなっているわ。これって強く圧迫された痕よね。本当にどうしたの。宴で嫌なことがあった？」

「違……」

ビビの気持ちは純粋に嬉しい。だが巻きこむわけにはいかないと理性が歯止めをかける。話してしまえば、無関係ではいられない。いざという時、彼女に咎が及ぶ真似をするわけにはいかなかった。

「――――まさか、陛下と喧嘩《けんか》をしたの？」

決して真実は明かすまいと誓っていたが、アリエスの肩は反射的に動いてしまった。そんな僅かな反応を見逃さなかったビビは、ぐっと身を乗り出してくる。

「そうなのね？　噂で聞いていたよりも実際お会いした方がお優しそうだし、貴女を大切に扱っていたから、所詮くだらない嘘だと思っていたのに……やっぱり陛下は冷たい心を持った方なのね」

「待って、噂って何？　それにやっぱりって、どういうこと？」

「貴女の手首の痣《あざ》が、何よりの証拠じゃない！」

興奮した風情で声を荒らげ、彼女は厳しい表情を見せた。

夜毎処女を抱いては斬り殺す――という噂かと問えば、ビビは荒っぽく鼻から息を吐いて首を横に振る。どうやら彼女はそんな話は初耳らしい。

「何よそれ？　そんなとんでもない話が本当だったら、ローズが今ここに生きているのはおかしいじゃない。ああ、でも火のないところに煙は立たないものね……噂されるだけの根拠はあるのかもしれないわ……あの陛下ならば真実かもしれない――そう思われているということでしょう？」

言われて、言葉に詰まった。反論できる材料が、アリエスの中には乏しかったからだ。所詮自分が知っているのは、フェルゼンのごく一部。彼の中に死を願う思いがあることさえ、ついさっきまでまったく知らなかった。

「だけど私が言いたいのは違う件よ。賢王フェルゼン様が、本当は簒奪者《さんだつしゃ》であるという噂を、ローズは知らないの？」

「……え」

「どうやら貴族の方にこそ、厳しく口止めされているようね……そりゃそうか。今の陛下が王位に就いた後、反対勢力は軒並み粛清されてしまったんだもの。我が身や家族が大切なら、口を噤んで追従するしかないわ。今残っている有力貴族は、全員陛下の息がかかっているのも同然よね」

「待って、ビビ。簒奪ってどういうことなの？　フェルゼン様は正式な王子様よ。正当な後継者じゃないの」

確かに八番目と順番的には継承順位が低い。しかし上の兄たちが亡くなったり権利を放棄したりしたから継承権が回ってきたのだ。奪った、とされるのは言いがかりでしかない。

アリエスは頭の中に家系図を描きだし、以前読んだ本の内容を思い出していた。

「表向きは、ね。この国は長子相続が常識だもの。よほど想定外のことがない限り、下の子供に継がせることなどあり得ないわ。例えば、継承権を持つ兄たちが立て続けに死に絶えたりでもしなければ……これが偶然だと本当に思うの？　ローズ」

「だって……病気や自死の方もいらっしゃったじゃない」

「そんなもの……いくらだって装えるわ。もともと性病を患った女を宛てがったり、精神的に追い詰めたりしていけばね。それに、昨年ジュリアス様が命を落とされたでしょう？　あれは謀反を企てたから……と言われているけれど、真実は最近力をつけてきた弟を恐れて、陛下が罠に嵌めたという噂もあるのよ」

「……やめて！」

あまりにも血生臭い話は、聞くに堪えなかった。アリエスは耳を塞ぎ髪を振り乱す。もう、何も聞きたくはなかった。

先ほどフェルゼンに言われた言葉が思い起こされる。

王位など、興味はないと言っていた。だが父や兄たちにはこの国を任せられないから、自分がやるしかないとも。

あの後、彼は何と続けていた？　しっかり聞いたはずなのに、思い出したくない本心がアリエスの邪魔をする。懸命に吐き気を堪え、フェルゼンが紡いだ言葉を頭の中で反芻《はんすう》した。

――『だったら――人の心など捨ててしまった方がいい。だが、いい加減疲れた……生きることが罰ならば、もう充分償ったはずだ。そろそろ息の根を止めて楽にしてくれ』――

あれは、慟哭《どうこく》ではなかったか。

罰。償い。どれも罪を犯した者が使う言葉だ。寝物語では、王位争いに関する話を疎んでいた彼。特に、異母兄弟がいがみ合う話には、過剰な反応を示していた。何か思うところがあったからに違いない。死を、待ち望むほどの何かが――

「……ローズ！」

最後に見たのは、叫ぶビビの姿。視界が傾いだのは、自分が倒れてゆくからだと理解する間もなく、アリエスは意識を手放していた。

昏い闇の中に沈んでゆく。手足が重く、纏わりつく泥の中で感覚は失われていった。

耳の奥、頭の中にこだまする声があり、いくら耳を塞いでも大きな物音を立てても消えてくれない。何故ならそれは、アリエスの身の内から迸る叫びだからだ。

『この件を糾弾したから、私は財も命も奪われたのだ』

『お父様とお母様の無念を晴らしてはくれないの？』

『親と兄弟を殺し、玉座を掠め取った冷酷非道な男を許していいのか？』

初め両親の声だったものは、次第に響きを変えていく。老若男女、様々な声が混じり合い、最後は聞き覚えのある青年男性のものへと変化していた。

『もう、疲れた。私を殺してくれ』

「……っ！」

やめて、という絶叫は泥に呑まれて消えてしまった。もがく爪の間に、黒い砂利が溜まり、口の中にまで闇が侵蝕してくる。アリエスを取り囲むのは、漆黒の虚無。

あの人を殺したくないの、と主張した気はする。誰に対してなのかは分からない。両親の期待に応えられない不甲斐ない自分にかもしれないし、フェルゼンの希望に添えない己への言い訳かもしれなかった。

いったい何が真実なのか。自分に都合がいい情報だけを見ていたアリエスにはもう分からない。いや、分かりたくないだけなのかもしれない。望むものが『本当のこと』なのか『心地いい幻影』なのかさえ、もはや曖昧だ。

はっきりしているのは、混乱の只中に自分がいるということ。

――本気でフェルゼン様が死を望んでいるのなら……私はどうしたらいいの？

終わりを望む彼に、自分がしてあげられることは何だろう。フェルゼンを謀り、騙し続けたアリエスが、最後に与えてあげられるものがあるとすれば、それは――

「――アリエス様、ご気分はいかがですか？」

熱を出して寝こんだのだと医師から説明を受けたのは、翌日だった。疲れが出たのだろうと言われ、数日安静にしていれば問題ないと診断される。

「突然倒れたから、驚きましたよ。思わず私が叫んだ上に騒いでしまったから、大勢人が集まってしまって、どうしようかと思いました」

看病をしながらビビが大袈裟に溜め息を吐いた。その傍らで、メイラが微笑む。

「あんなに大声で悲鳴をあげられては、流石に私も駆けつけないわけには参りません」

「……二人とも、心配をかけてしまってごめんなさい……」

「謝る必要はありませんよ、アリエス様。ゆっくり静養なさってくださいませ」

「ありがとう……」

アリエスは自室のベッドに横たわったまま、ぼんやりと天井を見上げていた。

宴の夜から一夜明け、熱を出して身体を休ませている。フェルゼンはこの部屋にはいない。明け方まで付き添ってくれていたそうだが、今は王としての執務をこなしている。しかし、微かにベッドに残る彼の香りが、鼻腔を擽った。

深く息を吸いこんだアリエスは、目蓋をおろす。自分が意識を失っていたせいで、フェルゼンとはまだ顔を合わせてはいない。考えなければならないことがありすぎて頭が破裂しそうだ。熱による頭痛と怠さが邪魔をして思考は纏まらず、息苦しさだけが蓄積してゆく。

――今はまだ、何も、考えたくない……

アリエスは無為に寝返りを打ち壁際を向いて、視界と意識から全てを締め出した。

「また眠たくなってきたわ……少し、一人にしてくれる……？」

「ええ、休養こそが薬だとお医者様もおっしゃっていましたからね。ごゆっくりお休みくださいませ。何かあったら、お呼びください。さ、ビビさん失礼いたしましょう」

メイラとビビが部屋を出て行く気配を背中に感じ、アリエスは睫毛を震わせた。

苦しい。呼吸はしているのに、胸のつかえが全く消えてなくならない。緩やかに溺れるように、手足が冷たく重みを増していた。そのくせ気持ちだけは焦って、空転しているのだ。

けれども肉体の欲求には逆らえず、アリエスの意識は再び溶けてゆく。今眠ってしまえば、悪夢に囚われそうな気がして怖い。しかし休息を求めるのは、頭も同様であったようだ。

どれだけの時間、うとうとと夢と現《うつつ》を行き来していたのかは分からない。ただアリエスが喉の渇きを感じて眼を開いた時には、太陽の位置が中天を過ぎていた。

「……ん」

水が、飲みたい。

アリエスが近くに置かれている水差しを求め起き上がると、背後からそっと肩を支えられた。

「――大丈夫か」

「フェルゼン、様」

聞き間違えるはずのない声に、身体が萎縮する。何の覚悟も準備もしていなかったせいで、思いっきり強張ってしまった。当然、彼にもそれは伝わっただろう。

「ど、どうしてこちらに」

「自分の愛妾が体調を崩せば、心配するのは当たり前だ。――と言っても、丁度様子を見に来たところだが」

　アリエスが振り返る勇気が持てず固まっていると、フェルゼンに支えられ、座る体勢に変えられていた。

「喉が渇いたのだろう」

　グラスに注がれた水を渡され、素直に受け取る。口をつけたアリエスが噎《む》せてしまうと、彼は大きな手で背中を摩ってくれた。

「も、申し訳ありません」

「謝罪ではなく、礼を言ってほしいな。……誰かの看病をするのは初めてだから、お前には悪いが少し楽しい」

　甲斐甲斐しくアリエスの口元を拭ってくれたフェルゼンは、少しバツが悪そうに笑った。向かい合った瞳の奥に、昨晩見つけてしまった仄暗さも悲哀もない。そのことに微かな安堵を覚え、アリエスは改めてお礼を言った。

「……ありがとうございます。フェルゼン様」

「いや、気にするな。私の自己満足につき合わせているだけだ」

　そうだとしても、彼の手つきには労りが滲んでいた。

　かつて、キャンベル家が困窮した時、口先だけは優しい言葉を並べてくれた者もいたのだ。しかし、誰も助けてはくれなかった。下手に関わって、自分にまで累《るい》が及んでは堪らないと考えたのだろうし、仕方のないことだと頭では分かっている。けれど、とても悲しくて絶望した。

親しいと思っていたのはアリエスだけ。実際には誰も彼も上辺だけの付き合いだった。一見昔と変わらず接してくれた者たちも、本心は自身が『冷たい』とか『恩知らず』だとか言われたくないだけで、見せかけの慈悲深さを周囲に宣伝したにすぎない。言ってみれば、これこそ自己満足の極みだった。

だから、アリエスは根底に流れる本音には敏感だった。

フェルゼンが傾けてくれる優しさは本物だと、心が叫ぶ。真実、アリエスを案じて労わってくれているのだと信じられた。嬉しくて、涙がこぼれそうになる。同時にどうしようもなく悲しかった。

「近頃お前は元気がなかったのに、私が無理に宴へ連れ出したせいだな」

「フェルゼン様は、何も悪くありません」

「いや、反省している。昨夜、宴の会場を引き上げてから、お前が倒れて部屋に運びこまれて来るまでの記憶が全くない。私が面倒をかけてしまったせいで、アリエスの心労が増したのではないか」

「……覚えて、いらっしゃらないのですか？」

あの、血を吐くような懇願を。キャンベルの名を口にしたことを。

愕然としてアリエスが彼を凝視すれば、フェルゼンは眉尻を下げて首を傾げた。

「やはり、何か醜態を晒してしまったのか。済まなかった」

「えっ、いいえ……」

フェルゼンが本当に自分を殺させるためにアリエスを傍に置いたのかどうか確かめたいが、彼が昨晩のやりとりを忘れてしまっているのなら、不用意に口にすべきではないと思う。もしかしたらそんな意味ではなかったのかもしれないという淡い期待に、アリエスは縋ってしまった。

「フェルゼン様は、とてもお疲れになって眠ってしまわれただけです」

「――――そうか」

束の間、沈黙が落ちる。

聞きたいことは、山ほどある。問わなければならないことも数え切れない。本当の貴方は噂されるように冷酷なのか。先代の国王を弑《しい》し、兄弟たちを排斥し、アリエスの父を死に追いこんだのか。だからこそ、死を願うのか。それなのに熱のせいで頭は機能不全を起こしていた。

居心地の悪さにアリエスが身じろぎすれば、彼が髪を撫でてくれる。

「昼間のアリエスの瞳は、どうしてだか見入ってしまうな。夜の落ち着いた琥珀色も好ましいが、陽の光を映して青くなるのが神秘的だ。私は特別宝石には興味がないし、特に琥珀など地味な石だと思っていたのに……不思議だ。今は一番好きな石かもしれない」

「こ、琥珀は樹液の固まったものですから、鉱物ではなく……」

「それくらい知っている。アリエス、お前は私を物知らずだと思っていないか？」

「とんでもない！」

何気ない会話は、昨夜のことなど幻だったのではないかと思わせる。アリエスは自然に微笑むことができた。

「とても博識だと尊敬しております」

「調子のいい奴め。――だが、少し安心した。軽口を叩ける程度には、元気が出てきたようだな」

ぺちりと額を叩かれて、アリエスは上目遣いで彼を窺った。

「……私、そんなに元気がありませんでしたか……」

ジンジンと痛む額を摩っていると、頭の上に軽くフェルゼンの手が乗せられた。適度な重みが心地いい。俯いたアリエスの髪に彼の指先が絡んだ。

「……夜、眠りながら涙を流していることがあった。最初に寝所に来た晩も、そうだったな」

「……っ」

「何の夢を見ていたのかは知らないが、声もあげずに泣いていた。――だから気になって、お前を遠ざけられなかったのかもしれない。近頃は頻度が減っていたが、この数日は以前と同じに戻っている気がしていた」

見られていたという焦りと、気にかけてくれていたのだという歓喜がごちゃ混ぜになる。どう処理すればいいのか分からない感情が溢れ、アリエスは上を向くことができなくなってしまった。

苦しいと、己の罪を含めて吐露《とろ》してしまいたい。全て打ち明け、楽になりたかった。しかし、それこそ身勝手だと理解もしている。結局は自分のために相手へ荷物を背負わせるだけの行為だ。

口を噤んだアリエスの頭に乗せられていた彼の手が上下する。ポンポンと柔らかく叩かれ、励まされている心地になった。

「――――アリエスは発想が豊かで聡明だが、内側には他人に見せない苦悩を抱えているのだな……たぶん、どれだけ気楽そうに見えても、誰しもが多かれ少なかれ似たものを持っている。……私は、そんな当たり前のことさえ見えなくなっていた。……お前が、思い出させてくれたんだ」

「そんな……大層なものでは……」

頭部から下りてゆくフェルゼンの手が、アリエスの耳を掠め頬へと至る。そのまま顎を掴まれ、上向かされていた。

濃紺の双眸に、ひたりと見据えられる。そこに宿っていたのは、星のない夜空だ。

「……アリエスは、死にたいと思ったことがあるか？」

「……っ！」

驚愕で、心臓が止まるかと思った。昨晩の衝撃がよみがえり、眩暈を呼び起こす。よろめいた上半身は、彼に支えられていた。

「すまない。疲れさせてしまったか」

「い、いいえ……でも、何故急にそんなことを……」

嫌な耳鳴りがする。吐き気もするから、熱があがってしまったのかもしれない。アリエスはフェルゼンに促されて横になった。

「別に、深い意味はない。少し聞いてみたくなっただけだ。夢の中で繰り返し泣くほど辛いことがあるのなら、生きることをどう捉えているのか、興味があった」

彼の真意を探ろうとして、アリエスは濃紺の瞳を見上げた。深い海の色は凪いでいて、激情や狂気とは無縁に思える。だがあの奥には、簡単には触れられない痛みが鎮座していることを、もう知っていた。

「……私は、死にたいと本気で思ったことはありません」

改めて言葉にして、アリエスにはストンと納得できるものがあった。ああそうか、と自分自身が頷いている。

選べるのなら、アリエスは生きることを諦めたくない。

「……確かに辛いことが沢山あって、もう駄目かもしれないと気力を失ったことはあります。諦めかけたことがないとも言いません……だけど、積極的に死へ傾いたことは一度もないです。――だって私、生きていたいのですもの。惨めでもみっともなくても、生きてさえいれば一つくらい良いことがあるんじゃないかと思っているんです」

アリエスは迷いながら、偽りのない本心を告げた。拙い言葉ではあったが、全て心底から思っていることだ。

信じていた人たちに冷たく振り払われ、裏切られ、何もかも失った時でさえ、打ちひしがれながらどう生き抜くかを考えていた。何度か死を意識したが、それでも最終的には生きるためにあがき続けたのだ。だからこそ、アリエスは今ここにいる。

「――いくら探しても、一つも良いことが見つからなかったら？」

「探し方や、場所が悪いのかもしれません。諦めるには、人生はまだ先が長いでしょう？」

「生きることそのものが、辛いこともある」

その通りだと頷きかけて、アリエスはフェルゼンに手を伸ばしていた。無表情なのに、何故か今にも泣きだしそうに見える彼の頬に触れる。どちらかと言えば鋭い目尻は今、少しだけ朱に染まっていた。

「でも、悔しいじゃないですか。自分が苦しんでいるこの瞬間、別の誰かは満ち足りた時を過ごしているかもしれない……私たちにだって、その権利はあるはずなんです。だったら、手に入れるためにあがいてからでも、遅くはない気がします」

「悔しい、か。他人と自身を比べるなとか羨むなとか、高尚なことをアリエスは言わないのだな」

「嫉妬自体、悪いとは思いません。相手にぶつけるのは論外ですが、成長や行動の糧《かて》にはなります」

もっと幸せになりたいと願うのは、人として当然のことだ。難しいのは、負の感情を上手く推進力に変えることかもしれない。そしてこれは、アリエスにも言えることだった。

復讐するという黒い目標は、絶望の淵からアリエスを一時的に救ってはくれたけれども、今後生きるための力にはなってくれない。事を成し遂げた後、残るのはきっと虚しさだけだろう。おそらく抜け殻《がら》になって後悔だけを噛み締めて余生を過ごすことになる。

――そんな寂しい生き方は、嫌。

「私は……生きていたい。それから何より、幸せにもなりたいです」

「ああ……」

アリエスが言い切ると、フェルゼンは思わずと言った風情で声を漏らした。半眼になった瞳が茫洋とさまよう。そしてしばらくの後、濃紺の眼差しがアリエスに据えられた。

「――やっと分かった。だから私は、お前を傍に置きたくなったのかもしれない。知らぬうちに惹かれていたのだな……あまりにも、自分とは正反対の光だったから」

「フェルゼン様……？」

自嘲と共に吐き出された言葉に不安を覚え、アリエスは彼の頬から触れていた指先を浮かせた。何か、言わなければいけない気がする。自分の言葉は正しく彼に届いたのか、確かめねばならないのに上手く口が回らない。その隙に、フェルゼンはいつもと変わらない国王としての顔に戻っていた。

「そろそろ時間だ。執務に戻る。――当分ここへは来ないから、ゆっくり休むといい。体調の悪い中、押しかけてすまなかった。おやすみ、アリエス」

「お、おやすみなさいませ……」

無意識に伸ばしかけたアリエスの手は、何を掴むこともなくベッドに落ちた。仮にフェルゼンを足止めして、何を言うつもりだったのか。

いよいよ熱がぶり返したのか、頭が痛い。アリエスはぐったりと枕に頭を預けた。眼を開いていても、閉じていても視界が不安定に回る。苦しくて気持ちが悪くて、誰かに傍にいてほしい。昔ならば母を求めたアリエスの心に、一番くっきりと浮かぶのはただ一人の姿だった。けれどその人は立ち去ってしまった。

「……フェルゼン、様……」

どうかお願い。死にたいだなんて願わないでほしい。聞き間違いだと言ってほしかった。

アリエスの目尻に流れたのは汗か涙か分からない。拭うことさえ面倒で、再び昏い泥の中へと意識は沈んでいった。

そしてこの晩から、彼は宣言通り、アリエスのもとを訪れなくなった。


「アリエス様が身体を壊して以来、まったくお渡りがないなんて、ひどすぎると思います！」

鼻息も荒く言い放ったビビが、やや乱暴にティーカップを片づけた。

「ビビさん、人に聞かれれば不敬罪になりますよ。言葉には気をつけなさい」

「だけどメイラさん！」

「……フェルゼン様はお忙しいのよ。最近視察が多いから仕方ないわ」

先輩侍女に諭され余計に声を荒らげるビビを宥め、アリエスは二人の仲を取り持った。

連日あった国王のお召しがなくなり、最近少しだけこの後宮にはピリピリした空気が流れている。『愛妾がついに飽きられたのでは』という噂が城内に流れていることもアリエスは知っていた。耳に入ったところで、できることは何一つないわけだが。

「……これだから権力者ってやつは……」

「ビビさん、あまり口がすぎると、上に報告しなければなりませんよ」

「二人とも、もうやめて……」

　眼の前で言い争われると、流石にげんなりしてしまう。フェルゼンが来ない今、アリエスにとって日々関わるのは、仕えてくれているこの二人だけなのだ。できるだけ穏やかに過ごしてほしい。

「申し訳ありません、アリエス様」

「待っていることしかできない女は、こういう時に損だわ。そう思いません？　アリエス様。私だったら、傍にいてくれない男は論外です」

「ビビさん！　貴女、ここはいいから水回りのお掃除をしてきてちょうだい」

　追い払われた形になったビビは不満そうだったが、言いつけには従い、口を尖らせながら部屋を出て行った。眦《まなじり》を吊り上げていたメイラは、深々と溜め息を吐く。

「……アリエス様、大変失礼いたしました。あの子は仕事は申し分なく優秀ですが、少しお喋りでいけません」

「いいのよ。気にしていないわ。賑やかで楽しいもの……」

　実際、ビビとのお喋りはアリエスの気を紛らわしてくれている。フェルゼンが訪れなくなって、暗くなりがちな毎日を明るくしてくれているのは彼女だった。メイラがいない二人きりの時には、以前と同じ砕けた口調で話す時もある。息が詰まる生活の中、数少ない楽しみの一つだ。

先日もビビが自身の恋愛遍歴を面白おかしく聞かせてくれた。『私、好きになってしまうと何でもしてあげたくなるの。とんでもないお願いだって聞いてあげたくなっちゃう。だって、相手をどれだけ受けとめてあげられるかが、愛情の大きさだと思わない？』と快活に笑う姿を思い出し、アリエスは自分と重ね合わせて複雑な気持ちになったのだ。

「そうおっしゃっていただけると、気が楽になります。——でも、彼女の言うことも一理ありますね。待っているだけの女の身は、辛いものです」

「そうね……」

愛妾など、寵愛を失えば不安定な身の上だ。このまま捨て置かれれば、アリエスの居場所は完全になくなってしまう。後宮は成り行きで得た仮の住み処で、いずれ出て行く気満々だったはずなのに、いつの間に変わってしまったのだろう。

——私、すっかりあの人の傍を、自分の生きる場所だと思い始めていたのね……

今更気がつく真実に胸が軋んだ。

「アリエス様、どうぞ元気をお出しになってください。そうだ、今朝、こちらが贈り物として届けられましたよ」

メイラが手渡してきた箱の中に入っていたのは、繊細な細工が施された香水瓶だった。中には透明の液体が揺れている。

「……まぁ、可愛らしい」

贈り主として記されているのは、現在アリエスの後見人とされている貴族の名だ。眼にした瞬間、技巧が凝らされた芸術品のような小瓶が、忌まわしいものに変わった。見覚えのある、流麗な文字。

――エリオットさん……

以前の指令書は待ち焦がれたものだった。しかし今は、二度と眼にしたくないとさえ感じている。

まず間違いなく、中身は強力な毒物だろう。アリエスには、見えない枷が自分の首に嵌められている気がした。そこから続く鎖を握っているのは、恩人であるあの男。

逃げられないのだ。今更、自分だけが素知らぬふりなど許されない。もう、運命の歯車は回り始めている。箱の底にメッセージカードが忍ばせてあるのに気がつき、アリエスは震える指先で摘まみ出した。

――『親愛なる君の活躍を祈っている。愛しい娘へ』

文章のみを見れば、不自然でも何でもない。後宮に入った娘を、養父が励ましているようにしか読み取れないだろう。だが、アリエスにだけは本当の意味が伝わった。

――『早く実行に移せ。殺された両親の恨みを、晴らさないのか？』

音もなく、美しい瓶の中で液体が揺れる。右に、左に、不規則に形を変えてアリエスを責めたてた。お前一人が幸せになるなんて許されないと、叫ぶのは自分自身の声だ。楽になろうだなんて虫がいいと嘲笑してくる。そして、『愛しい男の望みを叶えてやらないのか？』とも。

「――あの……アリエス様、もしもの話ですが、お望みになられるなら今夜陛下のもとへお連れいたしますが……？」

妄想に囚われそうになっていたアリエスを引き戻したのは、こちらを見つめるメイラの声だった。

「貴女が……？」

「はい。護衛の者には話を通しておきます。これでも長年城仕えをしておりますから、多少の融通はききます。……いかがなさいますか？」

「――行くわ」

考えるより先に、アリエスの口は動いていた。今、フェルゼンに会わなければ、このまま分かたれてしまう予感がする。何よりも、『殺してくれ』と懇願する彼の声が忘れられない。あの言葉の真意を確かめなければ、前にも後ろにも進めなかった。

握った小瓶がひどく重く感じられる。直接会って、確認しなければならない。

本当にフェルゼンはアリエスの父を罠に嵌め、殺したのか。

――もしも彼が頷いたら……いいえ、殺してくれともう一度懇願されたら、私はどうするの？

復讐のためではなく、彼のため。しようとしていることは同じ。けれども理由が変わったとしたら。

もう、アリエスの中には復讐のためにフェルゼンを殺めるという選択肢はなかった。そんなことをするぐらいならば、親不孝な恋に狂った娘と罵られても構わない。後悔も、悲しみも、罪も自分一人で背負ってゆく。その覚悟はある。だが、手を下す理由が己のためではなく愛しい人のためであったのなら――――？

答えてくれる声は、聞こえてこなかった。

6. 血の玉座

フェルゼンが初めて人を殺したのは、十二歳の時だった。

父である先代国王が存命だった頃だ。当時、まだ子供であったフェルゼンの眼から見ても国は荒れ、滅びるのは時間の問題であるように思われた。

しかし、だからと言って何をしようとも思わなかった。

滅亡の道を辿るのなら仕方ない。ある意味達観した子供は、愚かな大人たちの行いをただ見守っていた。

一応は血の繋がりがある父親でも、彼は飽きた妃の、しかも八番目の息子に関心を示さず、他国へ攻め入ることばかりに執心していた。国力の違いは歴然としていたのに。

兵力、蓄え、地の利。何を取っても、勝ち目などない。戦場に出たことがない若造でさえ分かることを、何故一国の王が理解できないのか。重鎮たちや兄王子でさえ、破滅に向けてひた走っていることに眼を向けようとはしていなかった。それどころか、現実の見えていない王を煽《あお》り、唆してさえいたのだから、呆れてしまう。

彼らにとっては、国家の存亡や民の生活よりも、私腹を肥やすことの方がずっと大事だったらしい。

平和な時代であれば、多少のことには眼を瞑れた。国庫に致命的な打撃を与えない程度の着服ならば、可愛いものだ。全ての人間が清く正しいだなんて世迷いごとを言うつもりは、フェルゼンには全くなかった。

人は、狡《ずる》く醜い面を併せ持っている。国という大きな舵を取るのなら、清濁併《せいだくあわ》せ呑まねばとても操ってはいかれない。

しかし度重なる戦争で大地は荒れ、働き盛りの男たちは激減し、大勢の人々が飢えて死んでゆく状況では、悠長なことを言ってはいられなかった。今、行動を起こさねば、数年後にこの国は焼け野原になってしまう。生まれ故郷を草一つ生えない不毛の大地にするのは忍びなかった。

成す術がなかったのなら、諦められた。あがいてもどうにもならないと、王子としての責任を放棄できたかもしれない。しかし幸か不幸か、フェルゼンには自分ならばまだ間に合う、何とかできるという自信があった。

幼さ故の驕《おご》りだと言われれば、それまで。フェルゼン自身、根拠があったわけでは決してない。まだ成人もしていない身で、できることなどたかが知れている。

だが、同じ理想を持ち、支えてくれる者が現れたことで、ただの妄想は確信に変わった。

フェルゼンは秘密裏に行動を起こし、最初にしたのは王太子である長兄の暗殺だ。自ら戦地への配属を願い出てフェルゼンは十二の年に初陣を飾り、戦乱の中、兄を葬った。

正妃の息子であった兄は、尊大な上に傲慢な性格で、ある意味父に一番よく似ていた。顔立ちは勿論、ものの考え方まで。だからこそ、積極的に他国への侵略を進めていた。血気盛んと言えば聞こえはいいが、実際には頭を使うよりも力に訴える、王の器ではない人物だった。

取るに足りないと思っていた弟に背後から弓矢で射られた兄は、死の間際いったい何を思っただろう。

知る術はない。知りたくもない。呪うのなら、呪えばいい。そのために、人任せにはせず、フェルゼンは自分自身の手を汚した。

次に次兄へ送りこんだのは、戦乱で夫を亡くし、娼婦に身をやつした結果、不治の病にかかってしまった女性だった。彼女はもう先がない自分を使ってくれと涙ながらに懇願してきた。夫を死地に追いこんだ第二王子が憎いと、美しい顔を歪ませた姿が忘れられない。

あの恨みは、王家に連なるフェルゼンへも向けられたものだ。決して他人ごとではない。粛々と受けとめて、治療も延命も拒否する彼女を見送ることしかできなかった。半年後、病が悪化した次兄は命を落とし、女はその数か月前に静かに息を引き取ったと報告を受け、フェルゼンはひっそりと花を手向けた。

国が乱れているにもかかわらず、民の血税を使い暢気に外遊を楽しんでいた三番目の兄には、橋から落下してもらった。もともと放蕩者《ほうとうもの》として知られていた男だったので、酔って悪ふざけがすぎ、溺れ死んだと発表されても、疑問を抱く者はいなかったらしい。その場に、十四になっていたフェルゼンがいたなどと、考える人間は誰一人いなかった。

気が弱く卑屈だった四男は、少し脅しをかけるだけで簡単に壊れてくれた。大人しく隠遁してくれていたのなら、そこまで追いこむつもりはなかったが、愚かにも王位に色気を持つ宰相に取りこまれたから、双方完全に排除するより他に道がなくなってしまった。

もしも、もう少しこの兄が賢かったのなら、フェルゼンは彼を王として立て、支えることを選んだかもしれない。しかし気が弱いことと、人がいいことは同義ではない。弱者であるが故に、姑息な手段を辞さない者もいる。保身のため、他者を貶め裏切って平然としている輩には、とても国を任せる気にはなれなかった。

年々身体が弱っていた父王が斃れたのはこの後。フェルゼンが十二の頃から少しずつ食事に混入させていた毒薬が、ようやく全身に回ったらしい。毒物に耐性を持つ身体——この点だけが、紛れもなく自分と彼が親子である証と感じられたのは、皮肉としか言えない。

実の父親が死んで、フェルゼンは少なからず衝撃を受けた。悲しかったからではない。驚くほど何も感じなかったからだ。自分の中には、一つの悲哀も生じてはおらず、むしろ

『やっと逝《い》ったか』と冷淡な感慨しか湧いてはこなかった。

十五歳になったばかりの少年の面影を残したフェルゼンは、自身の乾ききった心に失笑していた。干からびた精神では、涙一粒溢れてこない。この空っぽの哀れさはどうだ。痛みも、後悔も、何もない。

家族を手にかけると決めた時点で、フェルゼンもまたとっくに死んでいたのだ。

唯一対立したくないと願っていた五番目の兄は、王位継承権を正式に放棄して自ら王宮を去っていった。たぶん、彼はフェルゼンが何をしたのか、薄々察していたのだと思う。別れ際、ひどく悲しい眼をして、生涯を神に捧げ罪を償うと言っていた。

おそらく兄自身の咎ではなく、彼はフェルゼンのために、一生懺悔《ざんげ》するつもりだったのだろう。とても優しく、弱い人であったから。

思慮深く聡明な人格者ではあったが、理想と現実の狭間で苦しみ、国や民を捨て神に救いを求める脆《もろ》い人でもあった。

六番目の兄は、フェルゼンが手を下す前に自滅していた。痴情の縺れに見せかけようとしていた矢先、女癖が悪い彼は遊びで付き合っていた令嬢に刺殺されたのだ。何とも兄らしい最期だが、フェルゼンがもっと早く行動を起こしていれば、令嬢を殺人者にせずに済んだのかと思うと、申し訳ない気持ちでいっぱいになる。

そしてフェルゼンにとってすぐ上の兄に当たる七番目の男は、ある意味最も厄介だった。

戦場に積極的に出る上昇志向の強い野心家で、ほとんど国内におらず、何よりもフェルゼンをひどく嫌っていた。

『お前だけが正しいと思うなよ』というのが彼の口癖で、事あるごとに対立していたのだ。

長兄と同じ手段を取れば、流石にこちらが怪しまれかねない。ここに至るまでの僅か数年間で立て続けに王子が命を落としているのだ。当然以前よりも疑惑の眼は厳しくなっている。

偶然、事故、自死を装っても不自然さを完全には拭えず、聡い人間ならば誰かの意思が介在していると疑念を抱くだろう。仮に戦場であっても、フェルゼンが無傷で居合わせるのはまずい。

考えた末、自らも毒矢を受け大怪我を負うことにした。

それは、一種の賭けだった。もしも自分が死に、兄が生き残るのなら天の采配《さいはい》として受け入れる。双方が助かれば新たな道を探るし、仮に二人とも命を落とした場合にはすぐ下の弟、ジュリアスを助けてくれるよう、信頼できる臣下に託してあった。

そしてフェルゼンだけが生還したのなら――――これからも迷わず修羅の道を行くと誓った。正しさなど、どうでもいい。

二度と後ろは振り返らない。父と兄の屍《しかばね》を越えて、必ず王位を手に入れる。人ではなく、獣に堕ちる。全ては、リズベルト国の民のために。

思い返せば、これは全てを放棄して逃げたがる自身への、最後の分岐点だったのだ。運を天に任せ、逃げ道を塞いだ。

そうして賭けに勝ったのは、フェルゼンだった。いや、勝敗など、最初からなかったのかもしれない。勝者であるはずの自分は、喜びも達成感も全く抱かなかった。手に入れたのは、血濡れの玉座だけ。

それから十年。フェルゼンは大勢いた父親の妃を後宮から出し、異母姉妹と弟たちも遠くへ追いやった。時機を見て不正が目に余る貴族の粛清も行い、この国は何とか息を吹き返したのだ。

今では賢王などと呼ばれている自分のことを、父や兄たち、ジュリアスとあの男はどう見ているだろう。草葉の陰で歯噛みしているのか。それとも怨嗟《えんさ》を撒き散らしているのか。

「……早く同じ場所に堕ちろと、手招きしているかもしれないな……」

可能な限り反対勢力は潰したはずだが、完璧ではない。敢えて泳がせているものも、未だにいた。彼らは事あるごとにフェルゼンを亡き者にしようと画策している。隙を見せれば弟たちを担ぎ出し、玉座を奪おうとする。

――ジュリアス……

哀れな二歳下の弟を想い、フェルゼンは眼を閉じた。もともとは気が弱い、誰かに頼らねば生きていけない人柄だった。それ故に争いを好まず穏やかな暮らしを望むような、五番目の兄に近い思想を持つ優しい男だった。

それがどこで道を違えたのか。甘言にのせられ、握ったこともない剣をとるなど、愚かな話だ。利用されたことは分かっている。本人に、どこまで事の重大さが理解できていたのかは謎だ。ひょっとしたら、最期まで騙されていたのかもしれない。

それでも、見逃すわけにはいかなかった。

隣国からの干渉が頻繁になっていた当時、とても国内で揉め事を起こしている場合ではなく、速やかに反乱の芽は摘み取らねばならなかった。多少強引だとしても、国内外に内紛が広まらないうちに、フェルゼンの手で。

そうしてまた一つ、罪を犯した。

血の繋がった弟を、この手で葬った。間接的とは言え、あの男と共に――

仕方がなかったと嘆くことは簡単だ。けれど、フェルゼンにその資格はない。少なくとも、自分自身が己を憐れむことを許せなかった。

後悔する権利を放棄したのはフェルゼンだ。

この十年間、暗殺の危機に瀕した回数は数え切れない。幾度も危うい目に遭ったが、その都度運と機転で生き残ってしまった。

王になりたかったわけではない。生きていたかったわけでもない。だが、無為に殺されるのはごめんだった。家族を手にかけてまで築き上げてきたこの国を発展させることだけが、フェルゼンに課せられた使命であり背負うべき業《ごう》だと信じていたのだ。

だから、跡継ぎをもうけるつもりは一切なかった。忌まわしい己の血を継ぐ子供など、愛せないに決まっている。生まれた子供も不幸だ。最初から、存在しない方がいい。

周囲の世継ぎを望む声から耳を塞ぎ、一切の女を遠ざけた。

相変わらず送りこまれてくる刺客に、豊満な肉体を持つ女たちが含まれるようになったのは、いつからか。それまでは屈強な男による直接的な攻撃が大半だったのに、女の武器を最大限に利用した、魅力的な肢体を晒す者たちが現れるようになった。

侍女として潜入してくる者や、貴族令嬢を騙る者、果ては一夜の夜伽として。

相手が女であっても、専門的な訓練を積んだ暗殺者に手加減するのは難しい。無傷で捕らえたとしても、全員自害してしまった。そしていつの間にか、あの不本意な噂が流れ始めたのだ。

曰く、『フェルゼン王は、夜毎処女を閨に引きこんでは、翌朝斬り殺す』。

当初はとんでもない悪評を打ち消そうと躍起になったが、よく考えてみれば丁度いいと思い直した。こんな馬鹿げた噂が流れていれば、無駄な刺客など送りこんでは来ないだろう。あわよくば国母に――という野望を抱く女も寄っては来ない。万々歳だ。

がむしゃらに突き進むうち、国は豊かになった。しかし安定するほどに、フェルゼンの虚無感は広がってゆく。もう充分ではないかと囁く声が聞こえた。

ここまで礎《いしずえ》を築ければ、あとは平穏を保てる者が国を率いた方がいい。急激な成長は、
危うさも孕んでいる。凡庸《ぼんよう》な王であっても、支え導いてくれる側近は、この十年で揃えら
れたはずだ。
だとすれば血で汚れていない弟に、この座を譲るべきではないのか。
いつしかフェルゼンを捕らえるようになった考えは、日々大きく成長していった。最近
では、適切な時期を探るほど、その思いに傾倒している。
そしてあらゆる重荷を下ろした暁《あかつき》には――
フェルゼンは、自室の窓から夜空を仰いだ。今夜は、曇っているのか星が出ていない。
分厚い雲に覆われて、仄かな光を放っているだけだ。牡羊座も、どこにあるのか判然とし
なかった。
――アリエス。
不思議と懐かしさを覚える、琥珀の瞳。
初めて寝所に彼女が現れた時は、また新たな刺客が送りこまれてきたのだとうんざりし
た。女の死に顔は見たくない。
しかし、アリエスの言動は、とても訓練を受けた暗殺者には見えなかった。一言で言う
なら、稚拙《ちせつ》だ。あれが油断を誘う演技ならばたいしたものだが、少し話した限りではとて
もそうは思えなかった。

どう観察してみても、騙されていいように捨て駒にされた愚かな娘だ。本人も戸惑っていたのか、しまいには寝物語を語るから追い出さないでくれと言い出す始末。せっかく逃がしてやろうと思っていたのに、本当にわけが分からなかった。

おそらく育ちは良い。所作や言動の端々に高い教養と身についた礼儀作法が窺えた。図太いのか、臆病なのか。大胆なのか、繊細なのか。馬鹿かと思えば知的な一面を覗かせ、不用意に人の内側に入ってこない思慮深さを持っていた。フェルゼンに取り入るつもりがあるのならもっと篭絡《ろうらく》の方法があるだろうに、距離を保とうとする。かと思えば、こちらを気遣う素振りを見せる。

一貫《いっかん》しない印象は、フェルゼンを悩ませた。

アリエスの本当の目的が分からない。単純に夜伽として差し出されたと考えるには、あまりにも怪しいし、正直信じていなかった。誰かの命を受けて動いているのは確実だと踏んでいるが、本人が隙だらけの割に背後の人物はなかなか尻尾を現さない。そうこうしているうちに、フェルゼンはいつしかアリエスに囚われていた。

監視だったはずの視線は意味を変え、ただ眼で追ってしまう。名前を聞けば、無性に会いたくなる。顔を合わせれば触れたくなった。

幾度も会話を重ね、知れば知るほど存在感が大きくなる。声を聞くと、全身に熱が回った。誰にも渡したくない。逃げ出す前に捕まえてしまいたい。日増しに大きくなる欲は、堪えることが辛くなっていた。

誰も愛さない。固めていた決意は、脆くも崩された。

彼女が子守唄を歌った瞬間、自分という存在を受け入れてもらえた気がしたのだ。たぶん、アリエスにはそんな意図はなく、機嫌を損ねたフェルゼンに許しを請うつもりだっただけだろう。けれども美しい声と優しい旋律と歌詞に、紛れもなく癒やされていた。形のない愛情というものに、包まれた錯覚を抱いたのだ。

不愉快な話を口にしたアリエスへの怒りがあったのは、否定しない。だがそれ以上に心が欲し、フェルゼンは眼前の花を手折ってしまった。

後悔などとは無縁であったのに、この時ばかりは自分の行いを深く悔やんだ。

まさか彼女が純潔だとは思っていなかったのだ。だが、嬉しかったのも事実。アリエスの最初の男が自分であると知り、みっともなく溺れてしまった。

フェルゼンにとって女と言えば、一番に頭に浮かぶのは母の姿だ。美しいということが唯一にして至上の取り柄であった、弱い人。自分がいかに不幸であるかに執心して、息子に与えてくれたのは恨み言ばかりだった。

『お前がもっと早く生まれてくれれば』『可愛げのある子供であったなら』どれもフェルゼン自身にはどうしようもない理由で責められていた過去は、叶うなら消してしまいたい。

最期は一向に通ってこない夫を悪しざまに罵りながら、母は儚くなってしまった。

――ああ、そうだ。初めて人を殺したのは十二の頃じゃない。もっと前――生まれた時点で既に、私は母の精神を殺していたのかもしれない……。

ゆっくり時間をかけて身体に巡る毒のように。年月と共に対象者を蝕む残酷な毒。一度口にしてしまえば、もう完全に取り除くことなどできやしない。フェルゼンこそが、父や母、兄弟たちにとっての劇薬だった。

「……アリエス」

今度は声に出し、己に禁忌を破らせた娘の名を呼ぶ。口内で甘く蕩ける不思議な音。

おそらく平板ではない生き方をしてきただろうに、貪欲に未来を見据えて前に進もうとする彼女は美しい。自分には決してできない生き方を選ぶアリエスを、眩しく思った。思い返してみれば、あの琥珀の瞳に魅了されたのだ。怒りや憎しみを生命力に変えることができる、強さとしなやかさを湛《たた》えた眼差しに。

現状を変えようとしてあがくという意味でフェルゼンと生き方は似ているが、似て非なるものだ。彼女は生を見つめ、自分は死を見据えている。

無意識のうちに、憧れていたのかもしれない。手の届かない夜空へ、懸命に手を伸ばし続けるように。星の輝きを名前に持つ彼女は、地表に転がる岩でしかないフェルゼンには眩しすぎる。仰ぎ見ているだけで、満足していればよかった。そうすれば、今更惑うこともなかっただろう。

けれどもアリエスは、自分には思いつきもしなかった意味と価値を教えてくれた。呪いに等しかった大嫌いな名前が、アリエスの一言で極上の宝物に変わる。もしかしたら本当に、両親からの深い愛情と願いがこめられた贈り物ではないかと思えたのだ。

幻想でも良い。大事なのは、彼女がくれた世界だ。

灰色だったものが色づきだし、今や眩しいほどに煌めいている。

――あと少しで、全て終わりにできるのに。

信じた道をひた走るには、自分と対照的な生命力に満ち溢れたアリエスは障害でしかない。分かっていても手を伸ばさずにはいられなかった。フェルゼンは己の脆弱《ぜいじゃく》さを唾棄《だき》し、奥歯を噛み締める。

不意に、かつて見殺しにせざるを得なかった臣下の言葉が聞こえた気がした。

『陛下、どうか悔やまないでくださいね。私の犠牲で貴方を守れるのなら、本望です。喜んで奴らの罠に嵌まりましょう。その代わり、必ず賢王におなりください。そしていつか嵐がすぎた後、私の家族を守ってくださいますか』

あの最期の願いさえ、自分は叶えてやれなかった。まだ子供であった十二歳の頃からこれまでずっと、最も頼りにしてきた人間なのに、表立って庇ってやることさえできなかった。

何の力も持たない子供のフェルゼンに、初めて協力を申し出てくれた彼。信用ならない魔物が跋扈《ばっこ》する城内で、男は人のよさと有能さで父の暴虐を諫《いさ》めつつ、上手く世渡りをしていた。眼に見えて頭角を現していたわけではない。どちらかと言えば、目立たない貴族の一人であった。

しかし、控えめな態度は全て緻密な計算の上に成り立ち、虎視眈々《こしたんたん》と本当に仕えるべき主を見定めていたのだ。

そして選ばれたのは、フェルゼンだった。

だが、そんな信頼に応えてやれなかった我が身が呪わしい。何もできず手をこまねいている間に彼の奥方は心労から病を得て亡くなり、一人娘は今も行方不明だ。己の不甲斐なさにフェルゼンは拳を握り締めた。

かつて、特に実績も後ろ盾もない自分に何故協力する気になったのかと、男に問うてみたことがある。あの時彼は何と言っていた？　照れた笑みを滲ませ、自慢げに語っていなかったか。

『私には、愛する可愛い娘がいるのです。彼女に、より良い世界を与えてあげたい。争いがなく、言いたいことが口にでき、なりたいものになることが許される、飢えのない美しい世界を――フェルゼン様ならば叶えてくださると、私の人生を賭けることにいたしました』

確かあの時自分は『親にそこまで愛されて、幸せな娘だな』と答えた覚えがある。一瞬眼を見張った男は、ほんの少し悲しげに、瞳を細めた。

『私の娘はまだ五歳ですが、愛情の意味を知っています。今はどうしようもない我が儘な悪戯っ子なので難しいですが、いつかフェルゼン様にお目通りできればいいですね。その時は、私の娘を可愛がっていただけますか？　きっとフェルゼン様を笑わせてみせると思いますよ』

思い出は、色褪せることなく鮮やかだ。

それ故に、傷口から血が止まらない。罪の意識が癒えることもない。フェルゼンが生きていることそのものが罪悪だ。

まだ、もう少し――だが全てが終わったその時には。

待ち望んでいたのは、自分を殺してくれる人間。くだらない暗殺者の手にかかるのは屈辱だが、アリエスにならー――

そこでフェルゼンははっと気がついた。自分の中にある、無意識の願望に。

フェルゼンは死神を待ち侘《わ》びている。愛しい女の姿をした永遠の眠りを。

◇◇◇◇◇

アリエスは、メイラに連れられフェルゼンの部屋の前に立っていた。自分だけで大丈夫だと告げ、一人になってから数十分。扉の前で逡巡している。

ノックしようと上げた手を、もう何度下ろしただろう。固めたはずの決心は、跡形もなく崩れていた。

――いつまでも迷っていたって、仕方ないじゃない。こんな時こそ、飛びこむのよ。

大きく息を吸い、今度こそと意気込む。だが。

「――さっきから、何をしている。用があるのなら、入ればいいだろう」

前触れもなく内側から扉が開かれ、室内で腕を組んだフェルゼンが顎をしゃくった。

「や、夜分遅くに申し訳ありません。フェルゼン様。どうして私だと気づかれたのですか」

「長々と居座られれば分かる。だいたい、誰にも咎められずにこの部屋に近づけた時点で、選択肢は限られるだろう。そもそも不審者なら、気配くらいは消してくる」

「……ですよね」

全くその通りで、ぐうの音も出ない。アリエスが所在なく佇んでいると、彼に再度入室を許可された。

「どうした？　お前から自主的に訪ねてくるなんて初めてだな。……ああ、最初の夜は準備万端で待っていたのだっけ」

「そ、その件は忘れていただきたいのですが」

今夜のアリエスは、いたって常識的な服を着ている。思い返せば、まともな格好でこの部屋に入ったのは初めてかもしれない。数々の淫らな布——もとい服を思い出し、思わず赤面してしまった。

「あんなに強烈な登場をしたくせに、難しいことを言う。——それで？　今夜は何をしに来た？　体調はもう大丈夫なのか」

「はい。あの……少し、お話をさせていただきたくて」

アリエスは希望が叶えられるまでは絶対に部屋を出て行かないという決意を漲《みなぎ》らせ、フェルゼンを見上げた。彼は苦笑して椅子を指し示す。

「座れ」

「失礼いたします」

何とか追い返されずに済んだことに安堵して、アリエスは腰かけた。しかし、会話の糸口が見つからない。何から切り出せばいいのか分からず、しばし眼が泳いでしまう。彼はその間、じっと待っていてくれた。

フェルゼンの様子があまりにも普通で戸惑う。ひょっとして、宴の夜のことはアリエスの夢だったのではないかと思うほど、彼は落ち着き飄々《ひょうひょう》としていた。だが沈黙の中そっと窺えば、フェルゼンの眼の下にうっすらと隈《くま》が浮いている。

「フェルゼン様、あまり眠っていないのですか？」

「ああ……最近、多忙なせいだな」

――私と毎晩閨を共にしていても、平然としていたのに……

むしろ今の方が休む時間は取れていると思う。だが疲労感を滲ませた彼を目の当たりにし、アリエスは大きく息を吸いこんだ。

「お疲れのところ、申し訳ありません。――先日のことをお聞きしたくて」

組んだ指先に力をこめ、迷っていた瞳に光が宿る。

問わなければならない。今こそ。

「宴のあった夜――私の部屋でした会話は、一つも覚えていらっしゃいませんか？」

勇気を振り絞って、声を出した。返答次第で何もかもが変わる。答えを待つ時間がひどく長く感じられたけれど、実際にはほんの数秒だっただろう。フェルゼンは特に動揺した様子もなく、首を傾げた。

「この前も言ったと思うが、一切記憶にない。私は何かお前にしてしまったか？」

信じても、良いのだろうか。いや、信じたいとアリエスは思ってしまった。全部幻だったのだと、思いたい。けれども、微かな瞳の動きが彼の嘘を物語っていた。

「もし、面倒をかけたのなら――」

「……殺してくれ、と乞われました」

彼の動揺は、刹那のものだった。おそらく他の人ならば騙せたかもしれない。表情にも態度にも出てはいない微妙な変化。浅くなった息遣いと、増えた瞬き。たったそれだけ。それでも、何も見逃すまいとするアリエスには伝わった。

――やっぱり、あれこそがフェルゼン様の本心なの……？

どうしても認めたくない思いが、アリエスの思いこみである証拠を探そうとする。フェルゼンはすぐさま柔和な仮面を貼りつけて、何事もなかったようにこちらを見返してきた。しかしそれこそが、逆に彼の嘘を直感させる。悲しすぎるフェルゼンの本心を。

「お前の、聞き間違いだろう。あの直後にアリエスは倒れたのだから、やはり相当疲れていたのだな。無理をさせてすまなかった」

フェルゼンはアリエスに打ち明けてくれる気がないのだ。彼にとっては、自分など気まぐれで手をつけたにすぎない存在。重要ではない。簡単に切り捨てられる程度の繋がり。たまたま、傍に置いただけ。

察してしまった瞬間、アリエスはもう一つ別のことにも思い至ってしまった。

自分は、フェルゼンがアリエスにならば胸のうちを晒してくれるのではないかと、心のどこかで期待していたのだ。少しくらいは、彼にとって特別になれたのではないかとうぬぼれていた。

共に過ごした時間は短くても、距離が近づいた気がしていたからこそ、フェルゼンを信じたいと願ったのだと分かる。

それら全てを否定された気分で、アリエスは顔を歪めた。

「……先王やお兄様たちを立て続けに亡くされたのは、不幸でしたね。もしも私が僅か十五歳で一国を治めなければならないのだとしたら、眩暈がします」

押し殺したアリエスの言葉に、フェルゼンの呼吸が一瞬止まる。

あえて鋭い物言いを選んだのは、彼の内面に近づきたかったからだ。初めて肌を重ねた夜のように、どうか本当の姿を一端でも見せてほしいという願いをこめ、アリエスはフェルゼンを見つめる。けれど、彼はさりげなく視線を逸らした。

「運命だと割り切るしかない。他に、役目を担う者はいなかったからな……」

当たり障りのない返答。欲しいのは、そんな取り繕った答えではない。醜くても、身勝手でも、本当の彼自身だ。

今更アリエスに壁を作るのなら、最初から冷たい人で居続けてほしかった。楽しいやりとりも穏やかな時間も、情熱的な夜もいらない。そうすれば、こんなに苦しむこともなかったのに。

どうしたら、フェルゼンの心に触れられるのだろう。悔しくてもどかしくて、アリエスは大きく息を吸った。

「では……もしも過去に戻れたとしたら、フェルゼン様はどうしますか？　同じ選択をしますか？」

「……アリエスこそ、どうする？　違う生き方を選ぶのか？　分岐点に戻れたのなら、お前は別の道を行くのか？」

質問に質問で返され、はぐらかされた。

過去に、後悔や辛いことが一つもない人間などいない。誰しも、きっと何かを抱えている。勿論アリエスにもやり直したいことはいくつもある。けれども。

「私は……どんなに辛いことが溢れていても、『今』の全てを否定したくはありません。悲しいことや悩みは沢山ありましたが、嬉しいことや楽しい出会いもあったんです。それら全てがなかったことになってしまうのであれば、元に戻りたいと本気で願うことはできない……仮に、誰かを裏切ることになっても……」

一言ずつ慎重に選びながら紡いだ内容は、嘘偽りないアリエスの本心だった。確かにただのキャンベル伯爵令嬢だった頃に戻りたい気持ちはある。今でも毎朝、全ての悲劇は夢だったのではないかと期待しながら目覚めるのだ。悪夢から覚めることを日々待ち望んでいる。

だが、もしもこの一年と数か月が全部なくなってしまうのかと思うと、『嫌だ』と叫ぶアリエスがいた。

辛く苦しかった暗黒の毎日の中で、輝くものもあったから。

普通の貴族令嬢では知り得なかった、労働の楽しさ。家や身分のしがらみがないビビとの友人関係。何よりも、フェルゼンとの出会い。

　それらをひっくるめて、無駄だったとは思いたくない。価値があるかないかは、アリエスが決める。もしかしたら、家族の名誉と命ではつり合わないものかもしれない。それでも何もなかったゼロに戻されるのは、望みたくなかった。

　上手く伝えられないもどかしさを抱え、アリエスは彼を見つめた。どうか、届いてほしい。一言でもいい。フェルゼンの幾重にも隠された心の奥底へ。そして死にたいだなんて、嘘だと笑ってほしい。

「……お前は……本当に私とは全く違うものの見方をする。それが眩しくて――同時に疎ましい」

「え……」

「アリエスの眼にしている世界は綺麗すぎて、私には息が苦しくなる。泥の中でしか生きられない魚は、清流では死んでしまうだろう？　それに、似ている」

　拒絶されているのだと、言動の端々から伝わってきた。逸らされた彼の瞳は、こちらに向けられることはない。

「フェルゼン様、私はそんな大層なものではありません」

「いや。私とお前は相容れない存在だ。だからこそ――」

　何かを言いかけて、彼は口ごもった。ふ、と自嘲の笑みをこぼし、小さく首を振る。

「……後悔して救われるのなら、いくらでもする。嘆いて、取り戻せるものがあるのなら。だが仮定の話は意味がないな。――アリエス、何か聞きたいことがあるのなら、はっきり言ってくれ」

そろそろ眠りたいと告げられ、会話の終了を示される。フェルゼンの世界から弾き出されそうになったアリエスにはもはや、婉曲に探る余裕などなくなっていた。今、はっきりと問わなければ、たぶん二度とこんな機会は巡ってこない。もう闇に呼ばれることすらなくなる予感がした。

夜が深まる。一日の終わりがやって来る。生者と死者が交じり合う時間帯、人の心は最も脆く弱くなる。寂しさを持て余し、均衡を崩すことを、アリエスも知っていた。

「……では、遠回しに聞くことはやめます。フェルゼン様は、死にたいと思ったことがありますか？」

「……」

彼はまたしても動揺を表情に出さなかったが、ほんの微かに詰まった呼吸と、上下する喉仏で充分だった。言葉より雄弁に、フェルゼンの瞳が語っている。答えは『然り』だと。

この部屋に来るまでの間、アリエスはずっと考えていた。自分がどうすべきなのか。何が正しいのか。

両親を亡くした痛みと恨みは、今も傷となって鮮血を流し続けている。この先、何十年経っても癒えることはないだろう。それでも、復讐という手段で楽になれるとはもうどうしても思えなかった。

きっと、手を汚した瞬間、新たな苦しみに囚われる。愛する人を殺めて、のうのうと生きてはいかれない。幸せになれるはずもない。いくら恩のあるエリオットの命令でも、今のアリエスに頷くつもりは一切なかった。

だが、ほかならぬフェルゼンの願いであったのなら？

彼のために自分ができること。それはたった一つしかないのではないか。もとより、傍に置いたのも期待されていたのもたった一つのことを実行させるため。

何故なら彼自身、その結末を望んでいるのだから。

フェルゼンは、生きることを願っていない。

アリエスは瞳を伏せ、服の下に忍ばせた小瓶に触れた。

「――喉が渇きました。お水をいただいてもよろしいですか？」

「あ、ああ……」

背中を向け、水差しからグラスに水を注ぐ。一口飲んだ後、アリエスは静かに小瓶を取り出し、一滴垂らした。無色透明の液体は、すぐに跡形もなく混じり合う。匂いもない。

振り返り、琥珀の瞳を瞬かせた。

「私の父は、事故で死にました。それだけならば、私は今でも母と一緒に父を悼《いた》む可哀想な令嬢でいられたでしょう」

「火災で亡くなったワース男爵のことか？　養母も同じく巻きこまれたのではないのか。実母は、もっと以前に命を落としたと聞いているが」

脈絡なく語りだしたアリエスに、彼は怪訝な顔をした。それはそうだろう。これまでの創作物語とはわけが違う。アリエス自ら、自分のことを話すのはこれが初めてだった。しかも仮の身分ではなく、本当の――キャンベル伯爵令嬢としての身の上だ。

フェルゼンには知っていてほしい。いや、知るべきだと思う。

「……そういうことに、なっていましたね。……ええ、でも本当は事故ではなかったそうです。だから私は、両親の無念を晴らそうと決めたのです」

苦しく吐かれた自分の声が、鼓膜を震わせた。グラスに残った水が静かに波立つ。

「アリエス……？」

「――私の本当の家名は、ワースではありません。私の名前はアリエス・キャンベル。少し前まで我が家は伯爵位をいただいていました。……今はもう、跡形もありませんけれど」

もしかしたら何の反応も示さないかと思っていたフェルゼンは、大きく眼を見開いた。その様子に、アリエスは彼が父を覚えていることを確信する。

「……お前が、キャンベルの……？」

「父を、ご存じですよね」
ギリギリと胸が痛い。これ以上、聞きたくない。知りたくない。できることなら、耳も眼も塞いでしまいたかった。しかし無情にも、アリエスの口は勝手に動き続ける。真実を求めて。
「フェルゼン様、貴方が私の父を死に追いやったのですか？」
彼の眼差しが、微かに揺れた。動揺が示す答えは何なのか。読み取ろうとしてアリエス
は瞬きもせずに凝視する。違うと、否定の言葉を吐いてほしい。馬鹿馬鹿しいと罵られて
も構わない。とにかく勘違いだと告げてくれないか。
熱望を乗せた視線は、受けとめられることなく逸らされた。
「……そうか。だから初めてお前を見た時、どこか見覚えや懐かしさを感じたのだな……
最初は髪の色が違ったから、結びつかなかった。だが、こうして見れば……なるほど、よ
く似ている」
憎しみや怯えではない色が、フェルゼンの瞳によぎる。その意味を汲み取ろうとして、
アリエスは一歩彼に近づいた。
「父は大罪を犯す人間ではありません。教えてください、本当のことを。フェルゼン様が
手を下したのではありませんよね……っ？」
求める返事は一つだけ。たった一言で事足りる。アリエスは手の中のグラスを握り締め、

彼の唇が動くのを待った。

いくら愛しい人の願いを叶えるためであっても、あと一歩踏み出す勇気がない。いや、立ち止まる理由をアリエスは求めていた。違うとさえ言ってくれたなら、一生をかけてフェルゼンを説得できる。自分に彼を殺す理由が一つもなくなれば、あらゆる手を使って全力で死を思いとどまらせてみせる。何の憂いも含みもなく、フェルゼンの傍にいられる。

願いは一つ。否定の言葉をアリエスは希《こいねが》った。

フェルゼンはじっとアリエスを見つめた後、微かに口の端を震わせた。それはたぶん、他の人間ならば気がつかない程度の変化。無表情に近いもの。けれど、アリエスにとっては残酷なほど雄弁な反応だった。

「父がジュリアス様を支持したからですか……？」

「――いいや。これだけは言っておく。お前の父は、罪を犯してなどいない。悪いのは、全て私だ。キャンベルの死に関する責任は、私にある」

至近距離で互いを見つめ合い、他には何も眼に入らなかった。相手の一挙手一投足を見逃すまいと、瞬きすら制限する。言葉はなく、全身全霊で全てを汲み取ろうとしていた。

くしゃりと、アリエスの表情が崩れる。今にもこぼれ落ちそうな滴を睫毛に絡ませ、強く唇を噛み締めた。何か言いたくて口の端を震わせるのに、息を乱すばかりで声にならない。グラスを握る手に力をこめすぎたのか、白く筋が浮いていた。

もどかしい。気持ちが上手く伝えられない。彼の心に響いていない気がする。上面をなぞる会話にアリエスは声を荒らげた。

「どういう、意味ですか……っ、はっきり教えてください」

「そのままの意味だ。私が、キャンベルを殺した。だから、お前の憎しみは甘んじて受けよう」

フェルゼンの視線が下に落ちる。注がれた先は、アリエスの持つグラス。彼は強張ったアリエスの手ごとグラスを包みこんだ。

「……喉が渇いた。貰ってもいいか？」

「……っ」

毒を盛っても、それをどうやってフェルゼンに飲ませるかは考えていなかった。いや、本気で飲ませるつもりだったのかと問われれば、答えに窮《きゅう》する。ぐちゃぐちゃに乱れた心と頭では、正しい解答など見つけられるはずもない。おそらく、運を天に任せたかったのかもしれない。

これは命を懸けた問いかけ。そして今、アリエスは負けたのだ。

指が凍ったように動かなくなってしまったアリエスの手から、グラスが離れる。無色透明の液体が、グラスの中で禍々《まがまが》しく揺れた。

その瞬間、アリエスの中に渦巻いた感情に名前はつけられない。ただ一つだけハッキリしているのは、フェルゼンにとって自分は取るに足らない存在であることだけだ。内面を晒すことも、真実を語る価値もない。『他人』でしかないことだった。

眼の前に堅牢な壁を築かれたと感じる。決して乗り越えることも崩すこともできない心の城壁。張り巡らされたものの名は、『拒絶』だ。

彼がグラスを口元へ運べば、間もなく全てが終わる。何もかも、無に還る。憎しみも、悲しみも、愛情も。

――全部なかったことになるの……？　これで、おしまい？　結局私は何一つ成し遂げられなかった……お父様とお母様を救うことも、家を存続させることも。大切な人を守ることも。だって私はフェルゼン様にとって一緒に生きようとは思ってもらえない、無価値な人間だったんだもの。それならせめて、彼の望みを叶えて特別な存在になりたい……

無力感に苛まれ、アリエスはぼんやりとフェルゼンを見つめた。グラスを持ち上げた彼が口をつける寸前、こちらへ微笑む。この場に不釣り合いなほど、鮮やかに。

「ありがとう、アリエス。今まで傍にいてくれて。今後のことは、何も心配しなくていい。……忘れていい。身勝手な告白だと、嘲笑《あざわら》ってくれ。――アリエス、お前を愛している」

「……えっ？」

信じられない言葉に驚いてアリエスが正気に返れば、今まさにフェルゼンが水を呷《あお》るところだった。透明の液体が、一気に流れ落ちる。彼の口内へと。

「駄目ぇえッ！」

フェルゼンの唇に水が触れる寸前、アリエスはグラスを弾き飛ばしていた。床に叩きつけられたグラスが木っ端微塵に砕け散る。彼の指先を濡らしただけの水滴は全てこぼれ、二人の足元へ広がった。

「アリエス……？」

叩いた手が、痺れを伴って痛む。アリエスは俯いたまま全身を戦慄かせた。

「ど……して……っ、フェルゼン様、分かっていましたよね？　これに毒が入っていると、最初から気づかれていたでしょう。何故、飲もうとしたのですか？　そんなに死にたかったのですか……っ？」

涙がぼろぼろとこぼれる。視界は歪み、彼の顔さえよく見えない。ただ、こちらを見ていることだけは、何となく捉えられた。

客観的に考えれば、おかしな話だ。毒を混入したのはアリエスで、フェルゼンは飲もうとしただけ。責められるのは理不尽でしかない。

それでも、アリエスの中には確信があった。彼は、毒が入っているのを理解した上で、飲もうとした。それが、絶対に許せなかった。

ただの道具として見られていたのなら、まだ許容できる。けれどもし少しでも心を傾けてくれていたのなら、欠片でもフェルゼンの心にアリエスの居場所があるのなら、話は別だ。勝手においてて逝くなんて、認めない。

「……お前が、くれたものだから」

「……え？」

瞬きで涙を振り払えば、至極穏やかな表情でフェルゼンが答えた。さも当たり前の事実を述べるように、気負いも何もない。真正面から合わせた視線は真っ直ぐアリエスへ注がれていた。張りつめた空気の中、彼の唇が弧を描く。

「アリエスがくれるものならば、喜んで口にする。以前も言っただろう？　お前から手渡されたものならば、たとえ猛毒であっても甘んじて受けると」

ガンッと頭を殴られた心地がした。アリエスの胸のうちはめちゃくちゃで、自分が今何を感じているのかも分からない。ただ、大きな塊が詰まっている気がする。苦しくて痛みを伴う、熱い重石《おもし》が。

「……っ、馬鹿げているわっ……だったら、誰かがフェルゼン様の命を狙っていたら、どうするおつもりですかっ」

「他の誰かなら、受け入れない。だが、アリエスだから……お前だから、仮に命を落とすと分かっていても拒むことなどできない」

「おかしいでしょう……、そんなこと……」

膝から崩れ落ちたアリエスは、床に座りこんでいた。真っ赤になった両眼から溢れた涙が、幾筋も頬を伝って流れ落ちる。割れたグラスの破片も気にせず手をつこうとすると、フェルゼンに抱き起こされていた。

「危ない。怪我をしたら大変だ」

「今は、そんなことを言っている場合ではないでしょう……私は、貴方を殺そうとしていたのですよ？」

「知っている。最初から分かっていた」

きっぱり暗殺宣言をしたのに、彼は笑って受け流す。そのままアリエスは運ばれ、ベッドの上に下ろされた。

「――――アリエスが生きていてくれて、本当に良かった……秘密裏に人を使って捜していたが、一向に足取りが摑めなくて、ずっと気がかりだった」

「私を捜していた……？　どうして？」

「キャンベルとの、約束だったから」

彼の言葉が理解できず、混乱する。父を殺したと認めたのに、何故約束を守ろうとするのか。そもそもどうして約束など交わしたのか。内容は？　疑問が次々に浮かんでくる。

アリエスはシーツを握り締めて、勇気を奮い起こした。

「教えてください……貴方は……本当に私の父に罪を着せ、殺害したのですか？」

「……結果的には同じことになってしまったのだから、言い訳はしない。弟のジュリアスが私に反旗を翻《ひるがえ》した当時、背後には誰かがいた。裏で糸を引く者を炙《あぶ》りだすために、キャンベルは動いてくれていたが、相手の罠に嵌まったのだ。庇えば、こちらにも火の粉が降りかかる巧妙な策だった」

「つまり、私の父は謀反の首謀者ではないのですね？　それなのにフェルゼン様は、父を見捨てたのですか……っ？」

　気持ちが悪い。眩暈もひどくなる。けれどアリエスは真相を求めて大きく息を吸った。直接手を下していなかったとしても、父を見殺しにしたのならわだかまりは残る。せめて詳しい理由を聞かなければ、到底納得などできるわけがなかった。

「……時間をかけて充分調べれば、策略であると証明することはできた。だが、時間が惜しいとキャンベルは言った。自分の犠牲で私を守れるのなら、本望だと。当然そんな選択はできないと突っぱねたが、お前の父は――自ら命を絶った……」

「父は……自殺だったのですか……っ？」

　それが事実だとしたら。アリエスの父は命を懸けてフェルゼンを守ったことになる。それだけの意味や価値があると考えたからに違いない。

　だが家族としては、どうしてもっと自分たちのことを考えてくれなかったのかと恨み言の一つも言いたいし、せめて本当のことを告げて逝ってほしかった。

――ああ……だから『約束』なのね……

きっと父は自分の亡き後、妻と娘が困窮することを分かっていた。だからこそフェルゼンに頼んだのだ。計算違いだったのは、予想よりも早く親族たちにむしり取られて家が潰れてしまったこと。アリエスがもっとしっかりしていたのなら、持ちこたえている間にフェルゼンから救いの手が伸ばされたに違いない。

――全ては私が不甲斐ないせいで……お母様も守れなかった……

アリエスはようやく辿り着いた真実に愕然とした。エリオットが語ったこととは随分違うけれど、たぶん、フェルゼンの言葉が正しいのだろう。あるいは、信じたいのかもしれない。自分が彼に復讐する必要はないと、納得したかった。――フェルゼンに、生きていてほしいから。

「――アリエス、よく聞け。目的を達したら、夜のうちに逃げろ。贈った宝石類は換金しても足がつかないものだから安心していい。いざとなったらメイラを頼れ」

「……え？」

ベッドに座るアリエスの前にいつの間にか膝をついていたフェルゼンが、下から見上げてくる。手を取られ、彼の両手に包まれた。

「何、を？」

「やっとアリエスにしてやれる償いが見つかった」

微笑む彼の瞳が見つめるのは暗がり。アリエスを通り越して、ずっと先――死を見ていた。フェルゼンが、こぼれた水の中から大きめの硝子片を取り上げる。鋭く尖った先端が光を反射し、奇《く》しくもそれは毒を纏っていた。アリエスが混入したものによって。

「時期尚早かと思っていたが、お前と過ごす時間から去りがたかっただけかもしれない」

フェルゼンはアリエスの手に破片を握らせ、息を吸い、目蓋を下ろした。動けずに呆然としていると、包みこまれたアリエスの手ごと彼の首へ切っ先が押しつけられる。

触れたフェルゼンの肌から、脈動を感じた。生者の体温と、呼吸による動きも。生々しいほどに、彼は生きてここにいる。けれど、望んでいるのは永遠の眠りだ。

アリエスの手で、終わりにしてくれと懇願されていた。それこそが、償いであると信じているから。

「これでやっと、楽になれる」

「……っ、勝手なことを言わないでください！」

強く振り払ったアリエスの指先から硝子片が飛び、壁に当たって更に砕けた。痛いのは、手ではない。胸の中にざっくり切り裂かれた傷痕が刻まれていた。

「黙って聞いていれば、狡《ずる》いことばかり！　言い訳くらいしてください。私が聞きたいのは、取り繕ったお伽噺じゃないわ。知りたいのは本当のことです！」

鼻息荒く言い放ったアリエスは、ベッドの上で膝立ちになりフェルゼンの胸倉を掴んだ。

身の内から溢れるのは、怒りだ。どうしようもなく腹が立って仕方がない。勝手に決めてアリエスを除け者にする彼が、憎らしくて堪らなかった。

「フェルゼン様は、父を陥れようともしていないし、手を下してもいないのですよね？」

「違う。私に協力などしなければ、キャンベルは命を落とすことはなかった」

「……それは、フェルゼン様のせいじゃないではありませんか……！」

絞り出されたアリエスの声は掠れていた。軋む心情がそのまま音になったように、切なく消える。何の効力も持たない虚しい言葉。人の心一つ動かすこともできない無力な音。

「私の、咎だ。最後まで……守れなかった」

「だから、娘の私に償うと？」

「ああ。せめて、アリエスの憎しみを晴らさせてやりたい」

「――――嘘吐《つ》き」

耳に心地いい台詞は、さも他者のためであるかのように甘い。だが実際は。

「私のためなんかではありません。フェルゼン様の、勝手な願望でしょう。ご自分が楽になりたいからと言って、私を理由にしないでください」

自己満足でしかない。責任転嫁《てんか》も甚《はなは》だしい。

アリエスのためと謳いながらも、フェルゼンの中に自分はいない。少なくとも、彼の意思決定に影響を及ぼしてはいないとアリエスは思った。何もかも独りよがりで残酷な優しさだ。何故ならフェルゼンが見ているのは彼自身。そこにアリエスは微塵も介在していなかった。

「償うと言うのなら、私のために生きてください。そして傍にいると誓ってください。私は、貴方の死を望んではいません」

「……沢山の人間を殺めた。親や兄弟……キャンベルも」

アリエスは引きかけるフェルゼンの身体を、胸元を摑んだまま引き寄せた。女一人の腕力などたかが知れている。彼ならば、振り解くことは容易《たやす》いはずだ。しかしフェルゼンはされるがまま、至近距離でこちらの視線を受けとめていた。

「悪いことをしたと思っているのなら、隣にいてください。勝手に決着をつけて終わりにしようとしないで。精一杯、生きようとしてみせて……！　それとも、私に愛している人を殺めた後悔を、一生背負わせるつもりですか」

どんっと、と胸を叩けば、一瞬フェルゼンの呼吸が止まった。アリエスは立て続けに拳を振るうが、どれも攻撃とは言いがたいほど力が籠っていない。本当は縋りつきたいのを隠し、握り締めた小さな手は小刻みに震えていた。

「……そんなつもりは、なかった」

「つもりがなくても、同じことだわ。少しでも私を大切に思うのなら、もっと尊重してください。まずは私の希望を聞いて！　フェルゼン様が背負う苦しみなら、押しつけなくても一緒に支えてあげますよ……！」

　はっと、息を呑む音が聞こえた。涙で霞《かす》むアリエスの視界で、彼は瞳を揺らしていた。

「……すまない。私は、自分と同じ苦しみを、お前に背負わせようとしたのか……？」

　恐る恐る、彼の両腕がアリエスの背中に回される。これまでどちらかと言えば強引だったフェルゼンからは想像もできない弱々しさで、抱き寄せられていた。だが震える腕がじりじりと輪を縮め、苦しいほど強く拘束される。――いや、縋りつかれていた。

　――ああ、やっと届いた。

　そのこめられた力の強さこそが、彼の心にアリエスの想いが届いた証明だった。これまでどんなに言葉を尽くしても、どこか手応えがなかったのに、今はきちんとフェルゼンが向き合ってくれている気がする。同じ場所に立ち、誠実に耳を傾けてくれていると信じられた。ずっと触れたくて仕方がなかったものに、今アリエスは包まれていた。

「……許されるだろうか。私が未来を夢見ても」

「どうしても罰を受けたいのなら、償わせて差し上げます。だから――」

　細い指がフェルゼンのシャツを摑む。

「どうか、私と一緒に死に物狂いで生きてください」

「ふっ……随分な言いようだ。もう少し、柔らかい表現はできないのか」

「だって……生きることは戦いですよ？　正直、毎日元気に生活しているだけで、私は褒めてもらいたい時があります」

辛いことは、これから先も無数にあるだろう。それでも、アリエスは生にしがみつく。

幸せになるために。そして、大好きな人を幸せにするために。

だから笑い合い、キスをする。祈りをこめて、共に生きることを誓う。

幸福な口づけは、今までのどのキスよりも、甘く優しかった。

7. 覚悟

「では、行ってくる。私が帰るまで、大人しく待っていろ」

「行ってらっしゃいませ」

額にキスを受け、アリエスは腰を屈めてこちらを見つめるフェルゼンに微笑んだ。今日の彼は、北部で行われている治水工事の進捗状況を視察することになっている。戻りは、三日後の夜になるだろう。

見送るアリエスに名残惜しそうな視線を向け、彼はもう一度強く抱擁を求めてきた。

「ちょ……フェルゼン様、皆が見ています」

「大丈夫だ。見ていない」

場所は王宮と後宮を繋ぐ扉の前。周囲には、彼の護衛や門番、メイラとビビたち侍女がいる。確かにフェルゼンの言う通り、全員察して眼を逸らしてくれているが、見えていないわけではないと思う。実際、純朴《じゅんぼく》そうな護衛の一人は頬を赤らめていた。

「だ、駄目です」

恥ずかしがるアリエスを無視して、彼は更に熱烈な抱擁を加えてきた。つむじや耳、頬から唇へと無数のキスが落とされる。その上メイラの咳払いなどお構いなしに、アリエスの身体を弄ってきた。

「も、もう出発のお時間でしょう！」

「アリエスと三日も離れるのかと思うと私は辛くてたまらないのに、お前は平気なのか」

拗《す》ねた様子を装いつつ、フェルゼンがこちらをからかっていることは明白だ。羞恥で真っ赤になるアリエスを見て、楽しんでいるのだ。形のいい唇が、意地の悪い弧を描いている。

お互いの心のうちを曝けだした夜から五日。二人の関係はまた変化を見せていた。今度は寝物語要員でも、単なる夜伽の相手でもない。身体だけでなく、心が近づいたことを強く感じる。今は愛妾だが、それも間もなく変わる予定だ。

「帰ったら、キャンベルの無実を正式に証明する。やっと証拠が全て揃いそうだ。併せてアリエスの身分も回復できる。待たせてすまなかった」

「ありがとうございます……！」

アリエスがキャンベル伯爵家の令嬢として胸を張って生きられるようにすると、彼は約束してくれていた。それがもうすぐ果たされるのだ。アリエスは喜びで震える胸の前で、手を組み合わせた。

「これでお父様も報われます。本当にありがとうございます、フェルゼン様」

「礼には及ばない。遅くなって本当にすまなかった」

真摯に謝ってくれる彼に、アリエスは小さく首を振る。もう恨みも憎しみも抱いていない。むしろ申し訳なく思っている。以前のアリエスは自分の心を守るためだけに、碌に現実と向き合ってこなかった。エリオットの言葉に踊らされ、己の頭で考え判断する義務を放棄していたのだ。そうしている方が、楽だったから。父は歴史を例にして、自らの眼で本質を見抜く大切さを教えてくれていたのに。

だがもう間違わない。どんなに辛い真実や過去でもきちんと背負ってゆく。これからは、二人で幸せになるために生きると決めたのだ。

「気をつけて……」

たとえ数日でも、別れがたいのはアリエスも同じ。人目は気になったが、そっとフェルゼンの手を握った。

「お帰りになられるのを、心待ちにしています。ですから道中、お気をつけて」

昨晩、アリエスはエリオットについて彼に打ち明けていた。色々複雑な思いがあるが、あの男に恩義を感じているのも嘘ではない。もしもあの時エリオットに出会わなかったら今自分はここにはいないし、どこかで野垂《のた》れ死んでいるか、父の死に関する真実を知ることもなかっただろう。フェルゼンと巡り合う機会も得られなかった。だから、出会いそのものが無駄であったとは決して思っていない。しかし、父の件で騙され憎悪を植えつけられていたことも、事実だった。

「どこで誰が危害を加えてくるか分かりませんから……」

「刺客を送りこまれるのは、慣れている。私ならば大丈夫だ。アリエスの方こそ警備は強化しておくが、気をつけろ」

いつアリエスがエリオットを裏切ったと判断されるかは不明だ。しかし、役に立たないと断じられれば、きっと何らかの手を打ってくるだろうと予測できた。何せアリエスはあの男の顔を知っている。直接面識がある者を、放っておくとは思えなかった。

「私が思いつく限り、『エリオット』という名前に該当する人物はいない。長身で細身の、白髭を蓄えた年配の男なんて、該当者が多すぎて絞りこむことは難しい。だから特定するにはまだ少し時間がかかる……充分、身辺に気を配れ」

やはり『エリオット』は偽名であったらしく、あの宴の場に出席していた中にも、当て嵌まる人間はいないと言う。アリエスは不安を募らせつつ、深く頷いた。

「はい。この後宮から出ません。たぶん、ここ以上に安全な場所はありませんから」

外部から侵入することは、ほぼ不可能だ。だとすれば、持ちこまれる物品に気をつけていれば大抵の危険は回避することができる。

「そうしてくれ。では、行ってくる」

今度こそ視察に向かうフェルゼンを見送って、アリエスはほっと息を吐いた。

「朝から、仲睦まじくて何よりです」

「ビビ……！」

一見真面目そうに言いながらも、ビビの口元は笑いを噛み殺していた。ニンマリと半月状になった眼と唇に、面白がっている色が隠しきれていない。

「か、からかわないで」

「滅相《めっそう》もない。お二人が仲直りされたようで、安心しました」

フェルゼンを冷たい人間ではないかと批判していた彼女も、アリエスが幸せそうにしていることで認識を改めたらしい。今では、より親密になった二人の関係を誰よりも喜んでくれていた。

「ビビさん、お喋りはその辺で。アリエス様、私は本日届いた荷物の確認をしてまいります。先にお部屋へお戻りくださいますか？」

「ええ。ビビといるから、問題ないわ」

極力一人にならないよう、フェルゼンから注意されている。アリエスはメイラと別れ、ビビと二人で歩きだした。

「……心配してもらえるのはありがたいけれど、皆に余計な仕事を増やしているようで申し訳ないわ」

ただでさえ人手不足感が否めない後宮だが、不用意に人を増やすわけにもいかず、現在でも実質メイラとビビの二人でアリエスの世話をしてくれている状態だった。

「私なら体力に自信はあるし、問題ありません。いずれアリエス様が正式に王妃になられれば身元が確かな使用人も増員されるでしょう。あと少しの辛抱ですよ」

「お、王妃って……気が早いわ」

「またまた。時間の問題でしょう？」

赤くなるアリエスを、ビビが肘《ひじ》で突く。メイラがいないので、気安いやりとりが交わされた。束の間、ただの友人として笑い合う。

「ありがとう、ビビ……私、貴女がいなければ心が折れていたかもしれないわ。感謝しているの」

「急にどうしましたか」

これまで面と向かって礼を述べたことはない。けれどアリエスにとって、侍女ローズとして働いていた頃から、ビビの存在は何気ない日常を思い出させてくれる大切なものだった。復讐に凝り固まることなく精神を保てたのも、明るい彼女の人柄のおかげだと思う。

「一度、ちゃんと言いたかったの。貴女は私の友達だから」

アリエスはひと気のない回廊で立ち止まって、はっきり告げた。キャンベル伯爵令嬢として何の憂いもなく生活していた時にも、友人と呼べる人はいた。けれどそれらは過去形だ。全員、アリエスに背を向けて立ち去ってしまった。だから、身分など関係なく、損得勘定をしないビビとの関係がこの上なく大切に思える。後宮で再会できた時は、本当に嬉しかったのだ。

「考えてみれば、以前友達だと信じていた人たちは、私個人ではなく、家や財産と付き合ってくれていたのね。だからそれらがなくなってしまえば、離れていって当然だったわ。あの頃は恨みもしたけれど……他に私自身の価値がなかったんだもの。腹を立てるのは筋違いよね」

何の疑問もなく、与えられるものを享受していた無知なアリエス。全てをなくしてみて、初めて昔の自分の甘さに気がついた。

「でもビビは状況が変化しても変わらない笑顔を向けてくれる。どれだけ救われたか……改めて実感したの」

同僚から主と使用人という立場になっても、本質的なところで彼女は態度を変えずにいてくれた。親しみをこめて名前を呼び、アリエスのために憤《いきどお》ってもくれた。変わらず『友人』だと言ってくれた喜びは、鮮やかに胸に刻まれている。

「いやだ、そんなふうに言われたら照れてしまいますよ。でも、アリエス様は男爵家の隠し子だったのですよね？　火災の後に人が離れていったのですか？　ただでさえ傷ついているところに、ひどいですね」

「えっ、あ、それは」

しまった。設定を忘れていた。アリエスはすっかりキャンベル伯爵家のことを脳裏に描いて話をしていたが、ビビにはワース男爵家の娘として説明している。しどろもどろになりながら、アリエスはこの場を取り繕った。

「そ、その後引き取られた先で色々あったのよ……ね、ねぇビビは？　貴女はどんな子供時代を過ごしたの？」

「私ですか？」

彼女はパチパチと大きな瞳を瞬かせた。

「聞いてもつまらないですよ。国境付近の山沿いにある村で生まれて……成り行きで王都に来た感じです」

「え？　では随分遠くから来たのね。大変だったでしょう？」

リズベルト国の山と言えば、隣国との間に立ち塞がる険しい山脈のことだ。王都からはかなり距離があるし、以前は山賊が出ると噂され治安のよろしくない場所だった。

「はい。とても貧しかったです。毎日食べるものもない生活でした。だから私、一生懸命働いて絶対に裕福になろうと決めたのです」

「そうだったの……苦労したのね」

普段のビビからは想像もできない話に、アリエスは驚いていた。どちらかというと華やかな雰囲気を持つ彼女は、てっきり生まれも育ちも都会だと思っていたからだ。いくら下っ端侍女であっても、何の学も推薦もない娘が簡単に潜りこめる仕事ではない。相当努力してきたのだろうと想像できた。

「とても頑張ったのね……」

「まぁ、お金になることは何でもしてきましたよ」

「その経験が役立って、今があるのね。メイラは陰で貴女のことをよく褒めているのよ」

「ええ？　いつも口うるさく怒っている印象しかないのに？」

大袈裟に顔を顰めたビビに笑ってしまう。二人で額を合わせて、ふざけて肩をぶつけ合った。勝負は見かけによらず力強いビビの圧勝だったが、負けたアリエスにも悔しさはない。

「ふふ……こんなふうにじゃれ合える友人なんて、初めてだわ。本当にビビと出会えて良かった。どうもありがとう」

「大袈裟だわ……でも、こちらこそありがとうございます。アリエス様」

照れたように彼女がはにかむ。アリエスも気恥ずかしくなって、ビビに背を向けた。

「これからも、どうぞよろしくね」

「ええ、勿論。――――と言いたいところですが、ごめんなさい」

「……え」

背後から伸びてきた手に、アリエスは口を塞がれていた。

いったい何が、と考える前に吸いこんだ空気がツンと鼻を焼く。何らかの薬品を染み込ませた布が当てられているのだと気がついた時には、全身から力が抜けていた。

「……ぁ、あ……」

女性とは思えないほどの力でビビに支えられたので、床に倒れこむことは免れたが、他人のものになったかのような足には、全く力が入らない。アリエスは混濁する意識の中で、必死に彼女を振り返った。

「無理に動かない方がいいわ」

「ど……し、て……」

「本当にごめんなさい。仕事だからとしか言えないかなぁ」

いつも通り、ほがらかな笑顔で微笑むビビからは、悪意など微塵も感じられなかった。のんびりと落ち着いた仕草で、アリエスの身体を引き摺ってゆく。その手際の良さは、とても素人とは思えない。瞬く間にアリエスが知らない使用人口まで運ばれてしまった。

「私もね、実は貴女と同じ。あの方の命令で動いていたのよ。まぁ、私の任務はアリエス様の監視だったんだけれど……気がつかなかった？」

「エリ……オットさん、の……？」

「そうよ」

連れこまれた場所は物置の中だった。雑多な室内で、彼女は準備されていた侍女服にアリエスを着替えさせる。

「全部……嘘だった、の……？」

気さくに話しかけてくれたことも、心配し、友人だと言ってくれたことも全て。騙されていたことよりも、ビビの言葉が偽りだったと思う方が悲しかった。アリエスの瞳に、涙が滲む。何もかも、利用し近づくための方便だったのか。

「……今更、こんなこと言っても説得力がないと思うけど、アリエス様――ローズのことは嫌いじゃなかったよ。健気で可愛いなぁって、妹を見守る心境だった。だから遠回しに、私には気をつけろってメッセージを送っていたんだけどね……残念ながら、貴女には伝わらなかったみたい」

着替えさせられ、仰向けに横たえられたアリエスの横に座った彼女は、軽く肩を竦めた。その仕草は、他愛ない雑談をしていた時のように気負いがない。とても、薬で他者の自由を奪う人間とは思えなかった。

「エリオット様からの指令書が、間違って私の部屋に届いていたって渡したでしょう？そんなはずないじゃない。あの用心深い男が初歩的な失敗をするはずがないわ。あれでも精一杯、貴女に注意喚起していたつもりだったのよ」

上手く声が出せず眼を見開いたアリエスを、ビビが覗きこんでくる。乱れていた金の髪を、彼女はそっと直してくれた。

「ローズは根が善良すぎるわ。とても暗殺者なんて向いていない。私でさえそう思うのに、エリオット様も何を考えているのかしらね。……もっとも、そんな貴女だから、私も傷ついてほしくないと思ってしまったのだけど……」

「ビ、ビ……」

「他にも、宴の夜ローズが倒れる前に廊下でぶつかったでしょう？　おかしいと思わなかった？　私は会場の片づけをしてから貴女のところへ行く途中だったと言ったけど、方向が真逆じゃない。それ以外にも色々。そもそもいくら私だって、顔を碌に見たことがない髪の色も違っている人を、声だけで識別するのは難しいわよ。いっそ不信感でも抱いてくれたらと願っていたのに、やっぱり貴女は私と違って汚れ仕事が向いていないわ。人を、信じすぎる」

　飄々としていた彼女の声音が、僅かに翳《かげ》った。伏せた睫毛を震わせ、アリエスの頬を撫でる指先は少し冷たい。

　アリエスはビビを疑ったことなど一度もなかった。初めて出会った頃はこちらの都合などお構いなしで話しかけてくる、やや面倒くさい人だと感じていたが、純粋に、気の良い友人だと信じていたからだ。

　アリエスの頬を伝った涙を、彼女は丁寧に拭ってくれた。

「……ごめんね。私には養わなきゃならない家族がいるの。と言っても、全員血は繋がっていないけどね。皆、戦災孤児。私が一番上だから、どんな汚い仕事でも弟妹のためなら引き受けるのよ」

毅然《きぜん》と言い切ったビビに、迷いはなかった。アリエスとは違う覚悟を、彼女も抱えていたのだと悟る。

「後宮勤務はお給料も悪くないし、できることなら私もこのまま続けたかったけど……現実は甘くないわね。犬は飼い主を裏切れない」

どんどん思考が霞がかっていく中で、アリエスは必死に拳を握り締めた。掌に喰いこむ爪の感触が、遠退きそうな意識を繋ぎとめてくれる。今、気を失ってしまえばきっと大変なことになってしまう。眠るなと懸命に己へ言い聞かせ、アリエスは強く瞬きした。

「ローズったら、結構強力な薬を嗅がせたのに、頑張るのね。眠ってくれた方が、貴女にとって楽なのに……仕方ない。用意もできたことだし、移動しようか」

ビビはアリエスを背負うと物置の外へ出た。向かう先は、後宮と城を繋ぐ回廊だ。

「色々考えたけれど、入るのは難しくても、出るのは何とかなるのよ。それに貴女の顔を見知っている者が少ないのも幸いだわ。いつも陛下の護衛を務めている男たちは全員視察に同行しているしね。だから、私は突然倒れた同僚を医務室に運ぶ侍女ってわけ」

彼女の背中で揺られていると、ますますアリエスの目蓋は下りてきた。規則正しい振動が余計に眠気を誘う。虚脱していた右手をどうにか動かし、アリエスはビビの腕を摑んだ。

「……フェルゼン様を……狙っている人の正体は……」

「知らない方が、長生きできることもあるわよ、ローズ」

まるで幼子にするかのように身体を優しく揺すられ、アリエスの意識は暗闇に溶けていった。


眼が覚めた時、最初に視界へ飛びこんできたのは見事な天井画だった。羽ばたく天使たちが、中央に立つ男に祝福を与えている。あれは――

「お目覚めかな？　アリエス」

聞き覚えのあるしわがれた声が、すぐ傍でした。

「エリオットさん……」

宴の夜は仮面で顔を隠していたので、直接対面するのは随分久しぶりだ。一見品の良い紳士は、アリエスが横になっているベッドの横で、椅子に腰かけていた。

「ここはっ……？」

反射的に飛び起きたアリエスは、激しい眩暈に襲われた。吐き気を伴う頭痛もあり、すぐに枕へ突っ伏す。

「まだ薬が抜けきっていないだろうから、横になったままで構わない。ほら、天井画が素晴らしいと思わないかね？　あれは初代リズベルト王が神の使徒に祝福されている場面だ。彼は溢れる才気と人望で国を纏め上げた。上には兄がいたが、そちらはとんでもない暗愚だったそうだ。生まれた順番で優秀さは決まらないという証明だな」

どこか誇らしげに語る彼は、長い脚を組み替え、改めてアリエスに視線を落とした。灰色の眼が、冷たく細められる。

「君の働きは途中までは良かったが、まさかこの期に及んで裏切るとは思わなかったぞ。フェルゼンも酔狂なことだ。自分を殺そうとしていた女を、未だに手放さないとはね」

「……お父様の件は……っ、嘘だったのですね」

意識をなくす前よりは、舌が滑らかに動く。アリエスは浅い呼吸を繰り返しながら、素早く周囲を窺った。

――ここはどこ？　私は攫われたの？

見たことがない部屋に寝かされていることは分かる。しかし場所がどこだかは判然としなかった。窓から望む景色も、木々が見えるばかりで特定の材料にはならない。ただ、さほど時間は経っていないのか、まだ昼間の陽光が差しこんできていた。だとすれば、城からあまり離れた場所ではないはずだ。あくまでも、日を跨いでいなければ、の話だが。

「嘘を言ったつもりはないな。フェルゼンも自分のせいだと語ったのではないか？」

エリオットが白い髭を揺らし、芝居じみた仕草で手を広げる。どこか人を見下した態度に、アリエスは不快感を覚えた。

「わざと真実を歪曲して伝えるのは、嘘と誇《そし》られても仕方ないと思います。――貴方は、いったいどこの誰なのですか……っ？」

アリエスが寝かされていたベッドは、とても上質なものだ。それに、広い室内と荘厳な天井画、見事な調度品は、どれも相当金がかかっている。つまり、ここはかなり地位が高い者の屋敷ではないのか。

「やれやれ。過剰な好奇心は身を亡ぼすぞ。その点ビビは分を弁えた良い娘だ。長生きするにはああいうしたたかさを持っていないと」

「……っ！　そうよ、ビビはどこっ？」

アリエスを裏切った相手ではあるが、室内に姿が見えず心配になる。どうにか身体を起こそうともがいていると、音もなく現れた彼女が支えてくれた。

「……ここにいるわ」

「ビビ！　良かった、無事だったのね……」

「自分を騙していた女にずいぶんおめでたいことを言う。そういう愚かな純真さにあの男は惹かれたのかな？」

エリオットの嘲《あざけ》りには耳を貸さず、アリエスは彼女の手を取った。確かに自分を陥れた張本人だが、意識を失う前に見せてくれた気遣いの全てが、嘘だとは思えない。いや、思いたくなかった。ビビの言葉の端々には、エリオットに従属するのは本意ではないと感じられたし、守りたいもののために己を押し殺している気がしたからだ。

表に見えるものだけが真実の全てではない。

「本当、お人好し……」

馬鹿にしているのではない言い方で、彼女は顔を歪めた。泣いているようにも笑っているようにも見える。それでもアリエスの手を振り解こうとはせず、されるがまま動かずにいてくれた。

「――――エリオットさん、貴方の目的はフェルゼン様の命ですか？　でしたら、もう私はお断りします。貴方の言いなりにはなりません」

助けてもらった恩はある。だが、従うことはできない。これまでアリエスに使った金を補填《ほてん》しろと言われたら、一生を賭けて返すつもりだ。アリエスはハッキリと拒否を示した。

「やはり肝心なところで素人は甘さが出てしまうな。もっとも、私も本気で君に期待していたわけではない。隙を見せないフェルゼンの気を、多少逸らせればという思いつきだ。だから結果としては、大成功だよ。今やお前こそがフェルゼンの弱点だ」

蛇のように鋭くなった彼の瞳が、嫌な湿度を伴ってアリエスを舐め回した。ゾッと背筋が粟立ち、喉が干上がる。思わず仰け反った身体は、ビビにぶつかっていた。

「わ、私をどうするつもりですか」

「餌になってもらう。君は、実の弟が反旗を翻しても揺らがなかったフェルゼンが、初めて見せた『例外』だ。丁重に扱わせてもらおう」

どうやらエリオットの狙いは、アリエスに暗殺を促すことでも、裏切り者を処分することでもなかったらしい。だからと言って安堵などできない。むしろ、最悪の状況だった。

「私を囮《おとり》にしようとしても、無駄ですよ。あの方は一人の女のために無茶をしたりしないわ」

声を震わせながらも、アリエスは眼前のエリオットを睨みつけた。怖くて堪らなかったが、彼に利用されたくはない。何より、愛しいフェルゼンの足を引っ張りたくはなかった。やっと彼が、未来を向いてくれたのに。

「君は自分の価値が分かっていないらしい。まぁ、私にもよく分からないがね。しかし幼い頃から冷めた子供で、玉座以外何事にも執着してこなかったアレが初めて求めた女だから、何か特別なものがあるのだろう」

完全に馬鹿にした口調で、エリオットは瞳を眇めた。込められたものは、嘲りと侮蔑《ぶべつ》。

「アレですって？」

国王に使う言葉とはとても思えない。あまりのぞんざいさにアリエスは眉を顰めた。しかも、まるで昔からフェルゼンをよく知っているかのような口ぶりだ。

「貴方は……」

エリオットと室内を、再び注意深く観察する。仕立ての良い服。財力を窺わせる調度品。掃除の行き届いた室内。その中で、壁に飾られた一枚の絵に、アリエスの眼は引きつけられた。

若い頃のエリオットだろうか。厳しい顔立ちで前を睨みつけるようにして立っている。長く均整の取れた手脚は変わらない。今でも整っている容姿は、かつては尚更女性たちの視線を集めただろうと想像できた。だが、アリエスの意識に引っかかったのは、そんなことではない。

絵の中の青年の胸に輝く紋章。どこかで見た覚えがある。とは言え、キャンベル家と付き合いがあった貴族のものではない。さほど昔ではなく、つい最近。あれは、いつ、どこでだった？

パラリとアリエスの頭の中で本を捲る音が聞こえた。革張りの装丁が施された大きなもの。箔押しされた立派な表紙を開き、描かれていたのは――

「先代国王の……弟君……？」

深緑を基調に描かれた、鷹と蔦。勇壮でありながら優雅な、装飾に富んだ紋章。メイラに持って来てもらった本の中にあったものを思い出し、アリエスは眼を見開いた。

「……ほう。よく勉強しているな。無数にある紋章を全て覚えているのか？」

エリオット――先代王弟ロベルトの瞳が猛禽《もうきん》のごとく輝く。その表情の変化で、アリエスは正解を引き当ててしまったことを悟った。

「な……何故、今更こんなことをしても、貴方に王位は……」

代替わりした今、万が一フェルゼンが世継ぎを残さずこの世を去っても、次の継承権は彼の弟たちにある。リズベルト国では世代が代わった時点で、王弟たちは権利を失う決まりになっていた。だから継承権がロベルトに転がりこむことはない。不測の事態が起こらない限りは。

「一人も息子がいなくなり、かつその子供が一人も生まれていなければ、失われた継承権が復活するのだよ。色々勉強しているようだが、知らなかったのかね？」

「まさかっ……」

アリエスの背中に悪寒が走った。フェルゼンの弟ジュリアスの死。謀反を起こそうと画策し、結果命を落とした。フェルゼンの残る弟たちはまだ、二人とも成人していない。当然結婚もしていないし子供もいない。つまり、近いうちに後継者を残す可能性があったのは、フェルゼンの他にはジュリアスだけだった。

「貴方がジュリアス様を……っ？」

「もう少し役に立って引っ掻き回してくれるかと思ったが、残念だ」

冷酷な笑みを刷いた唇が紡ぐのは、猛毒だ。肯定も否定もされたわけではない。けれども、ロベルトの言動から充分すぎるほど分かってしまった。アリエスの父が裏で糸を引いていたと言われていたことの真実は。

「全て、貴方の仕業だったのね……」

何も知らずにアリエスは騙されて、あまつさえ父の仇に利用されていた。絶望感が胸に巣くう。怒りが眩暈を凌駕《りょうが》して、アリエスは彼に摑みかかろうとした。

「駄目よ」

刹那、背後からビビに羽交い締めにされた。もがこうにも、がっちり押さえこまれて動けない。顔を真っ赤にして暴れるアリエスに、ロベルトは冷笑で応えた。

「この状況で、君に勝ち目があると思うのかね？　女は感情で動くから困る」

「離して！　ビビ、お願い！」

「できない相談だわ。今の私の雇い主は、あの方だもの」

的確に関節を拘束され、一向に振り解けない。息を弾ませるアリエスとは対照的に、ビビは少しも呼吸を乱してはいなかった。明らかに、特殊な訓練を受けていることが察せられる。

「ふふ……良いことを教えてあげよう、アリエス。君はこの女に友情を感じているようだが、所詮は金で動く輩《やから》だ。これが素人と玄人の違いだよ。君が最後まで身につけられなかったものだ。よく学ぶといい」

傲慢な物言いには吐き気を覚えた。紳士の仮面の下から覗く下品な本性にアリエスはギリギリと歯嚙みする。こんな男に騙され操られていた自分の愚かさと、両親への申し訳なさとで、涙が溢れてきた。

どうしてもっと早く現実を見据えなかったのだろう。きちんと眼を開き耳をそばだてていれば、フェルゼンがどんな人物なのか見誤ることはなかったはずだ。時間を無駄にして、彼を危険に晒すこともなかった。悔しくて情けなくて全身が震えだす。

「あの人は……フェルゼン様は玉座の重みをよく分かっていらっしゃるわ。それでも尚、背負おうとしている！　だからこそ、今の平和と豊かさがあるのに、貴方にはそんな理想があるの？」

先代の王が即位した頃、侵略戦争を仕掛けることに没頭していく彼を、諌めるものはいなかった。国の重鎮にも、大勢いた弟妹たちの中にも。立場上、何も言えなかったのかもしれない。けれど、保身を図って口を噤んだのなら、黙認したも同然だ。困窮する民たちより、彼らは意見できる地位にいて、義務があったはずなのだから。

「ご自身の責任を果たそうとしましたか？　身を削ってでも、より良い国を築こうと努力されたことがありますか？」

先代国王の時代にも、従わないものは数多く粛清されたらしい。だから王の血を引く証である紋章も、かなりの数が継ぐ者をなくして絶えている。だがロベルトは今ここにいて、何不自由ない暮らしをしている。それはつまり、義務を果たさず権利だけを享受してきた証拠に他ならない。

「何の覚悟も理想も抱かず、ただ権力が欲しいだけなら、貴方に玉座に座る資格はない！」

「煩い！　私は奪われたものを取り戻そうとしているだけだ。本来、私こそが王に相応しかった。それを、僅かひと月先に生まれたというだけで……！　資質も人望も私の方が優れていたのに！」

初めて感情を露わにした老人は、眼を血走らせながら叫んだ。その瞳は何かを呪うように遠くを睨みつけている。ロベルトが見ているのはアリエスではなく、たぶん過去——既にこの世にはいないフェルゼンの父親だけを凝視していた。

「長子が継ぐなどとは、後からこじつけられた言い訳にすぎない。本当は、一番優秀なものが国と民を導くべきだ。初代リズベルト国王がしたように！」

「それが、貴方だと言うのですか？　だったら何故、もっと以前に行動しなかったのですか。本当ならばフェルゼン様のお父上の時代に、声をあげるべきだったでしょう？」

後からならば、どうとでも言える。安全な場所からの意見など、戯言に等しかった。理由があって声を潜め、時期を待っていたのならば理解できる。または、恐ろしさで萎縮してしまっていたのなら。しかしロベルトがしていたことは、暴君に追従して民を苦しめただけ。何年も。何十年も。これまでずっと。その上で今更昔の恨みと王位への野心を思い出したのだろう。

　そんな身勝手な我欲と野望に父親は巻きこまれて命を落としたのかと思うと、アリエスの視界は怒りで真っ赤に染まった。

「許せない……！　お父様がどんな気持ちでフェルゼン様を支え守ったと思っているのですか？　お母様がいったいどれだけの屈辱と悲しみを受けられたか……！　玉座は奪われたわけではありません。もとより、貴方が相応しくなかっただけよ」

「何だと……っ、この、小娘が」

　ロベルトのこめかみに青い筋が浮かんでいた。アリエスは彼の逆鱗に触れたらしい。だがもう口は止まらなかった。全てを吐き出さなければ、腐ってしまう。胸の中に凝る泥を跡形もなく出し切ってしまわなければ、いずれアリエス自身が毒される。

「……哀れな人。お年のせいで、ご自分の出番はとっくにないことも分からないのですか？」

　だからこそ、敢えて一番辛辣《しんらつ》な言葉を選んだ。

「この私に、何という口の利き方を……っ」

　憤怒のあまりブルブルと震えだしたロベルトの瞳に、危険な光が宿る。理性が駆逐《くちく》され、激情に支配された双眸がアリエスに据えられていた。

「アレを操る駒として生かすつもりだったが、もういい。フェルゼンに、初めて欲した女を失う苦しみを味わわせてやるのも悪くはない。――ビビ、この娘を殺せ。そして精々凄惨な遺体をアレのもとに送り届けてやれ」

アリエスの身体を押さえていた彼女の腕がピクリと動いた。迷いなく、その細腕が背後から首に絡みついてくる。

「ビビ……」

「……私を恨まないでね」

耳朶に、彼女の吐息を感じる。甘い匂いが微かに香った。アリエスの首に圧力がかかる。息が詰まり、苦しさを感じたのは一瞬。

「――契約を違えるな」

この場で、聞こえるはずのない声が響いた。

「なッ……お前、どうしてここに……！」

慌てふためいたロベルトが立ち上がった弾みで、大きな音を立て椅子が倒れる。視線の先に立っていたのは、今朝別れた時と同じ旅装に身を包んだフェルゼンだった。しかも開いた扉の向こうには、大勢の兵士の姿もある。

「フェルゼン様……っ？」

「――いらっしゃるのが、予定よりも遅かったので」

唯一動揺していないビビがのんびりと答えた。アリエスの喉に加えられていた力は緩められ、拘束も解ける。その間に室内を突っ切ったフェルゼンは、アリエスの眼の前に歩み寄り立ち止まった。

心のどこかで、もう会えないかもしれないと覚悟していた愛しい人が、手を伸ばせば届く位置にいてくれる。それだけで、先ほどまで感じていたアリエスの恐怖心は薄れてゆく。伝う涙は、意味が変わっていた。

「ロベルト様の計画も隠れ家もお教えしたのに、何故もっと早く来られなかったのですか？」

「これでも、急いで駆けつけてきた。叔父の放った監視を全て無力化してから引き返したのだぞ。屋敷内にいる大勢の用心棒も片づけ拘束しなければならなかった。しかも可能な限り物音を立てず、だ。無茶を言うな」

「それにしても、期待外れです」

不満げに鼻を鳴らしたビビは、押さえていたアリエスの手首を摩ってくれた。

「ごめんね、ローズ。どこも痛くない？」

「ど、どういうことなの……」

「簡単に言うと、私がフェルゼン様に情報を売り渡したの。エリオット様の手先だと正体を見抜かれて、私と家族の身の安全の保障を条件にね。ついでにもっと言うなら、今日から予定されていた視察は嘘よ。全部フェルゼン様の計画通りに動いたってわけ」

明るく笑うビビに、アリエスの思考がついていかない。目を白黒させていると、激昂したロベルトが大声を張り上げた。

「貴様っ、私を裏切ったのか!?」

「端的に表現するならその通りですが、ご自身でもおっしゃっていたでしょう。『所詮は金で動く輩だ』と。お忘れですか？　私は常に金払いの良い依頼を優先します。今回、フェルゼン様からはロベルト様が支払われる報酬の約三倍を提示されましたので、仕方ありませんよね。しかもこちらの方がずっと仕事が楽なんですもの。内容はアリエス様をお守りすることだけ。迷うまでもありません」

悪びれもせず言い放ったビビは大きく伸びをした。

「フェルゼン様、これで私は自由ですね」

「ああ。ご苦労だった」

「うふふ。また何かご用の際は、よろしくお願いいたします」

「ま、待て！　では私はその倍を支払う！　もう一度私の命令を聞け！」

立ち去ろうとする彼女を、ロベルトが呼び止めた。さも面倒そうに振り返ったビビは、この上なく嫌な顔をする。

「悪いけど、依頼を受けるかどうかは私が決めることだわ。いくら金に汚い貧乏人でも、一応誇りは持っているのよ。――私たちの家族を奪った戦争を回避することもできなかった無能に、これ以上従うなんて、絶対無理」

　取りつく島もなく言い捨てたビビは、最後にアリエスを振り返った。そしてヒラヒラと手を振る。

「さようなら、ローズ。貴女のこと友達だと思っていたのは、本当よ。無謀で優しいお嬢様」

「ま、待ってビビ……！」

　出入り口を塞ぐ屈強な男たちを掻き分け、彼女は悠然と部屋を出て行った。室内に残されたのは、アリエスとフェルゼン、そしてロベルトだ。半ば呆然としていたアリエスは、フェルゼンの声にハッと視線を巡らせた。

「――叔父上、大人しく捕縛されますか？　それともこの場で自害されますか。甥として、せめて引き際は選ばせて差し上げます」

「生意気なっ……若造が！」

　本来であれば、問答無用で斬り捨てられても文句は言えない。だからこれは最大限の温情と言えた。しかしロベルトにとっては、負けを認めることこそ耐えがたい屈辱だったらしい。血走った瞳でフェルゼンを睨みつけ、その後、笑みと呼ぶにはひどく歪んだ顔をした。

「……！」

　それはあまりにも一瞬で、アリエスは動くことができなかった。ロベルトが懐から何かを取り出し、煌めくものが刃物だと気づいた時には、自分の胸の前に鋭い切っ先が迫っていた。

全身が強張る。痛みに備えて眼を閉じ、訪れる刹那の静寂。

だが、一向に想像した激痛は襲ってこない。アリエスは静まり返った中で、恐る恐る目蓋を押し上げた。

「……？　……！」

最初に眼に入ったのは、鮮烈な赤。床に、シーツにどんどん広がる不吉な色。瞬く間に面積を広げてゆくものが何であるのか、咄嗟には分からなかった。いや、理解したくなかった。

アリエスの胸を貫くはずだった刃物は、深々と肉を抉っている。ただし、アリエスを庇うために伸ばされたフェルゼンの右腕を。

「フェルゼン様っ！」

一斉に、廊下に待機していた男たちが室内に踏みこんでくる。取り押さえられたロベルトは、ひび割れた哄笑《こうしょう》を響かせた。

「ふ、ははは、予定が変わったが丁度いい。これには毒が塗ってあるぞ。掠っただけで、どんな大男も死ぬほどの猛毒がな！　フェルゼン、お前の悪運も尽きたぞ！」

「往生際が悪いですよ、叔父上」

余裕のある口調でフェルゼンは返したが、その額には早くも汗が滲んでいた。アリエスは叫びたくなるのを堪え、咄嗟にシーツを切り裂き、傷口の上部をきつく縛り上げる。

「動かないでください、フェルゼン様！」

下手に動けば、毒が早く回るかもしれない。アリエスが結んだ布も、見る間に赤く染まっていった。

「大丈夫だ。あまり触れるな。お前に被害が及んでは困る」

「そんなことを言っている場合じゃ……！」

きつく圧迫を施しても、出血はまるで止まらない。アリエスは震える手で必死に止血を試みた。毒は何だ。いっそ吸い出した方が良いのか。

「失礼します」

兵の一人が進み出て、フェルゼンの傷口を検分した。そして明らかに表情を曇らせる。

「……一刻も早く、陛下を安全な場所へお連れしろ！」

「もう手遅れだ。感謝するといい。私が本来あるべき形にこの国を戻してやるのだから！私こそ、リズベルトの王に相応しい！」

「……叔父上を――大逆人を連れて行け」

「はっ！　仰せのままに！」

老人は引き摺られていく間中、いかに自分が優れた人間で選ばれた存在であるかを叫び続けていた。その耳障りな声がどんどん遠ざかってゆく。

「フェルゼン様……っ」

出血は、依然として止まらない。彼の顔色もますます悪くなる。噴き出す汗の量は増え続け、フェルゼンの身体は震えだした。今や蒼白になった顔色は、尋常ではない。

「アリエス……」

か細く名を呼んでくれた唇は青く変色していた。力の抜けた彼の身体が、アリエスに凭《もた》れかかってくる。

「お、お医者様を……」

「手配しました。今、呼びに行かせていますので、ご安心ください」

兵の一人に告げられたが、アリエスの心を勇気づけてはくれなかった。浅くなる呼吸に冷えてゆくフェルゼンの肉体。どれもこれもが嫌な想像を掻き立てる。

もしもこのまま彼を喪うことになったら、到底生きていけない。両親を亡くした時よりも、アリエスはボロボロに壊れてしまうだろう。もう二度と、大切な愛しい人たちを自分の無力さのせいで奪われたくはなかった。

「いや……私を一人にしないでください、フェルゼン様……！　お願い置いていかないで！」

縋りつき、泣き叫ぶ。

アリエスにできることはただ一つ、愛しい人に声をかけ続けることだけだった。

エピローグ

独りぼっちの中庭は、とても寂しい。冬の気配が漂い始めた時季ならば、尚更だ。

茶色に変色し乾いた葉が、カサカサと風に吹かれて飛んでいった。

アリエスは中央にある噴水の縁に腰かけて、ぼんやりと空を見上げていた。空は生憎《あいにく》の曇天。肌寒さが身に染みる。

「アリエス様、そろそろお部屋に戻りましょう」

「ええ……でももう少しだけ……思い出に浸っていたいの」

現在使われていない後宮は、世間の騒ぎから切り離され静寂に満ちている。アリエスもここへ足を踏み入れたのは、随分久しぶりだった。

「……住む人がいないと、何だか寂れて見えるのね」

別に掃除や手入れが行き届いていないわけではないのに、そこはかとなく荒れて感じられる。空気が澱んで、まるで自分の方が入ってはいけない場所にさまよいこんだ異物に思えるからかもしれない。つい数か月前まで、アリエスは毎日ここで寝起きしていたのに、もう拒絶されている心地になった。

間もなく後宮は取り壊される。必要がなくなったからだ。その前にアリエスはよく見て記憶しておこうと思ったけれど、物悲しさを覚えただけだった。

「付き合わせてごめんなさい、メイラ。行きましょうか」

立ち上がったアリエスは、後ろ髪を引かれる思いをしながらも振り返らなかった。母の面影を重ねた中庭は、心の中にある。今度は自分の手で再現してみるのも良いかもしれない。

回廊を渡り、そこかしこにある思い出を懐かしんだ。

逃走経路を探るために入りこんだ部屋、ビビとぶつかった廊下。そして、フェルゼンの部屋へ通うために、何度も使った道。きっともう、二度とは戻らない時間。

胸が詰まる思いがして、アリエスは眼を閉じた。

「――何を感傷に浸っている」

男性の声と共に突然背後から抱き寄せられたが、驚きはしなかった。

声と気配、それに大好きな香りがアリエスの鼻腔を掠めたからだ。

「……フェルゼン様、心臓に悪いので急に登場して抱きつくのはやめてください」

「だったら叫ぶなり腰を抜かすなりすればいいものを……つまらん」

「もう……」

ロベルトに刺された後、彼は一時昏睡状態に陥った。いくら毒物に耐性のあるフェルゼンでも未知の薬物には対応しきれない。医師からは、『仮に助かっても、何らかの障害が残るかもしれない』と宣告されてしまった。

けれど、彼は戻ってきてくれた。アリエスのもとに。

ほんの少し不自由そうに右手を動かすフェルゼンの腕の中でアリエスは向きを変え、正面から向かい合う形になる。

「お前が中庭に向かったと聞いたから、迎えに来た」

「最後にもう一度、眼に焼きつけておこうと思いまして」

色々あったけれど、今ではもうどれもが懐かしく良い思い出だ。そうアリエスが告げると、フェルゼンは片眉を上げげた。

「アリエスが残しておきたいと思うのなら、後宮も中庭も取り壊すのをやめようか」

「それは駄目です。維持には経費がかかりますもの」

「……ここで、『自分がいるから後宮なんて必要ない』とか『他の女を囲うつもりか』と言わないところが、アリエスらしいな」

「それは……」

アリエスだって、嫉妬がないわけではない。むしろある。おそらく結構嫉妬深い。フェルゼンが自分以外の女性に目移りしたことがないからはっきりとは言えないが、たぶんそんな事態になれば怒り狂う気がした。こう言っては何だが、無駄に行動力はあるのだ。

「……面白くはありません」

「最初からそう言ってくれれば、もっと可愛らしいのに」

深く、濃い青に見つめられ、思わず引きこまれている隙に口づけられていた。

「フェルゼン様……っ、メイラが見ています」

「大丈夫、見ていない」

「はい、見ておりません」

後ろから慎み深い侍女の声が聞こえたが、絶対に嘘だ。いや、仮に眼を逸らしてくれていても、何が起きているのかは完全に把握しているはず。アリエスは真っ赤になって彼を押しやった。

「は、離してください」

「つれないな。アリエスは初めて、私に生きたいと思わせた人間なのに。優しくしてくれなければ、また生きる気力がなくなってしまうかもしれない」

「卑怯な言い方はしないでください」

刺された一週間後、目覚めたフェルゼンは傍らに座るアリエスを見つけ、淡く微笑んでくれた。すっかり窶《やつ》れ、顔色は悪かったけれども、その眼差しだけは以前よりももっと力強く光を放っていた。

『……夢の中で、何度も呼んでくれたな。あんまりお前が泣くから、このまま逝けないと思った……死にたくないと、心の底から願ったのは……生まれて初めてだ……』

そう呟いた彼の言葉は、アリエスだけの宝物だ。きっとこの先、何度も思い返しては、歓喜に震えるのだろう。

フェルゼンを失わずに済んだだけでも奇跡に等しいのに、更に彼はアリエスとの約束を守ってくれた。父の無実を証明し、キャンベル家を復興して身分を回復してくれたのだ。おかげでアリエスは今や堂々とキャンベル伯爵令嬢を名乗れる。ただし、半年後には家名は変わる予定だが。

約六か月後、アリエスはフェルゼンのもとへ嫁ぐ。伯爵家ではつり合いが取れないという反対意見も出たが、それは彼がことごとく退けた。キャンベル伯爵の娘であるアリエスが相手でなければ誰とも婚姻しない。子供もいらないと宣言したからだ。

他にも色々な問題が山積していたが、全てフェルゼンが解決してくれた。アリエスに求められたのは、信じて待つこと。だがそんな手放しの信頼こそ、彼が最も欲しかったものなのだと思う。

結局ロベルトは、獄中で自害した。最後まで、フェルゼンやアリエスに対しての謝罪を口にすることなく、王家の作法に則《のっと》った自死だったらしい。アリエスは詳しく知らない。知る必要もないと、思っている。

ロベルトに対する怒りや恨みは消えないし、たぶん一生抱えてゆくことになるが、アリエスは憎しみに囚われて人生を浪費するつもりはなかった。忘れられないのは事実、けれど幸せにだって、なりたいのだ。

今後も憎悪を捨てられない自分を責めず、黒い気持ちと共に生きてゆく。幸福を得るための原動力として。

「……顔を見るだけ……と思っていたが、駄目だ。我慢できない」

「……えっ？」

フェルゼンに抱え上げられたアリエスは、そのまま手近な部屋に連れこまれた。熱を帯びた瞳に見つめられ、思わず愉悦が駆け抜ける。だが、まだ真昼間だ。しかもメイラが傍にいる。

「た、助けてメイラ……！」

「仲がよろしくて、何よりです」

唯一フェルゼンを諌めてくれそうな彼女に救いを求めたが、メイラは頭を下げてアリエスを見送った。裏切り者という罵りは、閉じられた扉に遮られる。

「公務はどうされたのですか」

「ちゃんとこなしている。心配するな。だが、傷を負って倒れて以来、周囲が気を遣って積極的に手助けをしてくれるようになった。今までは一人で抱えこみすぎていたらしい。

これだけは怪我の功名だな」

ベッドの上にアリエスは下ろされ、すぐにフェルゼンが覆い被さってきた。無意識にアリエスの眼は、自分の顔の横につかれた彼の右腕へいってしまう。

「……そう心配するな。傷はもう完全に癒えている。根気強く訓練してゆけば、以前と同じだけ動かせるようになると医師も言っていただろう」

「でも……」

痛ましい傷痕は残った。しかしフェルゼンは勲章《くんしょう》だと言う。アリエスを守るために負ったものだから、誇らしいと胸を張っていた。そんな強さも優しさも、愛おしくて堪らない。

「いっそ自分が刺されていれば……と考えてしまうのです」

「駄目だ。そんなことになれば、本当に生きていられない。アリエスを守れなかったなんて、想像するだけで死にたくなる」

「フェルゼン様……」

啄《ついば》むだけのキスを交わし、アリエスは彼の背中に手を回した。同じ『死』という言葉を使っても、以前と意味はまるで違う。未来を望むからこその台詞に胸が熱くなった。アリエスは素直に身体を任せ、お互いに生まれたままの姿になる。

昼間の陽光が差しこむ中で、フェルゼンは眩いほど美しかった。

心のうちに払いきれない闇を抱えていても、アリエスのために生きることを誓ってくれた人。傷だらけになりながらも、共に歩む道を選んでくれた人。愛さずに、いられるはずがない。

　アリエスは彼の傷痕に舌を這わせ、逞しい腕に頬ずりした。

「……怒っていた割には、随分積極的だな」

「怒っていません。傷に障ってはいけないと思っただけです。だから……今日は私が」

　医師が怪我の完治を告げてからも、アリエスとフェルゼンは長い間身体を重ねていなかった。最初の頃は、毒の影響が残っていることを彼が懸念したからだ。万が一にもアリエスに害を及ぼしてはならないと思ってくれたらしい。その後は、アリエスの方がフェルゼンの身を心配して避けていた。

　そうこうするうちにお互い色々と忙しくて、ゆっくり二人きりで過ごす時間が作れなかったのだ。

　だが先ほど、抱き上げられたことでもう大丈夫だと思えた。前と変わらない力強さに、心底安堵したのだ。すると、アリエス自身も彼にもっと触れたくて堪らなくなる。境目もないほどに、身を寄せ合いたかった。

　フェルゼンを仰向けに寝かせ、アリエスは彼の身体を跨いで座り、たどたどしくフェルゼンの胸を舌で擽る。拙い愛撫でも、いつも彼が自分にしてくれていることを一所懸命真《ま》似《ね》た。

胸の頂を突き、硬くなった飾りを弾く。彼の腹が微かに波打ったことに勇気を得て、指先も使って滑らかな肌を弄った。

「アリエス……っ」

「動いては、駄目です」

上半身を起こしかけるフェルゼンを押しとどめ、頭を擡《もた》げる彼の肉杭にアリエスは手を添えた。自分から触ったことは今までない。怖々握ってみれば、硬く脈打つ感触に驚いてしまった。熱くてごつごつしているのに、先端だけは少し柔らかくて、丸みがある。

——実は、しっかり眼にしたのも今日が初めてだった。

「……っく」

アリエスが凶悪な色と形に慄き反射的に力をこめて握ってしまうと、彼は息を詰めた。

「も、申し訳ありませんっ、痛かったですか？」

「……いや、大丈夫だ」

艶めいた息を吐くフェルゼンの頬に朱が走っている。潤んだ瞳がこの上なく官能的で、アリエスの鼓動が一気に速まった。すると異形とさえ思えた屹立が、急に可愛らしく感じられる。彼の身体の一部であると実感しただけで、恐ろしげな形状にも愛着を覚えた。アリエスの手の中で時折動く様は、何だか愛らしい。

これがいつも自分の中に入り、最高の快楽を与えてくれるのかと思うと、アリエスの下腹に甘い痺れが生まれた。

　しばし無言で、どんどん大きく硬くなるフェルゼンの昂ぶりを、アリエスは手で摩り続ける。こちらの刺激に合わせて如実に変化してくれ、ちょっと楽しくなってきた。やがて透明の液体が先端から滲み始めた頃――

「……っ、もうやめろ」

「心地よくありませんでしたか……？」

　強引に彼に身体の上から下ろされ、アリエスは自分が拙《つたな》いせいでフェルゼンを満足させられなかったのだと落胆した。いつも自分がしてもらっているように彼にもめくるめく快楽を得てほしかったのだが、やはり下手だったらしい。

「……経験不足で申し訳ありません」

「馬鹿かお前は。よそで経験を積まれたら、それこそ死にたいどころか、相手の男を殺したくなる。いや、拷問の末殺さずにはいられない」

「ええ？」

「アリエスは博識で頭の回転も悪くないのに、どうも知識が偏っているな……まぁ、いい。何か面白い話を聞かせてくれ」

　いくら何でもこの状況で暢気にお喋りは無理だと言いかけたアリエスの口は、乱暴なキスで塞がれていた。驚いた拍子にぐるりと引っくり返されて、背中に柔らかなベッドの感触を感じる。

「私は奉仕されるよりも、お前が喘いでいるのを見るのが好きなんだ。ほら、早く何か語れ。命令だ」

「で、でも……ぁ、あんっ」

素早く脚を開かされて、彼の指に脚の付け根を暴かれた。まだ解されていなかったはずのそこは、アリエスの興奮を表すように、既に潤い始めている。

「可愛くて、淫らな私のアリエス。今日は美味い食事の出てくる話が聞きたい。腹が満たされると、幸福な気分になるからな」

「待っ……そんなことをされては……っ、ぁ、話なんて……！」

ぐちぐちと卑猥な音が掻き出される。そのたびに快感が高まっていった。お腹の奥が熱くなり、期待が膨れてしまう。既に淫悦を知っているアリエスの身体は、貪欲にフェルゼンの指を喰い締めていた。

「命令がきけないのか？　悪い子だな。それとも腹が減っているのか？」

「ち、違っ……」

大袈裟に奏でられる粘着質な水音が恥ずかしい。耳から侵入する淫音に、余計に官能は煽られていた。アリエスが脚を閉じようとしても、真ん中に彼が陣取っているから叶わない。それどころか気持ちが良すぎて、膝から力が抜けてしまう始末だった。

「違う？　こんなに涎を垂らしているのに？」

これ見よがしにフェルゼンが蜜に塗れた指先を示し、アリエスは羞恥で全身を茹《ゆ》だらせた。きっと、湯気も立ち昇ったに違いない。

「い、いやらしいことを言わないでください」

「これからもっと、いやらしいことをするのだぞ」

アリエスの両脚を抱えたフェルゼンが腰を進める。ぬかるんだ花弁を割り開き、彼の剛直が隘路を圧迫した。少し、苦しい。アリエスが呻くと、フェルゼンは敏感な花芽を摘まんだ。

「……は、ぁっ……」

「ああ……ずっとアリエスとこうしたかった」

耳元で囁かれる甘さに、酩酊《めいてい》しそうになる。際限なく育つ愛情の伝え方が分からず、アリエスは彼に手を伸ばした。

「抱き締めて、ください」

「勿論」

抱き起こされ、あぐらをかいた彼の上に下ろされる。自重で深く貫かれ、アリエスは爪先を痙攣させた。

「んんっ……深……っ」

「お前の顔がよく見える」

「……あっ、ぁ、あんッ……ゃ、ああ」

尻を摑まれ、上下に揺さぶられると、もう何も考えられない。後はもう、一つになる快楽に酔いしれるだけ。

「ほら、ちゃんと物語を紡いでくれ。幸せになるものがいい」

卑猥なダンスをフェルゼンの作り出す律動で踊る。当然、悠長にお喋りなどできるわけもない。口を開けばアリエスから漏れるのは、ふしだらな嬌声だけだ。だから何とか声にできるのはただ一言。

アリエスはフェルゼンの頭を搔き抱き、「愛している」と繰り返した。

「ひ、ぁあッ……おかしくなるっ……」

冷静でいられなくなる個所を重点的に捏ねられて、腹の中が熱くて堪らない。もう無理ですと泣き言を漏らすアリエスの唇とは裏腹に、腰は勝手に蠢いてしまった。溢れた蜜が彼の太腿をも濡らしてゆく。正視に堪えない淫らさは、そのまま快楽への糧でしかなかった。

「ああ、今日はお前がしてくれるのだったな。やっぱり頑張ってもらおうか。ほら、動け」

しばし動きを止めたフェルゼンが、嫣然と微笑みながら命令を下す。あともう少しで絶頂に達せそうだったアリエスは、突然のお預けに涙ぐんだ。ねだる視線を向けても、彼は一向に律動を再開してくれない。そのくせ焦らす手つきで尻の割れ目をいやらしくなぞられた。

「フェルゼン様っ……」

「何だ？　アリエスからの提案だろう。好きなように腰を振ってみろ」

そう言われても、今更難しい。すっかりできあがってしまった身体では、あと少しでも動けば弾けてしまう。切羽詰まったアリエスが、未だ余裕がある彼を追い詰めるなど不可能だった。

「……っく、ふ……ぁっ」

体内に収まった屹立の形が生々しく伝わってくる。こうして迎え入れるのは久しぶりなのに、アリエスの内側はフェルゼンを全く忘れていなかった。すぐに柔らかく解け、彼の好みに作り替えられてしまう。フェルゼンのためだけの、卑猥な女の肉体に。

「命令がきけないのか？　仕方のない奴だ」

彼に首を舐められ、たったそれだけでアリエスは軽く達してしまった。フェルゼンにしがみつき、ヒクヒクと四肢を震わせる。

隘路の締めつけに、彼は小さく息を漏らした。

「……っ、勝手にイクなんて、仕置きが必要だな」

「も、申し訳ありませっ……」

話すだけでも振動が体内に響いて、愉悦に変わる。彼の汗の匂いも、乱れた呼吸も、艶めき掠れた声も全てがアリエスを煽ってゆく。密着するフェルゼンの硬い肌から伝わる熱は、燃え上がらないことが不思議だった。

アリエスは額に伝う汗を舐め取られ、また下腹が熱く滾る。我慢できずに、拙く身を捩った。最初は前後に。慣れてきたら上下の動きも加えてみる。ぬちゅぬちゅと淫猥な水音が掻き鳴らされ、鼓膜からも理性は侵蝕された。

「ぅ、く……ぁ、あ、あんっ」

「アリエスは素直な分、覚えがいいな。だが、お前のいいところは、そこじゃないだろう？」

「ひ、ぁあッ」

感じすぎないように敢えて快感を逸らしていたことなど、彼にはお見通しだったらしい。僅かに浮かせていた腰を摑まれ、フェルゼンが容赦なく突き上げてくる。それも的確にある一点を抉られて、アリエスは全身を強張らせた。脳天まで喜悦が走り、一気に高みへ押し上げられてしまう。

「ま、待ってくださ……ぁ、駄目ぇっ……！」

これ以上されては、壊れてしまう。きっとあまりの快楽に我を忘れ、醜態を晒してしまう。怖くなったアリエスは髪を振り乱して彼に懇願した。

「やめ、フェルゼン様っ……！」

「もっと溺れるがいい。私なしでは生きられなくなるまで。ああ。それがいい。生きることに貪欲なお前が、私と一緒でなければ生きる意味を見出せなくなったら、最高の気分だ」

「そんな……っ」

もうとっくにそうなっている。

だが嬌声しか紡げなくなった口は、上手く言葉を発してはくれなかった。

ぐりぐりと奥を責められ、閉じられなくなったアリエスの唇から唾液が漏れる。繰り返されるキスの狭間で、垂れた滴は丁寧に啜られた。もう、汗なのか涙なのかさえも判然としない。夢中になって舌を絡め、互いに腰を動かした。

「ぅあ、あ……っ、また、私……っ」

「もう降参か。堪え性のない奴だな。旨い飯の出てくる幸せになれる話はどうした」

「え……っ？」

まさかまだこの状況で物語を話せと言うのか。

いつもの意地悪な冗談ですよね？　という希望をこめてアリエスは瞳を瞬いた。しかし、フェルゼンは情欲に濡れた眼をさも楽しげに細めている。

「早く話せ」

「無理を言わないでくださ……きゃぅっ」

一際荒々しく穿たれて、アリエスは子犬めいた悲鳴をあげた。肌が粟立ち朱に染まる。倒れかけた身体は逞しい彼の腕に支えられ、あまつさえ上下に揺さぶられた。

「あッ、ぁ、ああ……ん、ァあっ」

「単調な訓練よりも、こうしてアリエスを抱いている方が回復が早まる気がする。見ろ、滑らかに腕が動くようになったと思わないか」

上機嫌にフェルゼンは言ったが、アリエスには返事をする余裕など微塵もなかった。快楽の真っただ中に投げこまれ、意識を保つのに精一杯だったからだ。僅かでも気を緩めれば、わけが分からなくなってしまう。淫らに泣き喘ぐだけになってしまいそうだった。

「決めたぞ。今日から毎日お前を抱こう。時間が許す限り睦み合っていれば、あっという間に全快するに違いない」

「そ、そんな決意を固めないでくだ……ひ、ぁあんッ」

今やもう、アリエスの身体は自分のものであって自分のものではなくなっていた。誰よりも彼に知り尽くされ、自由にされてしまう。困るのは、それを本気で嫌だとは感じていないことだった。

支配されても構わない。いっそ全てフェルゼンに囚われたい。きっと生命力に満ち溢れた自分といれば、二度と彼の心が死へ傾くこともないだろう。仮に暗がりに堕ちかけたとしても、引き上げてみせると思えた。

「ん、ぅあっ……ぁ、あッ……」

「アリエス……愛している。私を生かしたのだから、後悔しても一生逃がさない」

首筋にかじりつかれた後、アリエスは半ば強引に視線を合わせられた。至近距離から据えられたフェルゼンの眼差しが、底光りしている。深い碧に引き寄せられるまま、アリエスは微笑んでいた。

「逃げられないのは、貴方の方ですよ。覚悟してください。私、行動力があるのです。もしも裏切られたら、絶対に許しませんよ？」

一瞬瞠目した彼は、次の瞬間には破顔していた。

「ああ、そうだな。普通の貴族令嬢には、暗殺者になる気概も、殺されるかもしれないと知っていて夜伽を務める勇気もないだろう。お前のように予測不能な女は、他にいないな」

晴れ晴れとしたフェルゼンの笑顔に、アリエスの胸が熱くなる。この人と、生きてゆく。これからどれだけ辛く大変なことがあっても、きっと荒波を越えていけるに違いない。心の底から、そう信じられた。

「愛しています、フェルゼン様」

アリエスは両脚を彼の胴に絡め、互いの距離をゼロにした。重なり合う鼓動が心地いい。まるで一つになれた気がする。

思わず掠れた吐息を漏らすと、体内のフェルゼンがぐっと質量を増した。

「……っ、いつの間にそんな手管を学習した？　せっかく話をさせながらたっぷり時間をかけて嬲ってやろうと思っていたのに……」

「こ、怖いことを言わないでください！」

とんでもない計画に慄けば、額に汗をにじませた彼が熱を孕んだ息を口づけとともに吹きこんできた。大きな掌に背中を撫でまわされ、快楽の水位があがる。

「……っ、ぁ、あ……もうっ……っ」

「ああ……私も限界だ」

「ふ、ぁああ……っ」

激しく揺さぶられて、アリエスの意識は飽和した。腹の奥からどっと蜜が溢れ、シーツにまで垂れて卑猥な染みを作る。淫水を攪拌《かくはん》するように掻き回され、懸命に愛しい男に縋りついた。

「フェルゼン様……っ！」

「アリエス……っ、ずっと傍にいろ……っ」

「はいっ……」

腹の中に熱液が注がれる感覚を最後に、アリエスは意識を手放した。

暗殺者になるはずが夜伽として放りこまれ、成り行きで寝物語要員となり、最終的に王妃まで上り詰めた伯爵令嬢は、王様と出会い千一夜の間に双子を含めた三人の子を産んだ。

その後も沢山の子宝に恵まれるが、国中が慶事《けいじ》に沸く中、毎回同じ祝いの花が届けられていることを知る者は少ない。

差出人の名前はなく、豪奢な贈り物の中で埋もれてしまいそうな花束は野に咲く薔薇《ばら》。添えられたカードには簡潔な一文。『お幸せに。――――私の友達へ』

それを見た王妃が嬉しそうに微笑み、背後から見守っていた王様が、『……あの女、男だったら絶対に許さん……』と忌々しげに呟くのは、また別の話。

あとがき

初めましての方も、二度目以降の方もこんにちは。

山野辺《やまのべ》りりと申します。

この度は『今日も王様を殺せない』を手に取ってくださり、ありがとうございます。

タイトルから薄々お察しかと思いますが、今回はラブコメディです。ヒロインは元伯爵令嬢で、頭はいいのにやや世間知らずなお嬢さんです。

主人公アリエスは、とある事情で家族を喪い、爵位も財産も奪われてしまいました。

しかしどん底まで落ち込んでも、嘆き悲しんでいるだけでは終わりません。幸か不幸か無駄に行動力があるため、復讐を誓って仇である賢王フェルゼンを暗殺する刺客に身をやつすことになるのです。

とは言え、そこはつい最近まで蝶よ花よと育てられた生粋の貴族令嬢。

本人のやる気とは裏腹に空回りし続けるへっぽこ暗殺者の爆誕です。その上、男性への免疫がほぼゼロにもかかわらず、夜伽として放り込まれる始末。

どうにかこうにか貞操を守りつつ閨に侵入することには成功するアリエスですが、暗殺に関してはことごとく失敗し、生来の善良さも邪魔をして、全く目的を遂げられません。

そうこうする内、事態はますますおかしな方向に進んで、寵妃として溺愛されるはめに陥《おちい》ってしまう……

という、本人は至極真面目に全力で取り組んでいるのに、どんどんドツボに嵌まってゆく可哀想な女の子のサクセスストーリーです。たぶん。

さてここで、アンニュイな空気漂う素敵な表紙をご覧ください。

何て美しいのでしょう。あれはまさに『どうしてこうなった……？』という主人公の心境を表す絶妙な表情だと思います。

イラストを描いてくださった芦原《あしはら》モカ様、本当にありがとうございます。ラフをいただいた際、フェルゼンのとんでもない色気に思わず叫びました。私の想像を軽々と超えてくるイケメンでした……アリエスも可愛い。すごく可愛い。

担当のY様、いつも私のやる気を掻き立ててくださるメールありがとうございます。毎度毎度『てにをは』を直させてしまうへっぽこで申し訳ありません。どうぞお身体お大事になさってくださいませ。

デザインや校正、外諸々この本の完成に携わってくださった皆様、本当にありがとうございました。おかげ様でこうして形にしていただくことができました。

最後に、読んでくださった皆様。またはこれから読もうとしてくださっている皆様へ最大限の感謝を。

楽しい読書時間を過ごしていただけたら、嬉しいです。

ではまたどこかでお会いできることを、切に願って。

ソーニャ文庫

この本を読んでのご意見・ご感想をお待ちしております。

◆ あて先 ◆

〒101-0051
東京都千代田区神田神保町2-4-7 久月神田ビル
㈱イースト・プレス　ソーニャ文庫編集部
山野辺りり先生／芦原モカ先生

今日《きょう》も王様《おうさま》を殺《ころ》せない

2018年3月4日　第1刷発行

著　　者　山野辺《やまのべ》りり
イラスト　芦原《あしはら》モカ
装　　丁　imagejack.inc
D　T　P　松井和彌
編集・発行人　安本千恵子
発　行　所　株式会社イースト・プレス
〒101-0051
東京都千代田区神田神保町2-4-7 久月神田ビル
TEL 03-5213-4700　　FAX 03-5213-4701
印　刷　所　中央精版印刷株式会社

ISBN 978-4-7816-9619-5